我和我的孩子
谢谢你来到人间

野莽 主编

中国工人出版社

序：一本书的萌动

◎ 野 莽

世上万物都有起源，书亦然，本书尤是。《现代教育报》的邓丽女士委托她的朋友祝愿女士，请我写一篇父亲和儿子的故事，我很快写了，发表后收割大批点赞。也有点而不赞的，说西方人不打儿子屁股，我却打过十下。经我回忆，那是距离编辑此书的二十年前，现在没打已不可能，鲁迅说既然悔之莫及也就不悔了，而我依旧还在悔着。

好的编辑一般都会得陇望蜀，小邓丽恰好家住四川，她便又请我替她约一些我的朋友，自身是块好铁，儿女也被锻炼得不错，为她的这个专栏写稿。我觉得这是一个好的主意，欣然领命。鉴于我的朋友多数藏在同一行当，这会使他们的身份不能五行八作，但再一想，天下最好的父母和子女的故事也需要最好的讲述，茶壶里的饺子，和凤凰生的猫头鹰蛋，都会给人一半的遗憾。因此一个现代的父母，给现代的报纸写现代的文章，的确要让现代的读者读得下去，大家本来有很多的现代读物可读，因此作家至少比其他职业者更有优势。

但这时候出了一个问题，报纸的固定栏目对篇幅有很大的限制，一些非常精彩的文章不得不忍痛割掉全身的一部分，编者痛，作者痛，我更是左右两边都痛丝丝的。比方说，我首先约的一位作者，是被国民公认的当代真正的，甚至唯一的教育家，三十年前被免职的原武汉大学校长——我的恩师刘道玉先生——他应我之约而写的这篇他和儿子维宁的故事，真的让人感叹不已而又艳羡不绝，为世上有这样一位用儿子做试验鼠的伟大父亲。不过当他讲完其间的奥秘，《现代教育报》把四个版面连同报缝也开辟出来，恐怕才能容纳它的全部，民间有一句歇后语叫，什么人捡了银子无处可放，此情正是。于是将这类好文章汇集成一本书的念头，便在这一瞬间有了雏形。

儿子出世时，父亲在二十世纪六十年代的苏联，人之初的智力开发和人格培养，全由同是教育工作者的母亲在珞珈山上一人担当，大抵这便是《萌动期的教育》的写真。由初中考取大学，自己读书却不听课，十八岁又考取美国博士，后来不仅是加拿大国家航天局级别最高和年纪最轻的空间物理学家，国家空间物理学会的主席，而且目前应召回到祖国，又将担任国际子午线圈研究项目的首席科学家，这是刘道玉之子刘维宁的传奇简史。更加传奇的是，他还用英文写了几部长篇小说，中文的旧体诗词也写得何等的好。

这是一篇借写自己天才的儿子，写给天下所有可以成为天才的青少年的慧文，他引用《礼记·月令》里的“萌动”一词阐述他的教育理念，“我宁愿以‘智力萌动’代替卡尔·威特的‘智力曙光’，‘萌动达，万品新，润无际，泽无垠’”（《萌动期的教育》）。教育也要像足球一样从娃娃抓起，长大后临时抱佛脚是抢不到球，也射不进门的。感谢我的永远在任的校长，错误的时代没收了他用以试验并且已经获得丰收的土地，他无法率众耕耘，只能改用文章，一粒一粒播撒理想的种子。历史让他由化学家成为教育家，现实再让他由教育家成为著作家，成为这本书中的首席作者。

同是名满天下的大作家，从贾平凹先生写给女儿的信和婚礼致辞，从“做好你的人，过好你的日子，然后你才是诗人”这句浅白而深刻的话中，可以看到贾浅浅的人与诗的一道健康成长，看到一线清澈浅流沿袭着前辈早先趟过的峡谷伸向远方，身后有大河奔流，还有一对遥望的深潭，那是父亲的身影和眼睛。

本书的很多作者都是我的朋友，或者说基本上都是我的朋友。他们用各种方式，从各个方面，精彩地描写了父子、母女们的动人亲情。与用才华构筑的作品不同，这些文字都流自父母的精血、骨髓、眼泪，这眼泪当然也有忍不住笑出来的。这些作品的价值不在艺术，它不需要艺术，它将以艺术之外的另一种价值流传人世。这是一部永远的书，许多作者在写作时孩子还在襁褓之中，自己尚且英姿焕发，而今孩子早已长成当年的自己，老之将至的自己以颤抖的双手抚摩当年记下的文字，感慨何止万千百十。今年七十二岁的梁晓声，三十六岁时写下的这篇《父子深情》，重读时他们父子的深情已随年龄翻了一番，想来不仅是情深深，情深如海时兴许还会雨蒙蒙吧。

八月上东北，九月下江西，十月还将返乡竹溪，为大难不死的老父祝寿，十一月返京又有国际书展，旧雨新知相逢，转眼就到十二月，年内伏案的日子无几，遂将有关本书的一些具体事务，托付给了我信任的诗人芦荻。芦荻去年还叫芦笛，不幸被人夺了名字，情同老作家李准无奈更名。荻是一种近似芦苇的水草，只是不能够吹，如此也不见得不好。我请他也写一篇父与子，果然谦辞再三，颤巍巍被逼不过写了，原来也是好儿子，也有好故事。在同窗学子等待大学通知书的无聊日子里，这根柔弱的小水草去做了风中的外卖小哥哥，其心亦壮，其情堪怜。

个个都是好父母，篇篇都是好文章，家家都有好儿女，也都有一本会念的经。

书已编成，同时增补的还有傅雷先生的《家书四封》，傅雷先生的家书蘸的是血，他对儿子的柔情让全人类肝肠寸断，人间竟有别类的肝肠，只因自己从小没有好的父亲，毋宁打碎一个世界，而向这样的父亲伸去屠手！

所幸的是那个时代已经过去，儿子们可以读书，父亲们也可以写信和写文章了。

2019 年 1 月 30 日匆于北京竹影居

目录

我和我的两个女儿

父子情深

闲话儿女

父子之间（两篇）

教你生病

文/梁晓声

父子情深

“克隆”一个我

结婚以后，对于做父亲，我心理上一直是挺恓惶的。说穿了是怕承担起那一份责任。因为此前做哥哥、做弟弟、做儿子的责任，早已使我忧患多多。由于我的坚决，妻忍痛割爱，“舍弃”了我们的第一个孩子。妻深知我极愿有一个女儿，如今每每口出谴言：“那头胎必是女儿无疑。”

起初只当玩笑，不以为然。后来渐渐地竟有了罪过感。甚至，数次梦见我那“女儿”——一岁多的一个小裸孩儿，亦灵亦拙地朝我们爬过来，其声甜甜怨怨地叫我“爸……”

妻知我陷于认真后，劝我：“想开点儿。如果对得起那女儿，眼前这个大儿子不就不存在了吗?”话倒是有理，可心内从此平添了一份惆怅。

我的罪过感源于这样一种心理——那已然是一具小生命了啊！竟由于我的坚决，我的意志，便没有了出生的权利！我是谁？我是上帝吗？上帝即使真的存在，他漠视生命权利的做法也是该诅咒的啊！那小生命倘若出生，该在这世界上演绎怎样的人生故事呢？我的意志，对于“她”是“不可抗力”。一个凡夫俗子以仿佛上帝般的“不可抗力”，吾语即出便灭绝了一个一旦出生可以编织童年、少年、青年、老年四篇漫长故事的小生命，难道还不是罪过吗？姑且不论那故事精彩或平庸。事实上，在我看来，人的出生本身即奇迹。我破坏了一个奇迹。它永不能再次发生。我极其憎恶我曾经“上帝”过一次……

但这并不意味着我对儿子的爱深受影响。事实上我做了父亲以后，一直视父亲的责任为我人生最主要的责任之一。

我关心他的心脏是否健康。

也关心他的心灵是否健康。

我希望他将来成为这样一个男人——为人处事有原则。善良，富有同情心。不沾染任何纨绔的习气。

有时电视里播映某部打动人心的专题片，我每将他唤来，命他坐我身旁一道看。当然的，他往往并不情愿，但不敢违抗。他早已领教我此时是相当严厉的。

我欣慰的是，他的老师们都这么评价他：“这孩子特实诚。”

我做人有恪守的原则。

我当然只能按照我以为好的原则要求我的儿子。我希望他在做人的某些方面像我。

我惭愧的是——自从他升入初二以后，我在学习方面一点儿也辅导不了他了。

高一期末考试前，我郑重地对他说：“爸爸已经看到你刻苦用功的状态了，那么分数就顺其自然吧。如果你面对某一科的试卷头脑发蒙，全做不上来，我主张你干脆交白卷。谁也没理由责备自己刻苦用功了的儿子。因为这种责备是可恶的。”

考试前一天儿子睡得极酣。

我也是。

当然，他发挥得也还正常……

我与儿子

我曾以为自己是缺少父爱情感的男人。

结婚后，我很怕过早负起父亲的责任。因为我太爱安静了。一想到我那十一平方米的家中，响起孩子的哭声，有个三四岁的男孩儿或女孩儿满地爬，我就觉得简直等于受折磨，有点儿毛骨悚然。

妻子初孕，我坚决主张“人流”。为此她倍感委屈，大哭一场——那时我刚开始热衷于写作。哭归哭，她妥协了。

妻子第二次怀孕，我郑重地声明：三十五之前绝不做父亲。她不但委屈而且愤怒了。我们大吵一架——结果是我妥协了。

儿子还没出生，我早说了无穷无尽的抱怨话。倘他在母腹中就知道，说不定会不想出生了。妻临产的那些日子，我们都惴惴不安，日夜紧张。

那时，妻总在半夜三更觉得要生了。已记不清我们度过了几个不眠之夜，也记不清半夜三更，我搀扶着她去了几次医院。马路上不见人影，从北影到积水潭医院，一往一返慢慢地小小心心地走，大约三个小时。

每次医生都说："来早了，回家等着吧！"

妻子哭，我急，一块儿哀求。哀求也没用。

始终是那么一句话——"回家等着，没床位。"

有一夜，妻看上去很痛苦。但她咬紧牙关，一声不吭。她大概因为自己老没个准儿，觉得一次次折腾我，有点儿对不住我。可我看出的确是"刻不容缓"了——妻已不能走。我用自行车将她推到医院。医生又训斥我："怎么这时候才来？你以为这是出门旅行，提前五分钟登上火车就行呀！"反正你要当父亲了，当然是没理可讲的事了。

总算妻子生产顺利，一个胖墩墩的儿子出世了。

而我半点喜悦也没有的，只感到舒了口气，卸下了一种重负。好比一个人被按在水盆里的头，连呛几口之后，终于抬了起来……

儿子一回家，便被移交给一位老阿姨了。我和妻住办公室。一转眼就是两年。两年中我没怎么照看过儿子。待他会叫“爸爸”后，我也发自内心地喜爱过他，时时逗他玩一阵。但是从所谓潜意识来讲是很自私的——为着解闷儿。心里总是有种积怨。因为他的出生，使我有家不能归，不得不栖息在办公室。

夏天，我们住的那幢筒子楼，周围环境肮脏。一到晚上，蚊子多得不得了。点蚊香，喷药，也是起不了多大作用的。

蚊子似乎对蚊香和蚊药有了很强的抵抗力。

有天早晨我回家吃早饭，老阿姨说：“几次叫你买蚊帐，你总拖，你看孩子被叮成什么样了？你真就那么忙？”

我俯身看儿子，见儿子遍身被叮起至少三四十个包，脸肿着。可他还冲我笑，叫“爸……”我正赶写一篇小说，突然我认识到自己太自私了。我抱起儿子落泪了……

当天我去买了一顶五十多元的尼龙蚊帐。上海文艺出版社的编辑修晓林初次到我家，没找到我。又到了办公室，才见着我。我挺兴奋地和他谈起我正构思的一篇小说，他打断我说：“你放下笔，先回家看看你儿子吧，他发高烧呢！”

我一愣，这才想起——我已在办公室废寝忘食地写了两天。两天内吃妻子送来的饭，没回过家门——

从这些方面讲，我真不是一位好父亲。如今儿子已经五岁了。我也已经三十九岁半了。[1] 人们都说儿子是个好儿子。许多人非常喜欢他。我的生活中，已不能没有他了。我欠儿子的责任和义务太多。至今我觉得对儿子很内疚。我觉得我太自私。但正是在那一二年内，我艰难地一步步地向文坛迈进。对儿子的责任和自己的责任，于我，当年确是难以两全之事。

儿子爱画画，我从未指导过他。尽管我也曾爱画画，指导一个五岁多的孩子，那点儿基础还是够用的。

儿子爱下象棋。我给他买了一副象棋，却难得认真陪他“杀一盘”。他常常哀求：“爸爸，和我杀一盘行不行啊？”结果他养成了自己和自己下象棋的习惯。

记得我有一次到幼儿园去接儿子，阿姨对我说：“你还是作家呢，你儿子连‘一’都写不直，回家好好下功夫辅导他吧！”

从那以后，我总算对儿子的作业较为关心。但要辅导他每天写完幼儿园的两页作业，差不多也得占去晚上的两个小时。而我尤视晚上的时间更为宝贵——白天难得安静，读书写作，全指望晚上的时间。

儿子曾有段时间不愿去幼儿园。每天早晨撒娇耍赖，哭哭啼啼，想留在家里。我终于弄明白，原来他不敢在幼儿园做早操。他太自卑，太难为情。以为他的动作，定是极古怪的，定会引起哄笑。

---

① 编者按：作者文章的各篇章写于不同时期，此篇便是写于 1990 年左右。

我便答应他，做早操时，到幼儿园去看他。我说话算话，他在院内做操，我在院外做操，有了我的奉陪，他的胆量壮了。

事后我问他：“如果你连当众伸伸胳膊踢踢腿都不敢，将来你还敢干什么？比如看见一个小偷在公共汽车上扒人家腰包，你敢抓住他的手腕吗？”

他沉吟许久，很严肃地回答：“要是小偷没带刀，我就敢。”我笑了，先有这点胆量也行。

我又对他说：“只要你认为你是对的，谁也别怕。什么也别怕！”我希望我的儿子在这一点将来像我一样。谁知道呢？

总而言之，我不是位尽职的父亲。儿子天天在长大，今天就该上学了。我深知我对他的责任将更大了。我要学会做一位父亲，去掉自私，少写几篇作品，多在他身上花些精力。归根到底，我的作品，也许都微不足道。但我教育出怎样一个人交给社会，那不仅是我对儿子的责任，也是我对社会的责任。

我不希望他多么有出息——这超出我的努力及我的愿望。

我开始告诉儿子……

儿子九岁。明年上四年级。

我想，我有责任告诉他一些事情。

其实我早已这样做了。

儿子爱画。于是有朋友送来各种纸。儿子若自认为画得不好，哪怕仅仅画一笔，一张纸便作废了。这使我想起童年时的许多往事。有一天我命他坐在对面，郑重地、严肃地告诉他——爸爸读小学三年级的时候，从来没见过一张这么好的纸。爸爸小时候也爱画。但所用的纸，是到商店去捡回来的，包装过东西的、皱巴巴的纸。裁了，自己订了。便是那样的纸，也舍不得一笔就作废的。因为并不容易捡到。那一种纸是很黑很粗糙的。铅笔画上看不清。因为那叫“马粪纸”……

“怎么叫‘马粪纸’呢？……”

于是我给他讲那是一个怎样的年代。在那样的年代，几乎整整一代共和国的孩子们，都用“马粪纸”。一流大学里的教授们的讲义，也是印在“马粪纸”上的。还有书包，还有文具盒，还有彩色笔……哪一位像我这种年龄的父母，当年用的书包补了又补，文具盒一用几年乃至十几年呢……

“爸爸，我拿几毛钱好吗？”

“干什么？”

“想买一支雪糕吃。”

我同意了。几毛钱就是七毛钱。因为一支雪糕七毛钱。

于是儿子接连每天吃一支雪糕。

有一天我又命他坐在对面，郑重地、严肃地告诉他——七毛钱等于爸爸或妈妈每天工资的一半。爸爸从小学一年级到六年级，总共吃了还不到三四十支——当然并非雪糕，而是“冰棍”。且是三分钱一支的。舍不得吃五分一支的。更不敢奢望一毛一支的。只能在春游或开运动会时，才认为自己有理由向妈妈要三分钱或六分钱……

我对儿子进行类似的教育，被友人碰到过几次。当着我儿子的面，友人们自然是不好说什么的。但背过儿子，皆对我大不以为然。觉得我这样做父亲，未免太煞有介事了。甚至挖苦我是借用“忆苦思甜”的方法。

友人们的“批判”，我是极认真地想过的。然而那很过时的，可能被认为相当迂腐的方法，却至今仍在我家里沿用着。也许要一直沿用到儿子长大成人。打算在他干脆将我的话当耳旁风的时候打住。

所幸现今我告诉了他的，竟对他起到了一定的影响。

儿子把作业本拿给我看，虔诚地问：“爸爸这一页我没撕掉。我贴得好吗？”那是跟我学的方法——从旧作业本上剪下一条格子，贴在了写错字的一页上。

我是从来舍不得浪费一页稿纸的，尽管是从公家领的。

那一刻我内心里竟十分地激动。情不自禁地抱住他亲了一下。

“爸爸，你为什么哭呀？”儿子困惑了。

我说：“儿子啊，你学会了这样，你不知爸爸多高兴呢！”

我常常想，我们这一代人中的绝大多数，都是拉扯着我们父母的破衣襟，跟着共和国趔趄的步子走过来的。怎么，我们的下一代消费起任何东西时的那种似乎理所当然和毫不吝惜的损弃之风，竟比西方富有之国富有之家的孩子们要甚得多呢？仿佛我们是他们的富有得不得了的爸爸妈妈似的。难道我们自己也荒诞到这么认为了吗？如果不，我们为什么不告诉他们一些他们应该知道的事呢？

我的儿子当然可以用上等的复印纸习画。可以有许多彩色笔，可以不必背补过的书包，可以想吃“紫雪糕”时吃一支……

但是他必须明白，这一切的确是所谓“幸福”之一种了！

我可不希望培养出一个从小似乎什么也不缺少，长大了却认为这世界什么都没为他准备齐全，因而只会抱怨乃至憎恶的人。

无忧无虑和基本上无所不缺，既可向将来的社会提供一个起码身心健康的人，也可“造就”成一批少爷。

而这个国家这个民族，是再也养不起那么多少爷。现有的已经够多的了！难道不是吗？

少爷小姐型的一代，是对任何一个国家一个民族最大的报应。而对一个穷国一个正在觉醒的民族，则简直无异于是报复。

心灵的花园

谁不希望拥有一个小小花园？哪怕是一丈之地呢！若有，当代人定会以木栅围起。那木栅，我想也定会以各人的条件和意愿，摆弄得尽可能的美观。然后在春季撒下花种，或者移栽花秧。于是，企盼着自己喜爱的花儿，日日地生长、吐蕾，在夏季里散紫翻红开成一片。虽在秋季里凋零却并不忧伤。仔细收下了花籽儿，待来年再种，相信花儿能开得更美……

真的，谁不曾怀有过这样的梦想呢？

都市寸土千金，地价炒得越来越高。今后将更高。拥有一个小小花园的希望，对寻常之辈不啻是一种奢望，一种梦想。某些副部级以上的干部，而且是老资格的，才可能希望成现实。于是令寻常之人羡眼乜斜。

我想，其实谁都有一个小小花园，谁都是有苗圃之地的，这便是我们的内心世界。人的智力需要开发，人的内心世界也是需要开发的。人和动物的区别，除了众所周知的诸多方面，恐怕还在于人有内心世界。心不过是人的一个重要脏器，而内心世界是一种景观，它是由外部世界不断地作用于内心渐渐形成的。每个人都无比关注自己及至亲至爱之人心脏的健损，以至于稍有微疾便惶惶不可终日。但并非每个人都关注自己及至亲至爱之人的内心世界的阴晴，己所无视，遑论他人？

我常“侍弄”我心灵的苗圃。身已不健，心倘尤秽，又岂能活得好些？职业的缘故，使我惯对自己和他人的心灵予以研究。结论是——心灵，亦即我所言内心世界，是与人的身体健康同样重要的。故保健专家和学者们开口必言的一句话，不仅仅是“身体健康”而且是“身心健康”。

我爱我的儿子梁爽。他小学五年级。这正是一个人的内心世界开始形成的年龄。我也常教他学会如何“侍弄”他那小小心灵的苗圃。“侍弄”这个词，用在此处是很勉强的，不那么贴切，姑借用之吧！意思无非是——人自己的内心世界如果自己惰于拂拭，是会浮尘厚积、杂草丛生的。也许有人联系到禅家的一桩“公案”——“时时勤拂拭，莫使惹尘埃”之说的“俗”和“心中无一物，何处惹尘埃”之说的“彻悟”。

我系俗人，仅能以俗人的观念和方式教子。至于禅家乃至禅祖们的某些玄言，我一向是抱大不恭的轻慢态度的。认为除了诡辩技巧的机智，没什么真的“深奥”。现代人中，我不曾结识过一个内心完全“虚空”的。满口“虚空”，实际上内心物欲充盈、名利不忘的，倒是大有人在。何况我又不想让我的儿子将来出家，做什么云游高僧。故我对儿子首先的教诲是——人的内心世界，或言人的心灵，大概是容易招惹尘埃、沾染污垢的，“时时勤拂拭”也无济于事。心灵的清洁卫生只能是相对的，好比人的居处的清洁卫生只能是相对的。而根本不拂拭，甚至不高兴别人指出尘埃和污垢，则是大不可取的态度，好比病人讳疾忌医。

一次儿子放学回到家里，进屋就说：“爸爸，今天××同学的红领巾被老师收去了!”我问为什么。

儿子回答："犯错误了呗！把老师气坏了！"

那同学是他好朋友，但却有些日子不到家里来玩了。我依稀记得他讲过，似乎老师要在他们两者之间选拔一名班干部。

我又问："你高兴？"

他怔怔地瞪着我。

我将他召至跟前，推心置腹地问："跟爸爸说实话，你是不是因此而高兴？"

他便诚实地回答："有点儿。"

我说："你学过一个词，叫'幸灾乐祸'，你能正确解释这个词吗？"

他说："别人遭到灾祸时自己心里高兴。"

我说："对。当然，红领巾被老师收去了，还算不得什么灾。但是，你心里已有了这种'幸灾乐祸'的根苗，那么你哪一天听说他生病了，住院了，甚至生命有危险了，说不定你内心里也会暗暗地高兴。"

儿子的目光告诉我，他不相信自己会那样。

我又说："为什么他的红领巾被老师收去了，你会高兴呢？让爸爸替你分析分析，你想一想对不对？——如果你们老师并不打算在你们两个之间选拔一名班干部，你倒未必幸灾乐祸。如果你心里清楚，老师最终选拔的肯定是你，你也未必幸灾乐祸。你之所以幸灾乐祸，是因为自己感到，他和你被选拔的可能性是相等的，甚至他被选拔的可能性更大些。于是你才因为他犯了错误，惹老师生气了而高兴。你觉得，这么一来，他被选拔的可能性缩小，你自己被选拔的可能性就增大了。你内心里这一种幸灾乐祸的想法，完全是由嫉妒产生的。你看，嫉妒心理多丑恶呀，它竟使人对朋友也幸灾乐祸！”

儿子低下了头。

我接着说：“如果他并没犯错误，而老师最终选拔他当了班干部，你现在幸灾乐祸，就可能变成一种内心里的愤恨了。那就叫嫉妒的愤恨。人心里一旦怀有这一种嫉妒的愤恨，就会进一步干出不计后果，危害别人危害社会的事，最后就只有自食恶果。一切怀有嫉妒的愤恨的人，最终只有那样一个下场……”

接着我给他讲了两件事——有两个女孩儿，她们原本是好朋友，又都是从小学芭蕾的。一次，老师要从她们两人中间选一个主角。其中一个，认为肯定是自己，应该是自己，可老师偏偏选了另一个。于是，她就在演出的头一天晚上，将她好朋友的舞裙，剪成了一片片。另外有两个女孩儿，是一对小杂技演员。一个是“尖子”，也就是被托举起来的。另一个是“底座”，也就是将对方托举起来的。她们的演出几乎场场获得热烈的掌声。可那个“底座”不知为什么，内心里怀上了嫉妒，总是莫名其妙地觉得，掌声是为“尖子”一个人鼓的。她觉得不公平。日复一日的，那一种暗暗的嫉妒，就变成了嫉妒的愤恨。她总是盼望着她的“尖子”出点儿什么不幸才好。终于有一天，她故意失手，制造了一场不幸，使她的“尖子”在演出时当场摔成重伤……

最后我对儿子讲，如果那两个因嫉妒而干伤害别人之事的女孩儿，不是小孩儿是大人，那么她们的行为就是犯罪行为了……

儿子问：“大人也嫉妒吗？”

我说大人尤其嫉妒。一旦嫉妒起来尤其厉害。甚至会因嫉妒杀人放火干种种坏事。也有因嫉妒太久，又没机会对被嫉妒的人下手而自杀的……

我说，凡那样的大人，皆因从小的时候开始，就让嫉妒这颗种子，在心灵里深深扎了根。他们的内心世界，不是花园，不是苗圃，而是荆棘密布的乱石岗……

儿子问：“爸爸你也嫉妒过吗？”

我说我当然也嫉妒过，直到现在还时常嫉妒比自己幸运的、某方面比自己优越比自己强的人。我说人嫉妒人是没有办法的事。从伟大的人到普通的人，都有嫉妒之心。没产生过嫉妒心的人是根本没有的。

儿子问：“那怎么办呢？”

我说，第一，要明白嫉妒是丑恶的，是邪恶的。嫉妒和羡慕还不一样。羡慕一般不产生危害性，而嫉妒是对他人和社会具有危害性和危险性的。第二，要明白，不可能一切所谓好事，好的机会，都会理所当然地降临在你自己头上。当降临在别人头上时，你应对自己说，我的机会和幸运可能在下一次。而且，有些事情并不重要。比如对于一个小学生来说，当上当不上班干部，并不说明什么。好好学习，才是首要的……

儿子虽然只有十一岁，但我经常同他谈心灵。不是什么谈心，而是谈心灵问题。谈嫉妒，谈仇恨，谈自卑，谈虚荣，谈善良，谈友情，谈正直，谈宽容……

不要以为那都是些大人们的话题。十一岁的孩子能懂这些方面的道理了。该懂了。而且，从我儿子，我认为，他们也很希望懂。我认为，这一切和人的内心世界有关的现象，将来也必和一个人的幸福与否有关。我愿我的儿子将来幸福，所以我提前告诉他这些……

邻居们都很喜欢我的儿子，认为他是个“懂事”的好孩子。同学们跟他也都很友好，觉得和他在一起高兴，愉快。

我因此而高兴，而愉快。

我知道，一个心灵的小花园，“侍弄”得开始美好起来了……

体恤儿子

现在，儿子是一点儿良好的自我感觉也没有了。稍微的一点儿也没有了。起码我这个父亲是这么看他的。

由小学生到中学生，他已算颇经历了一些事，或直白曰是一些挫折。在学业竞争中呛了几次水，品咂了几次苦涩。

儿子自小就受到邻居的喜爱。“干妈”不少。“干妈”们认他这个“干儿子”，绝非冲着我认的。一个写作者的儿子没有什么稀罕的。在人际关系中对谁都不可能有实际的帮助。犯不着走“干儿子”路线，迂回巴结。当然也绝非冲着他亲妈认的。他亲妈我的“内人”乃工人阶级之一员，更是谁都犯不着讨好的。别人喜爱他，纯粹是因为他自己有招人喜爱之处。长得招人喜爱，虎头虎脑，一副憨样儿。性情招人喜爱，不顽不闹，循规蹈矩，胆子还有些小，内向又文静。

在小学六年里，他由“一道杠”而“两道杠”，由小组长而班委，连续三年是“三好生”。这方面那方面，获了不少奖。而优于我的一点是，“群众关系”极佳。同学们都乐于跟他交朋友。小学中的儿子，是班里的一个小“首领”，不是靠了争强好胜，而是靠了随和亲善。

六年级下学期，他顶在乎的一件事，便是能否评上“三好生”了。评上了，据他自己讲，就可以被“保送”了。然而儿子小学的最后一次考试，亦即毕业考试，却并没有考好。在我印象中，似乎数学96分，语文85分，平均90.5分。结果可想而知，他在全班的名次排到了第二十几名。儿子终于意识到，“保送”是绝无希望了！

“但是我们老师说，一百二十三中也不错！以后可能升格为区重点中学呢！”

他这么安慰他自己。也希望他的父亲能从这番话中获得安慰。

我当然有些沮丧，但主要是替他感到的。

我说：“儿子，好学生不只出在重点中学里。你能自己往开了想，这一点爸爸赞成。”

在我印象中，一百二十三中是我们那一市区普通得不能再普通的一所中学。

然而儿子连这一所中学也没去成。

两天后他回到家里，表情从来没有过的那么抑郁。

他说：“爸，老师说去一百二十三中的同学，名次必须在二十名以前。”

我说：“那，你如果连一百二十三中也去不成的话，能去哪一所中学呢？”

“老师悄悄告诉我，推荐我去北医大附中。”听来倒好像老师格外惠顾着他似的。而北医大附中，据我想来，已属“最后的退却”了。

我问：“你们老师不是说，考卷要发给家长们看看的吗？”——我这么问，是因为我凭着大人的社会经验，开始起了些疑心的。

“又不发了。”

"为什么?"

"不知道。"

"你自己怎么想?"

"我……怎么想也没用了……"

我说:"儿子,听着。如果你希望进一所较好的中学,爸爸是可以试着办一办的。只不过太违反爸爸的性格。但爸爸从来没给你开过一次家长会,觉得很愧疚,也是肯在你感到需要时……"

"爸你别说了!我不怪你。我去北医大附中就是了。"看得出,儿子是不愿使我这个"老爸"做什么违心求人之事的。

然而儿子连北医大附中也没去成。

第二天他接到同学打来的一个电话后,伤心地哭了。他被分到了一所仿佛是全市最差的一所中学。

我说:"别哭,也许是不一定的事儿呢!"

发榜那一天,结果却正是那么一回事儿。只不过他拿回了小学的最后一份"三好学生"证书。

于是该轮到我安慰他了。

我说:"哪怕最差的中学,只要学生自己努力,也是有可能考上最好的高中的。你难道没有信心做一名这样的中学生?"

他流着泪说:"有的……"

于是开学那一天,我亲自送他去报到……

但是他的"干妈"们和一直关心着他开学去向的我的朋友

们，获知消息后，一个个都感到十分意外了，纷纷登门了——有的严厉地批评我对子女之不负责任，有的“见义勇为”地向儿子保证着什么……

在正式开学的第三天，儿子转入了一所重点中学——这是我根本没有能力扭转，也不知究竟该怎么去办的事。全靠别人的热心……

如今，上了重点中学的儿子，仅仅一年，性情彻底变了，也成了家中最没有“业余时间”的成员——早晨我还在梦乡之中，他就已经离开家骑着自行车去上学了。晚上，妻子都已经下班了，儿子往往还没回到家里。一回到家里，就一头扎入他自己的小房间，将门关起来。吃过晚饭，搁下饭碗就又回到他的小房间……

有次我问他：“在同学中有新朋友了吗？”

他摇头，摇过头说：“都只顾学习。谁跟谁都没时间建立友谊。”

倒是他小学的同学们，星期天还常一伙一伙地来找他玩儿。瞧这些个小学的学友们在一起那股子亲密劲儿，我真从内心里替孩子们感到忧伤——缺乏友谊，缺少愉悦的时光，整天满脑子是分数、名次和来自家长及学校双方的压力。这样的少年阶段，将来怕是连点儿值得回忆的内容都没了吧？几分之差，往往便意味着名次排列上前后的悬殊。所以为了几分乃至一分半分，他们彼此间的竞争态势，绝不比商人们在商场上的竞争性缓和……

由我的儿子，我也很是体恤中国当代的所有上了中学的孩子们。他们小小年纪，也许是活得最累的一部分中国人了……

当爸的感觉

尽管我的儿子早已不是儿童，而是初二的学生了。尽管我已经纯粹为了自己得以从稿债中解脱，根本不睬他的抗议，拿他做过两次文章了。我常想我若有五个六个儿子就好了。便可轮番地写来。甚至可以在几个儿子之间采取小小的“重点政策”，使儿子们相互嫉妒，认为当老子的写了谁，乃是谁的殊荣。那我不是就变被动为主动了吗？无奈我只有这么一个儿子。无奈他对我的容忍度，已然放宽到连自己都十分难为情的地步了……

儿子刚刚背着行李，参加军训去了，临走前见我铺开稿纸，煞有介事地思考，犹犹豫豫地写下题目，凑过来瞟了一眼，嘲讽地说：“爸，你真天才。从我这么一个平庸的儿子身上，你竟能发现那么多可写的素材！”

我说：“儿子，向你保证，这是最后一次！”儿子说：“别保证。用不着保证。你发誓我都不会相信！说相声的常拿自己的‘二大爷’逗哏儿，你跟相声演员们犯的是同一种职业病。我充分理解！”

我说：“好儿子，谢谢。”

他说：“不用谢。因为我也开始写你了。而且已经公开发表了一篇。”

我一惊，忙问：“发在哪儿了？”

儿子说发在班级的墙报上了。

我这才稍稍心定，又严肃地问：“都写了我些什么？为什么不先让我过过目？”

儿子说：“你写我，也没先征得我的同意啊！咱俩彼此彼此。”

我一时很窘，无话可说……

半夜解题

儿子考试前的一天，刚吃过晚饭就写作业。写到十点半，还有一道几何题没解出来。我几次主动“请缨”，说儿子要不要我和你一块儿攻下这道难题啊？几次都遭到儿子颇不耐烦的拒绝。最后我不顾他的拒绝，粗暴参与。结果正如他所料，既干扰了他的思路，也浪费了他的时间，以己昏昏，使儿子昏昏。那时快十二点了。妻说你还让不让儿子睡觉了，他明天还得上一天课呀！不像你，可以在家里睡懒觉！于是我强行收起他的作业本，以不容争辩的命令的口吻，催促他洗漱了躺到床上去。儿子也真是困到了极点，头一挨枕便酣然入眠。而我却不再睡得着。用冷水冲了头，强打精神，继续替儿子钻研那道几何难题。半个小时后，我对陪在一旁织毛衣的妻说——老爸出马，一个顶俩，我解出来了！

博得了妻对我钦佩的一笑。

第二天儿子刚起床，我便从自己枕下拿出作业本，大言不惭地对儿子说："这么简单的题你都不开窍？这有何难的？站到床边儿来，听老爸给你讲讲——这两个直角三角形，有两个角相等，还都有一个角是直角。三角相等，故两个三角形全等。而三角形 A 又等于三角形 B，而三角形 B 又等于……"

儿子脸上便呈现出冷笑。

我生气了。说儿子你冷笑什么？你的态度怎么这样不谦虚？

儿子说："两个锐角相等的直角三角形就全等啊？直角三角形哪儿有这么一条定理？"——于是画图使我明白，它们也有可能仅仅相似……

我愣了半天，讷讷地说："难道……是我想象出了这么一条定理？"

儿子说："反正书上没有，老师也没教过这么一条全等直角三角形的定理。"

我羞惭难当，无地自容，躺在床上挥挥手，大赦了儿子……

我明白——我再也辅导不了儿子数理化了。从那一天起，直至永远。当年我初三下乡。当年的初三数理化教材，比如今的初二教材只低不高。我太不自量力无自知之明了……

自己承认了这一点，使我内心涌起一种难言的悲哀。以后，不管他写作业到多么晚，不管他看上去多么需要一个头脑聪明的人的指点和帮助，我是再也不往他跟前凑了……

给儿子写信

按照学校的要求，我得给儿子写一封信。而且此事不让儿子知道。更不能让儿子看到信。在某次活动中，信将由老师分发给每一名学生，希望以这种方式，在他们十四周岁以后，带给他们每个人一份意外的欣喜。

于是我生平第一次给我的儿子写信。

我竟不知在这一封信里该写些什么。我不愿在信中流露出我对他的体恤。因为几乎每一个城市里的初二的儿女都如他一样的似箭在弦，他不应格外地得到体恤。我也不愿用信的方式鞭策他。因为他自己早已深知每次在分数竞争中失利，对自己都意味着一种严峻。我不愿在信中写入对他所寄的希望。我不望子成龙。事实上只祈祝他能有幸受到高等教育。而仅仅这一点已使他过早地成熟了。他的日渐成熟正是我备感欣慰的，同时又是备感悲哀的。刚刚十四岁就开始思考人生和忧患自己未来的命运，这太令我这个当父亲的替他感到沮丧了。我自己的少年时代就是从忧患之中度过来的。我真不愿他和当年的我一样。当年的我是因为家境的贫寒，如今的他是因为变成了中国的高考制度的奴仆。我极端憎恶这一种现代八股式的高考制度，但我又十分冷静地明白——此一点最是我丝毫也不能流在字里行间的……

“爸爸，你怎么想了这么久还不写？”

儿子忽然在我背后发问。显然，他站在我背后多时了。我赶紧用一只手捂住稿纸上端——捂住“给儿子的信”一行字。

良久，我听到坐在沙发上的他说：“爸，对不起，给你添麻烦了……”

顿时的，我眼眶有些潮了……

儿子“采访”我

儿子上个星期的一项作业是——采访父母。妻上个星期几乎是每天加班。不加班便上夜校。只得由我来接受“采访”。否则儿子就完不成作业。于是我和儿子之间，有了如下一次较为特别的谈话：

“你是哪一年下乡的？”“这还用问？”“不问我怎么清楚？”“六八年。”“哪一年上大学的？”“七四年。”“哪一年毕业的？”“七七年。”“你经历过坎坷吗？”“经历过。”“说说。”“这还用说？”“你不说我怎么会知道？”……

我凝视着儿子，觉得他是那样的陌生。或者反过来说，他怎么对我一无所知似的？他要了解他问的那一切，是多么的简单！书架上陈列的，几乎每一部书脊上印着我名字的书，都有我的简历。从我的许多篇小说中，都能看到他的老爸的身世。而他从来没有触摸过我的任何一部书一下。那些书对他仿佛根本就不存在。他从来也不曾扫视过那一格书架一眼。他甚至远不及别人家的，比如朋友或邻人的初二的儿女们对我的大致经历有所了解。

有一次我无意中偷听到他和他的几名男同学背地里如此谈论我的书。

“你爸爸可真写了不少书。”

“你别翻他的书！”

“你自己喜欢看吗？”

“我为什么要喜欢看他写的书？”

“借我一本看行吗？”

“不行！”听来他似乎生起气来了。

“你干吗这样牛气呀？他这些书迟早会过时的！”

“他这些书已经过时了！以后我也不看他的书。世界上那么多经典还看不过来呢！”

没想到，我以近二十年的精力和心血获得的创作成果，在他眼里似乎皆是些没什么意义的、一文不值的东西。

"你对你至今的人生满意吗?"儿子继续"采访"我。我回答:"谈不上满意不满意。我的人生已经这样了。我习惯了。"

"假如有一件最使你高兴的事,目前而言那可能是一件什么事?"

我几乎是恶狠狠地回答:"你的学习成绩又前进了五名!"

儿子目不转睛地看了我一阵,淡淡地说:"我的采访结束了,就到这儿吧!"

我意识到,我深深刺伤了儿子的自尊心。正如儿子也深深刺伤过我的自尊心一样。于是我联想到了王朔的小说《我是你爸爸》。进而又想,有一个多少具有点儿精神叛逆色彩的儿子,也好。这样的一个儿子,时刻提醒我明白,我只不过是一个初二男生的父亲。除此之外,也许再什么都不是。更没有任何可得意的资本。儿子在家里教我夹起尾巴做人。

读者,如果你的儿子已经初二了,如果你是一位父亲,我想你一定会同意我的看法——和你初二的儿子交朋友并非一件容易的事。有时他似乎将你当作朋友了,其实在他内心里,你仍然只不过是他的父亲。

当爸的感觉在现代是越来越变得粗糙而暧昧了啊!

文/毕淑敏

教你生病

儿子比我高了。

一天，我看他打蔫，就习惯地摸摸他的头。他猛地一偏脑袋，表示不喜欢被爱抚。但我已在这一瞬的触摸中，知道他在发烧。

“你病了。”我说。

“噢，这感觉就是病了。我还以为我是睡觉少了呢。妈妈，我该吃点什么药？”他问。

孩子一向很少患病，居然连得病的滋味都忘了。我刚想到家里专储药品的柜里找体温表，突然怔住。因为我当过许多年的医生，孩子有病，一般都是自己在家就治了。他几乎没有去过医院。

“你都这么大了，你得学会生病。”我说。

“生病还得学吗？这不是已经病了吗？”他大吃一惊。

“我的意思是你必须学会生病以后怎么办。”我说。

“我早就知道生病以后该怎么办。找你。”他成竹在胸。

“假如我不在呢?”

“那我就打电话找你。”

“假如……你终于找不到我呢?”

“那我就……就找我爸。”

也许这样逼问一个生病的孩子是一种残忍。但我知道总有一天他必须独立面对疾病。既然我是母亲，就应该及早教会他生病。

“假如你最终也找不到你爸呢?”

“那我就忍着，你们反正早晚会回家。”儿子说。

“有些病是不能忍，早一分钟是一分钟。得了病以后最应该做的事是上医院。”

“妈妈，你的意思是让我今天独自去医院看病?”他说。虽然在病中，孩子依然聪敏。

“正是。”我咬着牙说，生怕自己会改变主意。

“那好吧……”他扶着脑门说，不知是虚弱还是思考。

“到外面去打的，然后到××医院。先挂号，记住，要买一个本……”我说。

“什么本?”他不解。

“就是病历本。然后到内科，先到分号台，护士让你到几号诊室你就到几号，坐在门口等。查体温的时候不要把人家的体温表打碎。叫你化验时就到化验室去，要先划价，后交费。等化验结果的时候，要竖起耳朵，不要叫到了你的名字没听清……”我喋喋不休地指教着。

“妈妈，你不要说了。”儿子沙哑着嗓子说。

我的心立刻软了。是啊，孩子毕竟是孩子，而且是病中的孩子。我拉起他滚烫的手说：“妈妈这就领着你上医院。”

他挣开来，说：“我不是那个意思。我是说我要去找一支笔，把你说的这个过程记下来，我好照办。”

儿子摇摇晃晃地走了。从他刚出门的那一分钟起，我就开始后悔。我想我一定是世上最狠心的母亲，在孩子有病的时候，不但不帮助他，还给他雪上加霜。我就是想锻炼他，也该领着他一道去，一路上指指点点，让他先有个印象，以后再按图索骥。虽说很可能留不下记忆的痕迹，但来日方长，又何必在意这病中的分分秒秒。

时间艰涩地流动着，像沙漏坠入我忐忑不安的心房。两个小时过去了，儿子还没有回。我虽然知道医院是一个缓慢的地方，心还是疼痛地收缩一团。

虽然我几乎可以毫无疑义地判定儿子患的只是普通的感冒，如果寻找什么适宜做看病锻炼的病种，这是最好的选择，但我还是深深地谴责自己。假如事情重来一遍，我再也不教他独自去看病。万一他以后遇到独自生病的时候，一切再说吧。我只要这一刻他在我身边！

终于，走廊上响起了熟悉的脚步声，只是较平日有些拖沓。我开了门，倚在门上。

“我已经学会了看病，打了退烧针，现在我已经好多了。这真是件挺麻烦的事。不过，也没有什么。”儿子骄傲地宣布，又补充说，“你给我记的那张纸，有的地方顺序不对。”

我看着他，勇气又渐渐回到心里。我知道自己将要不断地磨炼他，在这个过程中，也磨炼自己。

孩子，不要埋怨我在你生病时的冷漠。总有一天，你要离我远去，独自面对包括生病在内的许多苦难。我预先能帮助你的，就是向你口授一张路线图。它也许不那么准确，但聊胜于无。

文/阿成

我和我的两个女儿

一

大女儿出生的时候，我还是一个非常不成熟的小伙子。我当时的职业，是一个无轨电车司机，在城市哈尔滨像磨驴似的，转过来，转过去。大女儿出生的那天，是1973年3月19日（我的二女儿也是3月19日出生的。因此，有朋友误以为我的两个女儿是一对双生）。在黑龙江，阳春三月仍然被当作冬天来看待的，三月里的城市依然是白雪茫茫。在这座行色匆匆的城市中，谁会在意我女儿的出生呢？

我的妻子——东北人喜欢把妻子叫“家里的”，或者“屋里的”，或者很不像话地称作“我家做饭的”，她正在一家职工医院的妇产科住院等着生孩子。那家医院的妇产科很大，生小孩的费用也比较便宜，大约是11块钱。现在则不同，听说孕妇若是住高档产房，要几千元，甚至上万元。多么让人羡慕呵。那家医院每天都有许多大肚子产妇在那里等候生娃娃。我进到那里，心很慌，行如醉汉，毫无智慧与机灵可言，俨然一个白痴。

我知道这几天是妻子的预产期。但是，医生们告诉你的“预产期”从来就是一个模糊的概念。作为那些毫无经验的丈夫们，常常是根据妻子脸上的痛苦程度和突如其来的号叫来判定今天是否能生。有趣的是，在3月19日那天，妻子的脸上没有痛苦，很平静，很自然，而且跟我说，没事儿，生不了，你走吧。于是，我便放心地上班去了。中午下班以后，几个情绪亢奋的工友拉我一块去饭店喝酒。因为那天刚开工资，每逢开工资的日子，工友们总要结伙去饭店改善一下平日少酒少肉的寡淡生活。当几个司机兴趣蛮高地在饭馆喝酒的时候，外面开始下雪了。款款播雪的时候，天也渐渐地黑了下来。和工友们在一起喝酒的时候，我完全忘掉了妻子要生产这回事。主要是我太年轻了，整个一个少不更事。现在想，真是不可思议。

很快有人披着一身碎雪找上来了，说，阿成，快别喝了，你家屋里的快生了。

听到这个消息，工友加酒友们都欢呼起来，非要跟我一块上医院看看去，并开玩笑说，“一个伟大的人物就要降生了。”当时我也是醉醺醺这么说的。有时候，欢乐是可以用“伟大”来修饰的。

喧嚣且亢奋的一伙到了医院之后，立刻被医生厉声地训斥了一番，告诉我们要肃静！于是我们全肃静了，一个个轻手轻脚地去病房看。病房的一位孕妇告诉我说，你妻子已经进产房了。噢，上产房了，这么说快了。那就等着吧。

一等等到晚 10 点多钟，还没生。这时候，工友们的酒也醒了，头脑也能正常地“工作”了，说了一些十分幼稚的理由之后，就纷纷与我告别了。

送走工友之后，空空的走廊里只有我一个人等在那里。当时，我的大脑里一片空白，什么也没想，比如妻子生产会不会有什么危险哪，孩子会不会安全地生下来呀。我都没想这么多。我不认为这种事会发生在我妻子身上。

后来，岳母来了。那时岳母还算年轻，不到五十岁。不过，她已经有四个孩子了，因此，这方面她很有经验。她向医生询问的有关问题都很到位，都很必要。我就在那儿站着。我也只能在那站着。一直将两腿站麻。大约在零点之前，妻子终于生了。是一个女孩儿。八斤多。有一头乌黑得令人惊奇的头发。妻子瞅着我无言地笑了，好像我们俩成功地完成了一个期待已久的阴谋似的。

岳母专门把给产后孕妇用的小米粥、鸡蛋、红糖之类都带来了。她及时而妥善地安排她突然瘪了肚子的女儿吃了产后的第一顿饭。在妻子狼吞虎咽就餐的时候，我被岳母叫到一旁。她悄悄地告诉我，别告诉别人孩子是前半夜生的。

我问，为什么？

她说，按照生辰八字，女孩子前半夜生不好，后半夜挪。

我木然地点点头。心想，怎么连什么时候出生都要弄虚作假呢？让孩子一出生就进入一个谎言之中？不好不好，断断不可！什么时候生的就是什么时候生的。这个谎是万万撒不得的。

后来，岳母找到医生，希望把我女儿的出生日期改成 3 月 20 日，遭到了医生轻蔑而冷漠的拒绝。

我在心里灿烂地笑了。

女儿出生后的头一个月，我做得还算优秀。

当年，我的居住条件不算极好，整个住宅连厨房在内，用上海话说，只有八个平方。房费每月七角钱。如此一个小猫耳洞内突然多了一口人，整个空间变得更加局促且多姿多彩。用现在的话说，我一个人要打“四份工”：

一份是做饭。

一份是伺候女人“坐月子”——东北女人“坐月子”有一套传统规则：一、女人不能出门，要在屋子里待足一个月之后才能出门。二、不能开门开窗户，以免透风，透了风，伤着产妇，后果将不堪设想。三、“月子”里的女人不能喝凉水，或用凉水洗头洗脸，否则，极易生病。四、产妇不能吃硬的食品。估计是产后孕妇的胃太软，或者牙太软，或者立此规矩的人心太软。除此之外，对孕妇还有饮食方面的硬性规定，比如要喝老母鸡汤，谓之下奶。比如要吃鸡蛋，谓之营养。再比如小米粥要喝，谓之养胃，等等。

再一份工，是伺候孩子。因为女儿毕竟太小，大小便尚不能自理。如何伺候好这种嫩软如蛋羹的孩子，真让人煞费心思。一开始的时候，对女儿排泄的墨绿色或鹅黄色的粪便，我是皱着眉头用手从尿布上刮下来的，然后再把尿布按到盆子里闭着眼睛洗。所谓眼不见为净。几次下来，智慧飘然而至了。我在工厂的机修车间用电木片磨了一把“刀”，用这种木刀刮尿布上的“遗矢”，效果好，干净利落，免去了指刮遗矢的自嘲，让我这个年轻的父亲露出自得的微笑。

我的第四份工是正常的上班开车。我得天天开无轨车去，要整天地围着城市拉磨似的转圈儿。一天至少得转足“五圈”之后才能下班。好在开无轨车的工作分上下午班。上午班下午没事，下午班上午没事。这样，其他兼职的“工作”才可以较好地得以完成。

这期间，我同妻子是数着手指头过日子的，都急切地希望“坐月子”快点结束。想想看，一个月不能开窗户，只有八个平方的屋子会是怎样的一股气味呢？

漫长的一个月终于过去了。奇怪的是，过去了，所有的辛苦也随之淡忘了。好像没有那个“月子”似的。按照东北人的风俗，坐过月子之后，产妇及孩子要去娘家住上一段，所谓“躲臊窝窝”。把她们娘俩一送走。我大大地松了一口气，好像一个溺水者终于从深处冒了出来一样，大大地喘了一口湛凉且清新的空气。

我先是将家之门窗洞开，放进早春的空气，然后舒展四肢，打扫“残局”。仅用了一天的时间，我就把家恢复了产前的样子，只是多了一些尿布之类，小玩具之类，奶瓶之类，还有那把“刮刀”。然后，我去澡堂子洗个澡。我得在热水池里好好地泡一泡。当个父亲真是不容易呀，不过却挺有趣儿。

那一阵子我走在路上总是想笑。

把自己变成一个轻松的人之后，开始想给孩子起一个什么样的名字了。起一个怎么样的名字呢？这的确是一个颇费思量的事。记得，我像千千万万个家长一样，一下子给女儿起了十几个名字。只是名字多了，如同炒的菜多了一样，品不出哪道菜更有滋味了。此外，我还意识到，在给初生婴儿起名字方面，有一个神秘的现象，几乎是无法逾越的。比如以我们这一代女性为例，名字多带些“美”“花”“芝”“淑”“娟”之类，因此重名的极多。似乎大家都在一个毫不知情的情况下，起着彼此大同小异的名字。因此，我在给女儿起名字的时候，就极力地想着避免这种现象的发生。

首先，我想到的是，一定给女儿起两个字的名字。我不知道自己为什么对三个字的名字有一种挑战精神。但是，女儿的名字却一直起得不满意。在绝望的时候，我采取了一种听天由命的办法，即，随便打开字典的某一页，选这一页上的第一个字为女儿的名字。如此一做，这一页上的第一个字，是“威”字。威字好呵，我这个人就缺少威字。女孩子有个威字做伴，至少是一种暗示，要存点威风、威严、威信、威力及威仪。就起名叫“威”罢。就这么起了，并上了户口。长女姓名：王威。

不久，我发现，这一代女孩子叫“王威”，或者其他什么“威”的女孩子很多。大家又是在不约而同地给孩子们起着几乎相同的名字哪。

大女儿满月之后，就去了姥姥、姥爷家。这是黑龙江人的风俗。然而，想不到，却大大地与“风俗”脱节了。女儿去了之后，再就没回来，在那里一住就是二十多年。这简直不可理喻！

在我同妻子结婚一年多时间里，妻子就不断被娘家各种理由叫回去住些日子。这回有了外孙女了，他们自然会有一个长久的策划：就是无论如何也得把外孙女留下。显然，他们只考虑到了他们的乐趣，没考虑到我，一个女儿的父亲。这件事至今我也耿耿于怀。

为了想把女儿留在我自己的家里，我曾做了多种努力，但收效甚微。岳父一家死活也不肯把我的女儿放回来。为了达到这一目的，他们居然不要当时限量供应给我女儿的粮与油，也不要钱。当然，现在说这种话显得不“仗义”了。想想看，女儿由人家免费抚养大，我不但不感恩反而一腔怨言。从一般的道理上说，有点豺狼的味道。然而，我是一个“很怪”的父亲。我自始至终不希望女儿住在姥姥家。我这个人家庭观念很强，我的理想是一个完整的家，父母、孩子，缺一不可。至于穷与富并不重要。重要的是一家人团聚在一起。

大女儿出生后不久，我已经改行当了一名卡车司机了。卡车司机的特点就是经常跑外县。一跑长途运输任务，常常是几天几夜回不了家。这样，妻子回娘家住就变得顺理成章起来。对此，我一筹莫展。有时候，我则强行地把女儿抱回来，但几乎是抱回女儿的当天，岳父家那边就派人过来了，以一些古怪的理由，把女儿抱回去。抱回去之后，岳母照例会说，啧啧，这孩子让她爸妈给折腾出病来了。

毫无疑问，我的女儿在姥姥家受到了小公主般的待遇。她想怎么样就怎么样，想吃什么就立刻有人去给她买什么。女儿在这样的人文条件下，愈加地自由自在。一夕，我正好在岳母家吃饭，菜都放好了。我女儿端起桌子上的一盘炒花生米，扬到了床上。她觉得这样很好玩儿。

她的舅舅火了，觉得过分。我是没吱声，虽然是我的女儿，但我已经丧失了发言权，孰是孰非，我不讲。她的舅舅训斥道，你怎么把花生米扬到炕上了？太不像话了。女儿哇的一声哭了，脾气暴躁的姥爷立刻把舅舅臭骂了一顿，说：“她扬怎么的？扬就扬，不扬，她不成了死人了吗？！”

我忍不住笑了。

女儿在姥姥家，经常被姥爷带出去玩儿。女儿喜欢吃冰棍，那么好，爷俩就站在卖冰棍儿的箱子边那儿吃，一根连一根，吃得女儿冷得浑身直打哆嗦，说冷。姥爷立刻把线衣脱下来给他的外孙女穿上，问，还要不要吃，女儿说，要！于是，接着买，接着吃。最后，女儿吃得嘴唇都发紫了，才停了下来。

有一次，我下班后去岳母家，意外地发现女儿的小姨，每天下班都给女儿买一块巧克力。那是二十世纪的七十年代，巧克力是奢侈的食品，我立刻火了，对她小姨说，这是最后一次，以后绝对不能买！这样下去，孩子不就完了吗？

尽管我是一名司机，但我还是深知惯子如杀子的道理。因此，当我看到女儿竟然一天吃一块巧克力时，的确有被人攮了一刀的感觉。

二

女儿在姥姥家生活，几乎使我彻底丧失了教育与塑造女儿的权力。我非常担心岳父岳母不可能把女儿教育成一个有用、有志气、有毅力、有独立性格的人。

生活条件太好了，对小孩子来说是极其不利的。即便是可以花钱为他们买一张剑桥或者哈佛大学的文凭，或者用钱打通各个关节，去身居要职，可你的灵魂却一生都要浸泡在谎言中，这样的人生质量又从何谈起呢？为此，我从不放过任何一个对女儿的教育机会，并从来在她的面前绷着脸。我想让她知道，这个世界不是一个充满笑脸的世界。因此，大女儿从小就很怕我。当然，越怕她就越不愿意回到我家去住。

记得一次恰好我在岳父岳母家吃午饭。上小学的女儿兴冲冲地跑回来，手里拿着一根木板条。我问她从哪弄来的。她说，那么多小孩都去街那边的花窖拿的，她也拿了一根。她以为我会表扬他。我厉声地告诉她，立刻给我送回去！并向那儿的人认错。在街坊的众目睽睽之下，她送回去了，并向看木料的老工人道了歉。

女儿是怎么想的，我至今也未问过。我也不想问。我不管这些细枝末节。唯一让我欣慰的是，大女儿参加工作一直到今天，从未拿过公家的一针一线。

另外一次，我去学校接她，顺便给她买了一点儿吃的东西。随我们一道往回走的还有一个女同学。我女儿就那么旁若无人地吃着。我冷眼看着，什么也没说。等那个女同学走了之后，我问她为什么不给那个女同学一些吃？她听了很吃惊，说，我们同学都这样，她们有好吃的也不给我。

我想我女儿说的是真话，她至少在参加工作之前从不对我撒谎。

我说，同学们都这样你也不能这样。有好吃的东西，一定要主动让让人家。这是礼貌。这是我给你规定的一条行为准则，理解要遵守，不理解也得遵守。听见了吗？

女儿说，听见了。

我跟她讲我小的时候，小伙伴有什么好吃的都要给对方一点的。凡是不给的，大都是富家子弟。

女儿问，为什么富家子弟不给呢？

我说，这很简单，富家子弟并不是不想给，而是他们的父母教育他们不能给。

他们从骨子里鄙视穷人。就像穷人从骨子里都鄙视富人一样。女儿仍然追问，他们的父亲为什么教育他们不给呢？我说，因为他们父母不想做傻瓜，不想让别人沾了他们的便宜。

女儿问，那你为什么教育我要给同学呢？

我说，这很简单，因为我想做一个傻瓜。傻瓜，有时候是可爱的，坦荡的。大凡在小事上计较的人，多数是没有出息的人。

女儿问，爸爸，你有出息吗？

……

那时女儿还小，当然她不懂我的话。不过，从那以后，女儿无论吃些什么，只要有同学在场，她都一定会让让他们。

女儿的“傻”终于尝到了甜头，同学们都说，王威是一个大方的女孩儿。同学们都很喜欢她，愿意和她交往。这样，她的世界充满了欢乐。

三

我们是在结婚三年之后，才有了这第一个孩子的。俗话说“当年的媳妇当年的孩儿，当年没有等三年儿”。

真的等了三年。

然而，三年没有小孩的滋味，无论如何是一种空落的生活。两口子下班回到家，没事，那时候也没有电视机，朋友们几乎家家都不富裕。干什么去呢？也只有回家。回到家，夫妻两个大眼瞪小眼。不过，也曾在漫长且枯燥的三年里，有过三天“有孩子”的生活。那是妻子的一个朋友因公出差，三天后才能回来，于是，就把她的孩子寄放到我家。这也是妻子主动争取而来的。这个小男孩来了，使家里充满了欢乐和愉快。在倏忽之间，几次觉得这就是我自己的孩子。那是个秋雨绵绵的日子，天天下小雨，但这并不妨碍我们“爷俩”出游。我们在外面玩得非常高兴。孩子也常常管我叫“爸”。这情景让邻居的大爷大娘们看见了，都笑着说，看喜欢孩子喜欢的。

三天的期限很快就到了，小孩毫不留恋地跟着她的妈妈走了。我觉得自己像一个受骗的吉尔·布拉斯。

想不到，第一个女儿生下来之后，立刻被岳母家“霸”去了。不过，只要有机会，我一定把孩子领出来，让她骑在我的脖子上玩。那时候大女儿还不会说话呢，但却喜欢“说”，不停地“说”，行人听了就笑，我就解释说，“她讲的是外语”。

一次我领她去江边玩。玩够了，我们爷俩去华梅西餐厅去吃饭。在饭店里我给她要了一杯牛奶。她喝了之后，就躺在火车座上睡着了。我坐在那儿一直等着，一个多小时之后，孩子醒了。我还得把女儿送到岳母家去。

不过，在女儿上学后，每逢放寒暑假的时候，我就可以把孩子接回家来住了。

前面我讲过，我住的是一幢极旧极破的小二楼。这幢小二楼在新中国成立前，是一个日本人开的“榻榻米”工厂（草垫子工厂），新中国成立之后，用薄薄的木板隔成了若干家。我住其中一间，仅八平方米，而且靠北窗仅一米，是一幢同样旧的小二楼。因此，这临北的住家常年不见阳光。但靠南面的住家就没问题，几乎每天都有灿烂的阳光。住在这幢楼上的老户说，住在北面的孩子就容易生病，而住在南面的孩子就很少生病。

临北的住房由于长年暗无天日，因此不适合养花。而我又是一个特别喜欢养花的人，到今天我还养了好多的花。并且还种了韭菜和香菜。文士心肠，桑麻之乐嘛。可是住在那种房子里不行，也曾试着养过几种，但都相继死去了，让人心绪悲凉，想到天道不公，也间或地对住宽房大宅的官员有一种抵触情绪。当然更多的是幻想，什么时候能住上一间有阳光的房子呢？那样就可以养花了。

又是一个放寒假的日子，我照例把大女儿接了回来。接是接回来了，但我们两口子白天都上班，家里只留着一个孩子（小女儿上幼儿园）显然有些孤单，也会让孩子觉得没意思。怎么办呢？我就让她写作文。作文的题目都是我随意起的。记得那天留给女儿的作文题目是《等房子下来再说》。在这之前，我就“命令”大女儿必须每天记日记，借以锻炼她的文字与叙事能力。大女儿当然不愿意做，但又不能不做，因为我要检查。这种被动的强化训练久而久之确实起作用。我对她写的日记就一条要求，不管写得通不通顺，也不管写得有没有错字，必须是真情实感。

我跟女儿说，一个人如果在自己的私人日记里都说谎话，不仅仅是这个人的悲哀，也是整个社会的悲哀。

晚上下班回来，我检查女儿写的作文。读后大吃一惊，觉得写得确实不错。那时候我已经同地方的报界、文学界小有接触了。恰好地方报纸上有学生的寒假征文。于是，我就把女儿这篇作文邮走了。地址写的是姥姥家的地址。很快，她姥姥那边来人了，说是有两个报社的人到家里去了，打听威威的情况，说是给报社投了稿。那两个人还上威威学校去了，了解威威的情况。报社的人说明天早晨9点，让家长领着威威到报社去一趟，找谁找谁。我明白，他们是觉得这篇作文写得不错，但是，似乎感到不太像小学三年级孩子的作文。人家打算让孩子到报社去一趟，看一看，考一考。如果是真的，就可以发表了。我决定让孩子的妈妈领女儿去。这样，两个外行情况会自然一些。我去了，见这个打招呼，见那个打招呼，没有疑点也出疑点了。我嘱咐她们娘俩去了之后，要实话实说，是什么就说什么，不知道的就是不知道。他们也有可能当场给你出一道作文题让你写，你就写，写坏了也没关系。总之，要写得聪明，就完成任务了。另外，他们问爸爸的情况，你就说，爸爸是个司机。其他的不要讲，尤其不要讲爸爸爱写东西的事。

孩子被报社召去，她妈妈非常高兴。第二天一早，娘俩穿着新衣服，打扮得利利落落，去了。

去了之后，一切情况像我事先参与了似的，和我预料的一模一样。报社的人很喜欢我的女儿，并当场出了一道极简单的作文题《我捡到了五分钱》，让女儿在办公室当场写。

女儿大约十几分钟就写完了。他们看了之后非常高兴，说了许多夸奖的话。就是到今天他们也不知道，王威是我的女儿。后来，这篇作文在报纸上发表了，并得了个奖。

这之后，大女儿又陆陆续续地写了几篇，还参加了铁路局子弟学校的征文，也得了奖。似乎还参加了市广播电台的一个什么征文活动，奖给了她一本集邮册。

但是，大女儿并不喜欢写作。她固然有聪明的一面，但是，她对写作似乎有一种天然的抵触情绪。不过，在培养她写作这方面，我这个年轻的父亲该算是煞费苦心。我买了不少小人书，而且小人书的购买都是有选择的，比如中外科学家的故事，比如中外名著，比如神话故事，还包括一些游记之类。这样一些内容的书陆陆续续地买回来之后，我并不让她随便看，每天只规定她看两本，控制她的阅读。目的在于激发她的兴趣，用通俗的话讲，就是吊她的胃口。使她在阅读上总有一种不满足感。

我之所以强行地让孩子写作文，写日记，其实也含着自己在这方面无能的因素。那时候，我写东西的废品很多，甚至屡投不中。我希望我的女儿强于我，成为一名出色的作家。但是，女儿真的不愿意做这件事。直至女儿二十多岁以后我才明白过来，心想不写就不写吧。另外，我之所以放弃，也可能是我已经写出来了。至于女儿该干什么，抑或她有怎样的理想，我现在变得冷静、理智，并实事求是起来。

但这并不能说，我以往对女儿的教育全是自私的行为。有时候也是考虑到她长大以后，有适应社会方面的训练。在我小的时候，如若家里来了客人，父亲肯定把我们兄弟几个叫过来，逐个地给客人鞠躬。我们常常像怕父亲一样地害怕客人，客人们问什么，我们回答得常常语无伦次，生怕说错了话，事后挨父亲的拳脚。大女儿小的时候也有点儿怕我，我每每领她去朋友家，或者亲戚家，她回答他们的问题时，常常吞吞吐吐的。在回家的路上，我告诉女儿，回答大人的提问，一定要爽爽快快，不能吞吞吐吐。自己认为怎么说就怎么说，只要你回答得干净利落，就是说错了爸也不怪你。我跟女儿说，一个人如果一生都没说过错话，那是相当可怕的。从那之后，大女儿无论在人前人后，讲话从来自自然然一派坦荡。很好。我对此持欣赏态度。我其实一直批评"贵人言语迟"这种说法。一个人总是不表达，总是欲言又止，总是闪烁其词，是会引起对方警惕的。

当然，也不能因此信马由缰，满嘴跑火车，那不是会讲话，而是一种灾难、一种污染。这两者之间是有质的区别的。

四

我想，我该聊到我第二个女儿出生的情景了。

我的小女儿是在大女儿出生五年之后，进入人类社会、进入我的家庭的。

当妻子怀第二胎的时候，妻子及她的娘家人，以及她的同事，都说她怀的是个男孩。而且，他们还从妻子的脸上，身形上，指出肯定生男孩的某些特征出来。妻子听了很高兴，她非常希望生个男孩。毕竟前面已经有一个女孩了，一男一女，万分理想。再说，那时候计划生育的口号是“一对夫妇两个孩儿，中间相隔四五年儿”。

我倒不十分地在意这些。我想，无论是男孩还是女孩，只要不流产就行。因为在第一个女儿出生之前，妻子已经连续流产了好几个了。经医生诊断，属于习惯性流产。为此吃过许多药。包括一些关怀关心者提供的偏方，如鹿胎膏、胎衣等。但这些偏方至少在三年之内没有奏效。一位颇有文学气质的男医生说，这就像是盐碱滩不长粮食一样。

妻子对那个医生的话一直很反感。我倒觉得有一定的道理。

这样继续流产下去是危险的。没想到了第三年，却成功地生了第一个女儿。盐碱滩长出了真粮食了。

第二个女儿出生的时候，我在一家炼油厂开大卡车。

前面说过，我的妻子经常住娘家，在娘家住的日子比在自己的小窝里住的时间多得多。但在怀第二个孩子的时候，她却一直住在自己的家里。总之，妻子怀第二个孩子的时候身体状态很好，精神面貌也不错。感觉她的心里充满了阳光。临产的时候，妻子住进离岳母家很近的一家小妇产医院。这是岳母的建议，她说这样照顾起来方便些。在妻子欲生产的那些天里，我照常上班。我似乎是个多余的人。好像将要降生的不是我的孩子，而是岳母家的人。

一天的早晨，小内弟打来电话，说，生了。让我过去看看。

我立刻开车过去了。

清楚地记得那天是3月19日。那天的天气极好，阳光灿烂，给人一种很好的心情。

我在妇产医院的门口看见了岳母。她见我来了，立刻地把我拽到一边，小声说，生了个丫头，你可别说啥，她妈正在月子里，受不了刺激。我听了她的话有点摸不着头脑，男孩女孩有什么区别吗？说到底这是我的女儿。我进去伏过身去仔细地看了看，睡在小床上的女儿脸儿红彤彤的，长得很丰满，看上去像一朵盛开的玫瑰花，真让人喜欢。我像欣赏似的说，这不挺好的吗？多好看哪。

妻子一直在紧张地观察我，见我如此态度，哭了，说，不是儿子……

我说，嗨，什么儿子不儿子的，姑娘好，太好了。我喜欢！

我的这种态度，在妻子的娘家人看来有点匪夷所思，似乎也不可信赖。在我来之前，他们已经在偷偷地商量另一件事了，就是要替我要一个儿子。他们同这家小产院的医生商量好了，当时正好产院有一对未婚青年生了一个儿子，这对未婚青年打算把孩子送人。他们送孩子给人并没有什么额外的条件，只要给他们二百元营养费就行了。他们的情况看起来很困难。产院方面也愿意玉成此事，将这两个出生婴儿写成一对双生，都算是我妻子生的。这样就可以报户口了。为此，岳母还特意带我去看了这一对未婚的年轻人。在我的注视下，两个青年人都低下了头不吱声。岳母小声说，咋样？这两个人都长得不错，孩子肯定也差不了。于是又让我看了那个孩子。这个初生的婴儿像个小老头，一脸的皱纹。听说有相当多的婴儿刚出生时都是这种样子。

出来之后，小内弟说，姐夫，这孩子钱我花。

老岳母又说，这孩子我们养，一切不用你管了。你看这么行不行？

只要一句话，就算是我的儿子了。

妻子看来同意了。

我说，我再想想。

其实，我从内心绝对不同意要这孩子。

待岳母和她的家人都走开后，我对妻子说，坚决不要那个孩子！

我心里有另一种担心，我们能够替别人养育好这个孩子吗？对于这个孩子的前途我们有把握掌握吗？毕竟是别人的孩子，这是一种不真实，心里永远会有一种障碍。

由于我的坚持，岳母也只好作罢。其实，她担心的是，不生儿子的女儿会因此受到我的歧视。

总之，我非常喜欢我这个小女儿。我常常跟小女儿开玩笑说，咱爷俩是父女情深，我看到你第一眼就非常喜欢。

但是，养育这个小女儿却有不少的麻烦。首先，在妻子坐月子的时候，这小家伙总哭，喂她奶她都吐了出来，究竟是什么原因也搞不清楚。为此，我买了不少小中药。我听说小中药对婴儿极有好处，比之西药要好得多，而且不伤孩子。记得我买的那些小中药有“一念金”“保赤万应散”等，很多，药名差不多都忘了。买回来后，一一地给女儿吃，但效果仍然不见好。

由于女儿这样没日没夜地折腾，妻子也实在是受不了了。于是，孩子由我来看，让她睡觉。她已经好几宿没睡好觉了。

入了夜，我盘腿坐在床上，把小女儿放在我的腿上，拿一本长篇小说来看。我打算一宿不睡了。小女儿一哭，我立刻晃动几下腿，她就不哭了。这一夜我究竟晃动了多少次腿，换了几次尿布，都记不清了。但是，这样做的效果似乎可以。待到天亮的时候，那厚厚的一本长篇小说也看完了。

经过一宿的睡眠，妻子的精力也恢复过来了。

就这样，坚持了一个月。

女儿满月之后，按照东北的地方风俗。妻子得回娘家“躲臊窝窝”。这次比不得生大女儿，因为娘家已无意再收留第二个小孩。所以，按照文化传统的俗成约定，妻子在娘家住了三天之后，就回来了。

回来之后，小女儿仍然表现异常，仍然吃什么吐什么，仍然哭个不停。我们决定去医院看看。我选择了一家大医院。小医院的水准总是有限的。我们夫妇抱着孩子去了医科大学附属第一医院。是一个年轻的大夫给看的。她说婴儿是胃幽门痉挛。所以吃什么吐什么。又说，这就是婴儿不会说话，要是大人，发作时疼得根本受不了。医生给开了一小瓶药水，说是一种麻醉药水，告诉我们给孩子喂完奶之后，往嘴里滴一两滴药水就行了。

疑疑惑惑地把女儿抱回来后，如法炮制。天可怜见，果然有奇效。一切都变好了，而且女儿也能吃奶了。至今我对那个医生和那瓶药水，都有一种崇拜之情。

但是，小女儿的“病”并未因此结束。一年之后，妻子发现小女儿的眼泪总是黏黏的，不像正常人的泪水。妻子告诉我这件事时，我说没关系。后来，妻子抱着孩子去了一家眼专科医院。医生说，是泪腺堵塞，须用一种长长的弯针从眼睛的泪腺扎进去，捅开就好了。我一听，觉得有点悬，万一把孩子的眼睛扎坏了怎么办？这是开玩笑的事吗？不行，绝对不行。但是，我那个二虎的妻子，竟背着我抱孩子去了那家医院。眼睛扎针一事做得十分成功。孩子回来后，泪水正常了。

我没说什么。但我坚持认为，这是一种冒险。要眼睛，还是不要黏黏的眼泪。我选择眼睛。这没什么可商量的。妻子正是看到了这点，才背着我抱着女儿去医院的。

这是苍天保佑。

妻子跟我说，这个二丫头，一生下来就没少遭罪，胃痉挛，泪腺又堵了，往眼睛扎针，别说小孩儿，就是大人也瞅着害怕呀，那么长的大弯针，从眼睛旁边扎进去，谁知道有准没准儿啊，我还得使劲地摁着孩子的头。孩子疼得直叫，一头的汗水，我都哭了。

我没吱声。

二女儿自生下来之后，基本上是住在我们自己的家里。虽然中间也偶尔去姥姥家住几天，但都时间不长，而且她在那里的待遇也不如我的大女儿好。她总是像一个被遗忘的孩子。但这小孩儿总是一副不计较的样子，笑呵呵的。她穿的衣服和鞋子，几乎清一色是她姐姐穿剩下的。她的玩具也都是她姐姐玩过的。这也是没有办法的事。捉襟见肘的生活，常常使我们无法改变这一切。只能眼睁睁地，平静地看着日子流过去，流过去。

小女儿长到三四岁的时候，再由她母亲天天带着上班就显得困难了，该给她找一个幼儿园了。当然想安排一个好一点的幼儿园，只是我们两口子的收入仅仅够维持日常的基本生活。所以，只能考虑去那种便宜的托儿所。一个偶然的机会，我们得知一个亲戚的女儿在街道上开了一个私人的托儿所，收费不高，又是亲戚。于是，我们就把小女儿送到那里去。

这个托儿所有一个小院，小院里有一个土房。土房又黑又阴，里面有一个很大的火炕，有六七个或者七八个小孩子。当然差不多都是穷人的孩子。倘若有富人或者当官的子弟到这种地方来，那是体验生活，或者叫下放锻炼，将来好提更大的官，是过渡一下。

我们那个亲戚是一个十五六岁的小姑娘。刚刚中学毕业，就开了这个托儿所，算是自谋生路吧。按着辈分，小女儿应当管她叫二姨。这个二姨经常凶狠地从别的孩子手中夺下吃食，塞给我的小女儿，弄得对方哇哇大哭。小女儿是个性格很好的小丫头，从不跟别人打仗，做事也温文尔雅，好像未出生之前读过教会女子中学似的。我每天早晨负责骑车子送她去托儿所。像所有的孩子一样，小女儿也不愿意去托儿所。我只好边哄她边骑："前进——"，小女儿也跟着我喊："前进——"前进完之后，又哭了。

晚上，由妈妈接她回来，早一点晚一点没关系。如果晚了，二姨就把她带到自己家里去。反正是亲戚。不过，这极有可能给小女儿一种寄人篱下之感。

小女儿的生活待遇，远远比不上大女儿。大女儿可以说是应有尽有。小女儿跟我们一起生活几乎什么也没有。记得，有一次我抱着她去附近的一家食杂店买东西。小女儿看到柜台上的梨，伸手要抓。我立刻说，噢，孩子，这可拿不得，这是要花钱的。柜台里面的那个老服务员面无表情地看着我们父女。我冲他笑着点点头，然后抱着小女儿走了。我心里很难过。当时我兜里没钱。每逢月底的时候，总是囊中羞涩的时候。我知道孩子永远是孩子，她想吃什么，做父亲有责任满足他们。可是小女儿摊上的却是一个穷光蛋的父亲，连一个梨都买不起。一路上，我为我们父女的处境感到悲哀。

后来，我成了作家，在我的笔下永远同情那些穷人、普通人和弱者。我从来是充满着感情写小人物生活的。我太了解小人物的心理、处境、尴尬、感情了。我想，中国的作家那么多，我就负责写小人物吧。那些大人物，那些新人类，那些企业家，那些金牌得主，那些花花草草的事、扯淡的事，由另外的作家们去写吧。我一生的宗旨，就是写小人物。

五

后来，我转到纺织印染厂的工会工作，在那儿当干事。放暑假的时候，我把两个女儿带到工厂来玩。当时厂里分给我一套房子。只是这套房子在厂区，而厂区又在郊区。多数的职工都没人愿意来住。我带孩子们来，一是让她们看看与工厂毗邻的农村景色，田野呀、荒地呀、野花啊、工厂的面貌啊等。二是跟孩子们在一起是一种乐趣。那时，我常在工厂的宿舍住，看书，写东西。一个人待久了，空虚。

记得，一个工会的女同志看到小女儿身上的衣服很旧，甚至有缝补之处时，便对我说，咱们厂有的是布，你不能买点布给孩子做一套新衣服吗？

她这一番话说得我无地自容。

我立即到销售科买了布，并到厂区的服装店给女儿量衣服尺寸。我满以为小女儿会感到高兴。但她的表现让我吃惊。她只是笑眯眯地任人量着。是啊，她已经习惯穿旧的衣服了。

后来，我的经济情况有了好转，甚至有足够的钱满足女儿的需求。于是我常常领着小女儿去逛食品商店，问她，想吃哪种指出来，爸给你买。小女儿开始指，指一种买一种，毫不犹豫。这种情况延续了两三年之后，父女俩再去逛商店，小女儿什么也不指了，差不多所有的她都吃过了。与此同时，我还常常带她去吃饭店，想吃哪种菜随她点。为此，大女儿常常不满，认为我偏向。

做父亲的心中自有一杆秤，他的灵魂决定了他一生也不会对儿女做不公平的事。所谓的不公平，自有它的历史或现实的原因。难道不是这样吗？

在大女儿上中学后，我就有一个出格的打算，攒点钱，领女儿出去到外地走走、看看。

我隐约地预感到，我们那一代人囚在本土上，缺少知识不说，而且也缺少宽大的胸怀。

打算领女儿远足的事，是在我到编辑部当了编辑之后。

说到这里，还有两个小小的记忆，一直让我这个当父亲的为之感动。

记得是八十年代初，我放弃了开车的工作，去工厂的工会工作。那时候我已经搬家了，家里有一个简陋的卫生间。一天的深夜，我起来上卫生间。我刚从卫生间出来，正碰见念小学三年级的小女儿准备上厕所。更深夜静，小女儿突然问我："爸，您怎么不开车了呢?"就这一句，把我感动得眼泪都快出来了。

我说："爸不开车了，改行了。"

女儿问："好不好?"

我说："好。"

刚刚改行不开车的时候，心里是有点失落感，不像开车，干什么都方便，很多人也愿意结交你，用车方便嘛。现在突然成了工会干事，没车了，而且人生地不熟。心里颇不是个滋味儿。小女儿问了这么一句，自然让我感慨不已。

另一次是我刚刚当编辑，头一天上班，我在走廊里擦自行车。这时小女儿走过来，蹲在我跟前，说："爸，当编辑了，擦擦车。"

我听了，笑了。这小家伙。

当了编辑，出门的事就多了起来，而且灵魂也随之发生了变化。对女儿素质与人格的塑造也变得主动积极起来。领女儿出门旅行就是一例。

记得第一次领大女儿出门，我是利用出门组稿的机会，我是公家花钱，大女儿则是自费。

我和大女儿坐的都是硬座。坐硬座便宜，到北京得一天一宿呢。我当时想，孩子要是困，就倒在我怀里睡就行了。

这一路上，大女儿玩得特别高兴。我们先上的北京。我领她去了故宫、颐和园、八达岭，而且还去了承德、八大处，并领她吃了北京烤鸭、燕京烧卖。当然更多的是小吃了（主要是钱也不多）。然后，又去南京、无锡、杭州、上海。

记得那一年的天气极热。我和大女儿住在上海的一家街道办的小客栈里，热得简直不行，恨不得马上离开。跟我同住在一起的是一个卖竹制品的宁波人。我们房里堆满了他的竹制品。我问他何处卖船票。我想让大女儿乘海船去大连看看。然而那个宁波人讲的话我一句也听不懂，而我讲的普通话他也听不懂。像两个外国人似的。

后来，我终于找到了船票售票处，但去大连的船票，七天以内全部售光了。

大女儿已经热得不行了，整天迷迷糊糊的，不吃饭。后来，我看到二楼是卖团体票的。便领着大女儿上了二楼。

我对那位卖票的中年妇女说，您看，我们是从东北来的，我女儿在这儿水土不服，热得整天不吃饭。如果您能照顾我们两张船票，我还有一个记者证说明一下。

她看了看我可怜的样子，又看了看蔫了的女儿，说："这么热你还领孩子出来干吗？"

我一听有门儿，立刻说："我错了，我错了。"

她说："你要去哪里的船票？"

我说："大连。"

她说："下午两点你再来看看吧。"

我说："好的好的，谢谢谢谢。"

下午一点钟不到我就去了。

那个卖船票的妇女一看笑了："这么早就来了。"

我说："不是担心嘛。"

这样，我意外地拿到了两张去大连的三等舱的船票。真是太高兴了。

……

看到了浩瀚的大海，大女儿非常高兴。

为了省钱，上船之前我特意买了面包和橘子水，因为听说船上的伙食非常贵。

在航行的海船上，我还安排大女儿去看船上的录像。总之，尽可能让她的旅行生活丰富多彩。

到了大连。我找到了《海燕》编辑部的一位常联系的编辑朋友。这位朋友给我们父女安排了住处。他们的副总编听说我来了，派人捎话说，他打算请我们到什么地方看看。后来他忘了说过的话。

在大连逗留期间，我决定让大女儿吃一次海鲜。可领着女儿进了几家饭店（当然是大一点儿的饭店，小馆子怕大女儿吃坏肚子），都因海鲜的价格太贵，不得不离座而去。这样便几次人模狗样地坐下，又尴尬地站起来领着大女儿往外走。如此这般走了几家。大女儿终于说："爸，就在这家吃吧，怪丢人的。你看人家服务员用什么眼光看你。"我说："好！"于是，在这一家饭店坐下没再走，豁出去了。

这次旅行，的确让大女儿开了眼界。

这里，我建议孩子的父母们，万一有条件，能领孩子出去一趟最好。你会发现这对孩子的成长有着至关重要的影响。

六

大女儿中学毕业之后，学习成绩属中上等。开家长会的时候我去了。女儿的班主任是一个相貌颇凶的女老师，据说她的男人在省报工作。我低三下四地向她询问王威报考什么学校合适时，她显得一点礼貌也没有，连坐也不让我坐，冷冷地说，报职高吧。上高中也没用，你孩子考不上大学。

我听了以后，为孩子学习状态感到无地自容，心里非常难受。那天开家长会就是报学生志愿，全都是一个家长一个学生，在一起研究着报。我听了老师的意见后，打算把王威的第一志愿写上职业高中。这时，王威对我说，爸，我还是想上高中。我一听，怔了一下，坚决地说，好，那咱们就报高中。

老师忘了一个基本的事实，那就是，女儿是我的，而不是她的。

待到三年后考大学的时候，学校里高中一共有两个班，只有王威一个人考上了大学。

大女儿报考的是师范大学艺术学院戏剧文学专业。我们知道这所学校招生时，差不多离考专业课的时间仅有十天了。后来总算是报上了名。而其他的考生都在这个学校的补习班里已经补习半年多了，均由该校的老师讲课，做考试前的辅导。

王威能不能考上呢？

我先找了一个同事，在考试前给女儿辅导一下。这个同事给我开了一个参考书目。于是，我领着王威去书店购买这些书。这些书，其中有的我家有，小的时候她都看过了，没有的再买吧。不过，十天时间怕是来不及呀。有枣没枣三竿子，试试吧。在书店给女儿挑书的时候，我看中了一本《文化词典》。十二块钱一本，而且只有这一本残本了。售货员不同意降价处理，看得出这位售货员要展示一下自己的营销水平。我只好原价将这本词典买了回来。

买回来之后，我在目录上画了一些重点符号，主要是时间来不及了。我只能挑一些我自认为的重点了。我想，招考的对象毕竟是高中生，而且并非专业艺术人才。我猜，学校也只能考一些艺术方面的基础知识，再看一看考生平时的阅读量。

考试那天，是我送她去的。路上我对她说，从原则上讲你应当考不上。为什么？因为你事先一点心理准备也没有，也没上补习班。但是我们为什么还要参加考试呢？第一，你从小没少看书。尽管不少是小人书，可这些小人书都是文学名著改编的。一旦出题，让你分析其中的某篇作品，或者作品中的某个人物，你首先能知道是一个什么故事，因为你读过。第二，你可以根据自己读书时的感受写对艺术形象的分析。这一点，越自由，越放得开，越大胆，越不拘一格，越好。第三，这些年来你写了不少日记，叙述没有问题。这都是你的优势。

最后我还嘱咐她，有些选择题要聪明一点，比如书与作品，要看看作者的名字是哪国人，瓦西里，肯定是俄国人，千万不要安到美国人上。萨特肯定是法国人，不要安到英国人上。同样，福克纳是美国人，也不能安到法国人上。这些都认真判断一下，再做出选择。

女儿问我，那我能不能考上呢？

我说，做到了就能。

女儿问，我要是考不上呢？

我说，考不上也是我的女儿，不会变成别人的女儿。

女儿笑了。

我说，一定要有信心。

女儿说，我有信心。

结果，发榜那天，女儿的专业课考了第三名。统考的文化课分数，在录取的学生中排名第一。因此她一报到，就被校方安排做了班干部。

看来，是平时读书发挥了作用。现在的家长不希望自己的孩子读课外书。尤其是文学方面的书。这是一个错误。多读文学作品才会更加了解自己和人生。帮助他们渡过种种难关的不是数理化，而是来自文学方面的启示。很难想象一个伟大的科学家、政治家、领导者，对文学一窍不通。在不懂文学，没有文学修养的人手下干工作，要多没劲有多没劲。他们做出的潇洒与风度都是伪的，他们所有的论点都是可笑的，滑稽的。尽管他们很固执。

大女儿师范大学艺术学院毕业之后，我曾安排她和另外一个女同学去山区玩玩。那边由我的一个朋友安排好了。到了出发的那天晚上，两个女孩子说什么也不让父母送。她们认为自己长大了，完全可以自己去。加上她母亲也在一旁劝说，最后我只有妥协让她们自己走。到了半夜，山区的朋友打来电话，说接站没接到两个孩子，已经等了两趟车了。我一听立刻慌了，怎么会呢？我一边穿衣服，一边恶狠狠地对妻子说，都是你出的主意，告诉你，要是找不回孩子，我立刻跟你离婚！

她母亲也吓坏了，但表现得比我冷静得多。

后来，孩子回来了，原来是坐错了火车，坐到另一个方向去了。她们毕竟是头一次独立出远门，加上又是那么兴奋，见了火车就上，差错就在所难免了。

好，回来就好。第二天再走就是了。当时看到女儿回来，我非常愉快，喝酒以示祝贺。

七

二女儿小的时候，天性地喜欢一些东西。刚刚上小学的时候，她似乎有点喜欢画画，自己经常画一些小人或者小动物小花朵之类，用以点缀她的铅笔盒。她的铅笔盒总是热热闹闹的。我想小女孩子嘛，并不以为然。这一点，绝不会像当代的年轻家长那样，大呼小叫，以为一个艺术家出现了。绝对不是这么回事，每一个小孩子都喜欢画画。普普通通。

当小女儿把她画的小人儿，或者小花悄悄地压在我写字台的玻璃板下的时候，我心里充满了阳光。但是，我并没有说，你好好画吧，将来当一名画家。我没有这样说。因为能成为一名画家的孩子，完全是另外的一种状态，痴迷而深入，并成为他们的一种叙述语言，绝不是一般的儿童游戏。

小女儿上小学的时候，除了喜欢画画还喜欢唱歌。一天她告诉我，她参加了铁路局教委主办的一个音乐班。这个班每天的下午在铁路文化宫上课。我说，去吧。喜欢就去。小女儿听了很高兴。她准备了一个专门的笔记本。我发现她写在上面的音乐知识的字迹工工整整。我想，这小丫头挺上心哪，字写得不错嘛。

为此，在她妈妈的建议下，我狠了狠心，花二百块钱买了一个电子琴。开始，她还有兴趣，但是那仅仅是孩子的游戏。

小女儿学音乐一事，最后是她自己失去了兴趣。自消自灭了。

另外，说心里话，我对演艺界是有偏见的。我认为小女孩子能不参加演艺界就不参加演艺界，除非她是个绝对的天才。那是个闹心的地方。这几年，我也零星地接触过演艺界的人士，比如演员，比如导演。总的说，真正有天才，有文化素质，有大师气派，做人高质量的不多。而庸才，骗子，不讲义气，不学无术的人都充斥在那里。当然，有的人会认为我这种说法是一种偏见。可偏见是一个人的权利。至少目前我不想改变这种偏见。

在家里，两个女儿都可以坦诚地跟我讲任何事，而不会受到批评与歧视。我从来是耐心地听她们说的一切，尽可能地以一个青年人的心理去理解他们。我对她们没有更高的要求，就是一句话，做一个普普通通的人，过普普通通的日子。既别太穷，也别太富。平平安安，足矣。

当然，她们有她们的理想。这不关我什么事。她们有权利拥有自己的理想，并且为之奋斗。这是好事，或者至少是一个好梦。

小女儿上小学时的学习成绩并不太好。为什么？并不是女儿笨，而是她所在的班级的缘故。小女儿在铁路的子弟小学念书。不知为什么她那个班的班主任总换。因此，学习抓得非常松。加上小女儿念小学的时候，常在姥姥家住，没人认真督促，学习就放松了。这里我想说，如果能不把小孩子放到老人处，就一定不要放。老人已经把人生与社会看“透”了，甚至，他们觉得所有的努力都是徒劳的，人的一切全是“命”。这是骨子里的东西。而且人成为老人之后，感情失落，他的同事，旧好，甚至儿女，都不可能抽出大量的时间、精力，耐心地陪他们叙旧与追忆。因此，他们是很孤寂的，再加上生命来日无多，那种求一时之愉快的心理很强烈。倘若膝下有一个外孙女、孙女，太好了，童言无忌，老小孩，小小孩，在一起多好啊。至于孩子们的学习，当然也希望学得好呀。可学不好也不能把孩子吃了呀。于是，孩子的学习成绩就无法保障了。

当然也有例外。

不久，小女儿的班上终于来了一个很好的老师做他们的班主任。那一阵子，这个班的学习成绩普遍上去了。而且十分突出。然而，学校并非是人事的净土。有些老师开始风言风语打击这位班主任。使这位老师陷入了痛苦之中，加上她自身的家庭变化，最后她不得不离开了这个班，做科任老师去了。这样，有相当长的一段时间这个班没有班主任老师。全班的学习成绩又急剧地掉了下来。

所以，现在有不少学生家长不遗余力地为孩子找一个好学校、好班级、好老师，是可以理解的。

由于基础没打好，上初中后又遇到差不多的情况：考分差的同学分到一个班，考分好的同学分到一个班。学校的这方面政策是相当可怕，也相当残忍、愚昧与自私的。

三年之后，我再次给小女儿开家长会。内容同样是报考志愿。小女儿的班主任老师很好，她对我说，唉，这孩子真是个好孩子，文文静静的，也不淘气，就是学习成绩上不来，怎么办呢？主要是基础不行。报哪个学校好呢？

最后，小女儿报考了交通学校的计算机专业。这是一所中等专业学校。她顺利地考上了。后来，她自费读业余自考的大学。到今天，屈指算来也差不多快毕业了。

八

时间过得有多快，从两个女儿出生开始，我们马上就要聊到她们参加工作的事了。

大女儿的毕业分配是颇有戏剧性的。大女儿毕业的时候，就没有组织分配这一说了。要想有一份理想的工作，要自己去找才行。她一个女孩子，上哪去找工作呢？尤其是学戏剧文学的，就更难找了。这时候，一家人的目光都放到了我的身上。

我跟她们说，我那时候毕业分配家里从来就没管过，连问都不问。

老伴儿说，得了得了，别一天到晚总是你那时候，有啥意思，能说明什么？还是面对现实吧，看看怎么帮孩子找一个好的单位。

这时候，大女儿和她的另一个女同学开始搞社会调查。两个人合作写了一篇《哈尔滨人想什么》。选题不错。初生牛犊不怕虎，写完之后，将一篇万把字的稿子投到了《生活报》。《生活报》居然以头版头条，大字通栏的标题发表。真是不可思议。过去，我写了那么多年的稿子，退回来的稿子有一手推车。发一篇作品真是不容易，而两个丫头片子一投就中。是不是这个社会出了什么毛病了？要不，就是我有什么毛病。

女儿的意思是想上电视台。她们这一代人敢想。如果说，你让他们做国务院副总理，她们也不会感到惊讶，我说，好吧，不过我有一个条件……

别以为我这是幽默。这是当代年轻人的真实状态。

我通过一个朋友，给大女儿安排到一家报社当记者。没想到大女儿坚决不同意，非要上电视台不可。

我说，你小时候那么听话，为什么长大了反而不听话了呢？

她说，小时候我不懂事，现在我有思想了。

听听，竟会是这样。怪不得旧社会抓思想犯呢。

还得找哇。不找，老伴儿也不依不饶。好像我这个作家有多大的本事似的。

其实，作家差不多都是徒有虚名，什么事也办不成。不仅办不成，一个个还牛皮哄哄的。这也是一些领导同志讨厌作家的一个原因。被逼无奈，我只好到市委宣传部的部长王华放同志家去。这位部长我认识。但只是在开会时认识的，等于丝毫的个人关系也没有。只是觉得这位领导对作家挺看重。但骨子里是不是这样就不敢说了。

我去的时候，王部长一家人正在吃饭。我说明来意，然后说，我是被逼无奈。行就行，不行也没关系。

部长笑了，说，作家的事可以照顾，也应当照顾。

就这么一句话，我女儿去了电视台。

别人都以为我给部长送了多少礼呢，告诉你，一分钱的礼也没送。这件事我一直耿耿于怀。从那以后，只要是这位领导讲话，我都觉得讲得好，精彩，中听，佩服得不得了。这是我心里的真实感受。

小女儿参加工作的情况也差不多。小女儿毕业后，我找的文联主席蒋巍。当时蒋巍正在编辑部打扑克，挂彩儿的。我站在一旁说，主席，我想把小女儿安排到编辑部来，行不行？蒋主席拿着一手糟牌，想了几秒钟说："行！"

就一个字，解决了。尽管作为作家对当主席的人应当有这样或那样看法，这是一种风俗，也是一种传统。但这件事后，我改变了，并感念终生。

小女儿上班后，先是当一个见习编辑，不久，又调到《青年之友》去当编辑。干得还不错，专访啊，时尚文章啊，还很是那么回事。慢慢来吧。

这期间，我应邀带着小女儿去了北京，住在戒台寺，又游了碧云寺、八达岭等。不久，又去了湘西，游了张家界、王家村、凤凰城等，目的是让女儿开阔眼界，增加知识。前面说过，对大女儿也一样，在大女儿念大学期间，我还领她去了一趟俄罗斯。一下子增加了她学习外语的热情。在这一点上，就必须得有所投入。光心疼钱，还不是个好办法。

大女儿在电视台当了编导后，干得似乎不错，做的节目得了一些奖，还在地方的报刊上发表了多篇散文。似乎是一个有潜力的青年。但她不愿意干写作这行，那也就算了。

自由嘛。

九

现在，我的两个女儿都大了，是所谓的青年了。她们有属于她们自己的生活。她们有时也喜欢和同学、同事、朋友去面包房，去肯德基，或者某个快餐店去消费。她们喜欢到那些地方和一些朋友聊天儿。这大抵是新一代青年的另一种业余生活吧。而我们这一代已经驶过了梦幻之河，到了可以憩息的彼岸了。更多的是回望来途，品咂人生与大自然的味道了。

我经常提示我的两个女儿，要喜欢喝茶。开始的时候她们都很奇怪。我告诉她们，茶会成为你们人生的伴侣，成为你们的朋友，甚至会使你们的生活更加充实。

她们正在试着这样做。

有时候，我也喜欢领着两个女儿去逛一逛花市，逛花市的，大都是一些中老年人，绝少年轻人。但我希望我的女儿们做一个热爱生活之人。人生的乐趣，其实在于发现。花就是其中的一种。

现在，我的两个女儿都喜欢买花，买回来后，插在家中的那个大花瓶里，我老伴儿对此常常不理解，认为是一种浪费。我说，这很好，这是在打扮自己的生活，让日子过得更富于美感，这样的享受是酒肉所不能替代的。

我同样也提醒我的女儿们要多读书，多写，多思考。不要满足于自己的现状。要知道，电视编导和文字编辑，这两种相类似的职业常常会给你们一种错觉，会油然地让你感到自己比别人高出一头，水平也比别人高出一截。这仅仅是个错觉。要学会冷静地审视自己，要善待每一个人，要尊敬你的师长，要在有知识、有学问、有成绩的人面前恭恭敬敬，切记，优越的职业随时都会成为你进步的障碍。

看起来，两个女儿还算聪明，做得比较好，但，路还长。

文/聂鑫森

父子之间（两篇）

儿子与足球

到了中学时代，儿子忽然迷上了足球。每天放学回家，一身都是泥土，身上还隔三岔五地出现伤痕。我们也听之任之，只要孩子身体好，学习过得去，踢踢足球又何妨。

随着儿子进入高中，我们的心事也重了起来，踢足球毕竟不能替代高考啊。我们开始劝他放弃足球，但他那股痴迷劲却有增无减，这使我们有了深重的危机感。高二时，儿子背着我们用书信报考了成都的一所足球学校，说准备将来要献身于祖国的足球事业，要让中国的足球冲出亚洲走向世界。当他告诉我这些时，我非常镇静且温和地说："你的志向是好的，我们不阻拦你。但学校的具体情况我们一点也不知道，让我了解了解好吗？"儿子高兴地答应了。

我知道阿来就在成都，而且是一个道行很深的球迷，于是我背着儿子与阿来通了电话，了解那所足球学校的情况，然后说出了我的心事。尽管学校不错，但我真的不希望儿子把踢足球作为一种终身的职业，何况他的身体状况，并不是当运动员的材料。我希望他还是好好读书。阿来说："聂兄，你的意思我明白了。等你儿子在家时，我再打电话过来，让我亲自和聂耶说。"

晚上，儿子在家复习功课，阿来的电话打来了。我和阿来讲了一会儿话，便叫聂耶和他通话。阿来具体和儿子说了些什么话，我不知道。但可猜测得出，是说那所足球学校如何糟糕，是鼓励儿子要下死决心考大学。我看见儿子的脸色越来越难看，握话筒的手微微发抖，我的心也感到了一种痛楚。我知道我在百般无奈中"伤害"了儿子，使他纯真的梦想破灭了。这种为人之父的苦心，儿子是一时半刻不可能理解的。

这年的暑假，还发生了一件事。广州的一个足球队派出教练，在株洲的体育馆举办一个中学生足球训练班，目的是在训练结束时，从中挑选未来的球队成员。因要参加的人很多，报名入选不容易。儿子知道我的朋友多，央求我给他报上了名，然后高高兴兴早出晚归去参加训练。其实，我应该明白，在几十名参加训练的小球员中，儿子的技艺虽说不错，但身体素质居中而已，是没有可能被选上的。可我总怕出现意外，若是被选上了呢？于是我托请体育记者去找了教练，让教练指出儿子在踢足球上是没有培养前途的，不如放弃，好好去读书。教练也是个直性人，末了说漏了嘴，加上一句：“聂耶，是你爸爸要我这样说的。”

傍晚，儿子回了家，然后当着我们的面大哭起来。这是儿子进入中学后，我第一次见他哭得这么伤心。

儿子边哭边说：“爸爸，你不该……让教练那样说我，当着大家的面，让我难堪……”

我突然觉得自己真的是做错了，应该和孩子多谈心，多交流，分析什么是可能的，什么是不可能的，让他自己做出评判，而不是采取这种方式！

直到儿子平静下来，我才和他面对面地坐下，首先承认这种方式的不妥，然后又推心置腹地谈了我的想法，分析他作为一个专业球员的先天不足。应该在高考前夕，一心一意搞好复习。因为，每年湖南的考生多，大学少，录取线很高，不下一番苦功夫是难以进入大学的……

儿子终于点了点头。

进入高三后的这一年，儿子确实再不沾足球的边，白天在学校上课，晚上在家里复习功课直到子夜时分。我每夜都在隔壁的房间里写作，我想让他知道：他的父亲并没有酣然入睡，而是在用另一种方式陪伴他！

两代人与鲁院

2014年秋，北京的中国作协鲁迅文学院高级研修班开学了。这个班的所有学生，皆是来自全国各地公安战线的青年作家，儿子聂耶有幸成为此中的一员。

在三十年前的1984年，已是中年的我，与来自外省和本省的四十多位同学，也曾进入这个神圣殿堂，先后在京四年有余。眼下，同学中的年长者已过七十，最小的也是花甲之年了，还有几位已鹤归道山。每每想起邓刚、乔良、朱苏进、赵本夫、储福金、吕雷、简嘉、肖建国、叶之蓁……这一长串名字，心犹怦然而动。

鲁迅文学院的前身是中央文学讲习所，成立于二十世纪五十年代，由丁玲、康濯等老作家担任领导和教员。十年“文革”后，重开炉灶，又办了几期。我们这个班称为第八期，先在文讲所学习了两年，再通过考试进入北京大学首届作家班，又是两度春秋。听老一辈作家、学者讲课，让我增长学识、开阔眼界，同时也陶冶性灵。到图书馆读书、大小书店购书，让我自知腹笥浅陋，须加倍努力。课余与同学交谈，叩访京城的文友，参观各种美展，观看中外演出团体的精彩节目，让我受益多多。这一段难忘的岁月，永远定格在我们人生的记忆里，刻骨铭心。

儿子现在也是鲁院的学生了。我们两代人皆与鲁院结缘，令人倍感欣慰。

在儿子赴京前，我们曾在书房长谈。我让他自带必须反复读的数本文学、哲学、美学方面的书；多带笔记本，听课、听讲座，应养成做笔记的良好习惯；不要缺席各种听课、听讲座、参观、采风、看演出的机会。我还嘱咐他，代我去看望北京的老朋友，多多听取他们的教诲。

“在北京的时间很可贵，不要忙于写作，将来写作有的是时间。要在听课、读书、与师友交谈上多花时间。这是我当年的经验，而且在日后的做人、写作上获益匪浅。”

孩子高高兴兴去了北京。

现在的通信工具又快捷又方便，电话、手机、电脑，随时可以开动，发信、发照片顷刻而至。儿子在鲁院的近两个月里，我们联系十分频繁。

他听了谁的课和讲座，什么内容，自己有何体会，总会兴奋地告诉我。有什么没理解的地方，他提出来和我商讨。“爸爸，老师太有学问了，听了如醍醐灌顶，让人开窍。”

《啄木鸟》是隶属公安部的一个资深名刊，儿子曾在上面发表过多篇小说，还得过一次“金盾文学奖”。刊物对于本系统的作家很关爱，主编和编辑老师常去看望，还设宴款待。张小红女史，为我的小说当过多年的责编，对公安题材的小说创作有独到的见解。她对聂耶的小说，从题材、结构、语言，耳提面命，都提出了改进的意见，令聂耶大受启发。

在休息日，聂耶去拜访了王静怡女史。静怡女史又邀来安静、杨新岚等几位编辑老师，都是既能编稿又擅写作的行家里手，他们对聂耶谆谆教诲：该读些什么书，当下中外小说的创作趋向，如何形成自己的创作风格……还特别交代聂耶，北京空气干燥，室内温度高，要多喝茶，注意别上“火”。

老友野莽兄，在写作上质高而量多，又读书宽博。闻说聂耶在京，特邀他去家中做客、吃饭。那天，正好文化策划、出版方家尚振山先生也来了。野莽兄让聂耶参观他的院子、家中藏书和墙上的字画，一边看一边谈到他熟谙的老师、文友及成就，给聂耶上了生动的一课。当野莽与振山二兄在客厅商谈编辑、组稿、出版时，聂耶作为旁听，收获了许多可见可闻可触的知识。

野莽兄曾为聂耶的小说写过评论，他鼓励后学在公安题材小说创作上走出自己的路子，语言还应该更开放、恣意些，要有一种青春气息洋溢其中。

晚上，聂耶打电话告诉我：“野莽叔叔是个永远充满激情的人，所以他的作品汪洋恣肆，震人心魄。”

鲁院当年的老师，大多都退休了。但当年青春年少、眼下临近退休的成曾樾先生，为人谦和，学养丰厚，还在副院长的任上。我和成老师一直有联系，当他知道聂耶来此学习，对儿子十分关心。成老师说："聂耶，当年你父亲在这里读书，不迟到，不早退，不缺课，是个听话的学生哩。"

儿子向我转述这些话时，我很感动。

谁能不在鲁院做个听话的学生？那只能是可悲的无知！

文/石舒清

闲话儿女

田润润

润润是我的女儿，已经读研究生了，但是看起来就像个中学生。她长着一张娃娃脸。这并非完全是一件好事。比如假期里女儿去打工什么的，就会因她这张娃娃脸而遭人置疑。

女儿性格是很倔的，她不愿意做的事，是没有办法勉强她的，尤其我们作为她的父母，简直是毫无办法。到后来搞得她的妈妈多少有些巴结她，而她又不领情。我有时候忍不住有些黯然地想，也许父母和儿女的关系，是一种很特殊的关系吧，就像一方来巴结，另一方并不领情。

女儿两个月大的时候，由于我们工作忙，就被爷爷奶奶接去了。女儿是他们用牛奶喂大的。因此女儿和爷爷奶奶的感情很深。记得我们搬到银川后，女儿随来上学，一旦放假，她即刻就要回几百公里以外的老家去，而且一去就不愿回来，一直到明日报名，今天才赶回来，来了也是眼泪汪汪哭哭啼啼的，离不开老家，离不开爷爷奶奶。对我们两个，则是任何时候都可以离开的。老婆是一个心大的人，对这些并不在乎，我因为女儿毕竟恋我的父母，也觉得这是一件好事。还记得母亲一次脖子动了手术，绷带还在，还在医嘱不可多动的时段内，女儿就让母亲抱她，那时候女儿也就两三岁吧，这怎么可以，端个饭碗都嫌重啊，我们用各种办法哄着女儿，但是没办法，小的要求抱，老的乐意抱，手术才三天的母亲抱着孙女儿，没什么打紧的样子，就只好任她们了。

家人在一起，有时候喜欢说起孩子们小时候的事，说起女儿，都习惯说起两件事情。一件是，女儿小时候爱哭，尤其夜里，我们累得眼睛都睁不开了，她却攒足了精神，一气一气地哭，她好像掐着秒表，我们刚睡下，刚要合眼，她就哭起来，是那种惹是生非的哭，绝不罢休的哭，是那种眉毛被烧到了一般的哭，我和老婆都装睡觉，看谁忍不住先起来抱她，一抱，她的哭声就缓了些，甚至看着墙围布上的小花笑起来。也就因为受不了她夜里的哭闹，我们才把她一推了之，推给了我的父母。还有一件事是，我们已经搬到了银川，女儿也小学三年级左右了吧，已经变得灵慧而多心计，比如她想喝牛奶，又懒得去拿，于是就打我儿子的主意了，她喊一声她弟弟的名字，问他是否想喝牛奶，她弟弟是这样的人，不提牛奶时，一点问题也没有，一旦提及，那肯定是要喝的，而且一阵风那样跑到有牛奶的地方去，女儿好像把控着一个时间，等她的弟弟取牛奶时，她忽然想起了似的，让弟弟顺便给她也拿一瓶。这件事不但很好地反映了女儿的性格，也反映了儿子的性格。这么多年下来，在很多事情上，他们的性格都循着这一路径，让我们感慨不已。

女儿是一个好学生，在她的学习上，我们没有操过什么心，记得开家长会，我们是两样的心境和待遇，开女儿的家长会时，我们是座上宾，轮到儿子，我们就好像是阶下囚了，反正座上宾的感觉是丝毫也不会有了。

女儿大学自己考得不满意，但我们是满意的，她考上了西北大学化工制药专业，这都没什么，到考研，女儿完成了一个让大家都很称奇的事情，就是她忽然绕开大学本科专业，直接考日语研究生，而她从来没有正式学过日语的。可算是昏了头。不是昏了头是什么？一个很有名的学者，也是我的朋友，常去日本学术交流，他说日语对中国人而言，似是而非，反而难学，他预言女儿决然考不上，建议我不要管（其实也管不了），让她碰一鼻子灰自会回来，我就心事复杂地等女儿碰一鼻子灰回来。长话短说，今年女儿要去日本学习一年了，她已经是中央民族大学日语系研二的学生了。

前不久女儿发给我一个红包，让我买几本自己喜欢的书，原来她读研同时，也还带学生，我心情异样，拿女儿发我的红包买书，我得珍重一些。

田同余

我的儿子叫田同余。女儿的名字一旦起定，就没有再变过。儿子的名字却是来来去去反复了几次。我当初征求了他爷爷的看法，给他起名田朴藏，希望他有田有藏，安安分分少忧少虑地过一生。后来他母亲嫌这个名字老气横秋，把一个孩子的锐气都叫没了，又改成田同宇，不久又觉得这名字太大，孩子当不起，即改为田童宇，叫了一段时间，感觉也不理想，就改成现在的田同余，这名字不错的，有田有余，还要怎样？觉得这是一个既切合实际又暗含些许理想的名字，就这样了吧。名者实之宾也，还得老老实实地下苦功做事情。对这个名字，我们都是满意的，但儿子本科毕业后，却忽然声称要改名，问为什么，也秘而不宣，可以，你的名字你做主，只要不起个怪不拉叽的名字就可以了。

儿子最大的一个特点是，性格内向。对世事天然地存有一份不适应和抗拒。我们就有意地锻炼他。记得一次和朋友两家吃饭，朋友也有一儿子，和我儿子可称发小，我们暗暗合计了一下，就怂恿两个孩子去跟厨师讨几个大蒜来，主要的目的其实是锻炼孩子的勇气和交往能力。儿子一看发小跑了，也就随着去了，很快就返回来，手里都拿着大蒜，我儿子很少有这样的出击，一张小脸都兴奋得不成样子了，使我看着又欣慰又心疼，但实际情况是，儿子只顾着要蒜，但是拿回来的蒜却秕塌塌的没法吃，他的发小讨回来的蒜，就好像和他不是同一个地方讨回来的。可以了，先能大胆冲出去就可以了。

记得那时候我们还没有搬到银川来，偶尔来银川坐公交车，儿子兴味十足，该下车了，他还意犹未尽，抓着座椅不愿意下来。

儿子是一个正直又心善的人，走起来的样子很像我父亲。还记得儿子生下来我回家报喜时，父亲正坐在炕上，在饭桌上写着什么，当听说生下了一个儿子时，他写字的笔猛地抖了一下。

见过的人都讲，儿子长得比我帅多了。这是事实，当然我并不是一个理想的比照物。我们常常激励儿子说，长得还可以，不要浪费了，自己领一个媳妇回来吧。每当这时候，儿子都是不自在的样子。儿子不爱交朋友，形单影只，记得高中毕业的时候，一个女生给儿子写过一封试探口风的信。老婆简直能把那封信背下来，好像她自己的一份情书一样。不过也就止于此而已。银川某饭馆有一服务员，算我的老乡，聪慧伶俐，惹人喜爱，一天儿子去吃饭，小姑娘来给我们添茶，我即开玩笑说，给我当个儿媳妇吧，那姑娘如何且不说，儿子已经是一张大姑娘脸。但这句玩笑话说坏了，以后再去吃饭，那姑娘对我另眼相看，待遇不同，显然我的话孩子当真了。叫儿子再去那里吃饭时，儿子推拒着不去了。并告诫我说，有些玩笑话是不能说的。看他的样子，那女孩留给他的印象应该也是不差的。

儿子是比较内秀的人，记得他小时候喜欢画画，画得不错。可惜没能坚持下来。后来还写过一篇小说，虽有幼稚之处，但思路特别，善走偏道幽径，我大加鼓励，可惜他在这里虚晃了一下，也没有再写什么。我虽然倍感遗憾，但觉得爱好一类，总是勉强不得。

老婆教子有术，竟训练得儿子做饭洗锅。家里洗锅洗得最干净最让人满意的，非儿子莫属。他还会炒菜做饭。一次老婆不在家几天，只我和父亲还有儿子，三个大男人在家，吃饭问题事关重大，如何解决，老婆的意思很明确，就让儿子给我们做饭。那是令人感觉异样的几天，那几天，是儿子给我和他的爷爷做饭。

眼下儿子已本科毕业，他的目标是考研，最好能考到外省去，至于要考什么专业，那是不让我们知道的。

大海中的一对水手

阅读的孩子

答案

我的收藏

不尽的爱与盼望

文/梅洁

不尽的爱与盼望

孩子
世界多大呀
将来，你也会长大
大大的世界属于男子汉的你
而你，永远属于妈妈纤弱的心
将来，你会沿着世界走得很远
但你
永远走不出妈妈真厚的爱

——引自《深夜，我守护着儿子的梦》

痴痴地想

我越来越不能理解我的儿子了。

常常望着他痴痴地想：他长大了，一眨眼就长大了……

我的小猫咪一般的爱呢？

我的红绒绒球一般的爱呢？

常常痴痴地欣赏我的儿子，欣赏时就会忘却身边要做的事情：忘却给烧热的锅里倒油，忘却端下快要煮溢的牛奶……欣赏我的儿子时，就喜欢静静地靠着墙壁，靠着门框，任奇妙的幸福填满我的全心；欣赏我的儿子时，就想构思一首诗，一篇散文，一个粉红色的关于春天的童话……

有一种心情无可泯灭、无可消遁——当儿子赤条条在我的身上睡去，在我的臂弯里吮奶，在我的被子里撒尿，在每年的冬天和春天都要发烧、咳嗽，要闹肺炎、扁桃腺炎，秋天要闹急性肠胃炎……我是惆惆怅怅地想过千百遍的："什么时候能长大呢？我的儿子……"

我的儿子终于长大了。

他们会自己吃饭、会自己穿衣了；会铺自己的被褥、会看红红绿绿的小人书了；会帮我买火柴、酱油，帮爸爸买烟了；会跑去远远近近的小朋友的家了……

我的儿子不再是我的惆怅和艰难。

来吧，我的儿子！

变成我的小猫咪，我的小狗狗。我饥饿般的再咬你们樱桃一样红的小脚趾，拱你们肉蛋蛋一样的胖脚丫。可是我的儿子，你们什么时候对妈妈的亲吻开始扭捏？开始羞涩？是因为你们已经长成了十岁的男子汉吗？

我的勃勃什么时候开始如此善解人意了？

一只蜜橘掰两半，大半给弟弟，小半留给自己；五块巧克力，给弟弟三块，自己留两块。早晨，他脖子上挂着钥匙，端着小板凳，领弟弟上幼儿园；晚上，他最早一个回家，踩着砖头开高高的门锁，然后替妈妈烧上做饭的水……

我的毛毛什么时候开始学习人类文明而高尚的语言？记得有一次，邻居小蔚的妈妈结婚了，我的毛毛搂住我的脖子问："妈妈，小蔚的新爸爸好，还是旧爸爸好？"

天哪，"新爸爸""旧爸爸"，多么新鲜的属于我儿子的概念！

天晓得我的毛毛在收音机里听到了什么，下班回来，他坐在我的怀里，十分认真地问道："妈妈，什么是一二三女人？一二三女人是好人还是坏人？"我简直一片茫然。

当我最终弄清楚他是把"不三不四的女人"说成了"一二三女人"时，我竟搂住他笑得一塌糊涂。

啊，世间最快乐可爱的语言属于我的儿子！

我的毛毛十岁了，十岁的毛毛常常悄悄为我修好开了口的提包拉锁，为我接好断了线的吹风机，为我装好收录机的干电池，或者用铁丝拧一把又漂亮又精致的小手枪……当他一声不响做着这些十分威武、十分雄壮的事情时，我就非常自豪地想，我的毛毛一定会成为21世纪有智慧、有力量的男子汉！

是的，我的勃勃从什么时候起，就能够绘声绘色地给我讲世界了？

他给我讲“百慕大三角的神奇”，给我讲“蜜蜂是地球上最大的大力士”，给我讲“50亿年后的太阳将要变为黑洞，它将吞食水星、金星和地球”……看着他那张十分昂奋生动的小脸，我就幸福地想：我的儿子已经开始用小小的心灵去拥抱大大的世界了！

儿子和妈妈的被窝

儿子的唇边有小胡髭了，儿子的脸上有青春痘了，儿子的喉结突出了，儿子的嗓子变音了，儿子越长越像他爸爸的影子。

人们说，那孩子走路都像他爸啦；人们还说，看那孩子的背影还以为是他爸呢！人们说这话时，表情很丰富，很丰富的表情抚慰了做母亲的女人全部做母亲的沧桑。

儿子用铅笔在门框上画刻度，儿子常常缠着爸爸给量身高，170厘米，172厘米，173厘米……再有3厘米儿子长得就比爸爸高了。十五岁的儿子高高的，高高的儿子把爸爸顶矮了，儿子为爸爸量身高时，爸爸总是使劲挺胸脯，同时把脚后跟悄悄抬一点，儿子发现了，爸爸很不好意思。

不再搂着妈妈的脖子说悄悄话了；不再把一个接一个的吻，很响地贴在妈妈的脸上了；不再无忌无讳地和妈妈表示亲昵了，有时很简单的亲昵，妈妈从儿子宽阔的脊背上，闻出了很浓很有魅力的男人味。

不再爱提女同学的名字了，一提女同学的名字就很蔑视的样子。不再有女孩子来家找儿子要了，女孩子送的贺年卡，被儿子悄悄压在了抽屉的最下面。有时，说起班上“递条子”的事儿，儿子的脸比秋天还羞得红呢。但他们再也不说到少林寺当和尚、到武当山做道士了——小时候他们是无数次很响亮地说过的，小时候他们最最向往过。

常常望着很高很帅的儿子，就想儿子小时候的故事。小时候儿子一钻进被窝，一双小脚丫就插进妈妈的双腿中间，让妈妈给暖；小时候儿子一倒进妈妈的怀里，就一边吮妈妈的这只奶，一边用小手抚摩妈妈的另一只奶；小时候儿子毛茸茸的脑袋，枕在妈妈的臂弯上，让妈妈没完没了地讲故事，然后呢喃着睡去，然后把长长的口水夜夜流湿妈妈的梦……

飘着乳香和尿味的儿子和妈妈的被窝，是世界上最香最甜的被窝，妈妈非常想念儿子和妈妈的被窝，妈妈好想再做一次儿子小时候的母亲……

妈妈要在这个世界上走许多许多的路，妈妈很累。很累的时候妈妈会扔掉许多很累的东西，但永远不会扔掉儿子和妈妈的被窝。

九颗乳牙

我始终没弄清，当儿子换牙时，我为什么保存了他掉下的九颗乳牙！我把这九颗乳牙包在一张柔韧的白麻纸里，放在一个漂亮的装满各种衣扣的盒子里。为了怕翻弄扣子时不小心把儿子的乳牙翻丢，我在纸包上赫然写着“二毛的牙，不准扔!!”我在“扔”字后面打了两个“惊叹号”，以示警告。于是这九颗乳牙一直保存了十年还将继续保存下去。

有一次，我在扣盒里找扣子，发现纸包散开，乳牙少了两颗，我一阵心惊肉跳，立即在扣盒里翻找，直到在杂七杂八、满满一盒扣子里找到了这两颗乳牙，我的心才从喉咙里掉到原来的位置。

十多年了，我总是时不时地打开这包白麻纸，欣喜若狂地端详着、拨弄着儿子的九颗乳牙，那凸凹不平、微微发乌发亮的乳白色嚼面，那附着铁锈色的、小小的尖利的牙根，那蚊斑样细细的“黑色虫眼”……每每瞪大眼睛仔细看着这些时，我就产生一种无法遏制的心灵悸动、震颤抑或是难以言说的甜蜜感和幸福感。我总是情不自禁地欢叫着丈夫和儿子：“快来看毛毛的牙，快来看呀!”好像这牙是刚刚从儿子嘴里换下来似的，一如当初发现儿子换牙时的一惊一乍！

每当这个时候，已经长得肩宽背阔、高高大大的儿子便走过来，用男子汉强健的肩臂搂着我的脖子，和我一起趴到床上，反复拨弄观赏这九颗乳牙——母子俩犹如观赏什么稀世珍宝或研究亿万年前的什么化石。然后儿子站起来，看看牙看看我，笑着离开。而丈夫呢，却总是站在原地不动，笑着嗔着羞着地说我："看看，又疯了不是？"再不就说："你呀！一辈子长不大……"

真的，每当看见这九颗乳牙，我就想起那段很艰难、辛苦的哺乳期；就怀恋起儿子小时候一倒进我的怀里，就小猪崽般一边吮奶一边用小手揉搓我的另一只奶；就一往情深地迷醉起儿子小时候身上那种令我永远忘不掉的奶味、尿味、乳汗味……

难道是为了这些怀恋才保存了这九颗乳牙吗？细想也不是。只是有一种感觉：儿子是从我身上掉下去的一个生命，而这些乳牙又是从儿子身上掉下去的一样东西，这样东西，曾经有着我和儿子生命的信息，我看到这样东西，心里就特甜、特爱、特美、特女人、特母亲！

我这一生喜爱珍藏，珍藏石头，珍藏书籍，珍藏各类小小的工艺制品，但能让我产生心灵悸动和震颤、让我获得一种说不清道不尽的爱与生命惊喜的，是我珍藏的儿子的九颗乳牙！

儿子长大了，要走天涯，而我的身边会永远留着那一包曾经属于他生命中的一样东西。

我视这样东西为一个母亲的爱情。

写给儿子（之一）

……Y. B，我亲爱的孩子，妈妈匆匆写完叔叔阿姨们催要的稿件之后，便坐下来给你写信。此刻，窗外下着细雨，霏霏雨丝被秋风一吹，便一排排洒落在窗玻璃上，晶莹的雨珠贴着窗汩汩流淌下来。于是，窗上便有一道又一道弯弯的水痕。Y. B，那是妈妈流泪的思念啊！

Y. B，送你走那天，妈妈的心没有恓惶，没有别愁，妈妈的心被深深的快乐拥抱着。我的儿子该属于理想，更该出色地属于未来。只要这个世界认真地接受你，无论你走到天涯海角，妈妈都会毅然决然地放飞你。

亲爱的孩子，妈妈再不会忘记那个伤感而动人的瞬间：你蓦然回首，越过京都人头攒动的站口，向妈妈投来一个英俊颔首微笑。然后你的背影便消失在一片熙攘与匆匆之中。像爸爸一样伟岸矫健潇洒的步履和背影啊！自此，一分幸福一分伤感一分牵挂一分思念便流淌在这个灿烂的秋季了……

Y. B，妈妈含泪含笑放飞了你。妈妈相信，你该是爸爸妈妈意志的象征。现在，你是一只飘飞的风筝，昂然向天，寻找一片属于自己的天空。天空中有阳光落雨也有闪电雷鸣，你该会用自己柔嫩的双翅去迎接去搏击。愉快与烦恼，顺境和逆境，困惑与挣脱，快乐与忧愤……都是人生。不再有爸爸妈妈暖羽的庇护，不再有依赖，不再有娇惯，不再有你习惯了的无拘无束和懒散，不再有和弟弟脸红脖子粗的扭打抑或夜夜相浸相融的梦呓，不再有靠着妈妈肩头纯真而神秘的倾诉……

你属于南方。属于那所辉煌的知识的殿堂，属于获得诺贝尔奖的那个美籍华人的母校，属于西方人眼中的“东方剑桥”。属于青春，属于奋斗，属于需要你深深体验的大世界啊！

亲爱的孩子，你该怎样去面对、去求索、去创造全新的生活?

Y. B，记得在车潮人潮灯红酒绿的王府井大街，妈妈和你一起进商店出商店，给你买面包蛋卷，买葡萄干矿泉水，买麻辣调料……遥遥3000里长路，妈妈给你买最爱吃的食品。但妈妈更多的是在和你交换一个话题——如何保持健康的心理去迎接新生活？孩子，妈妈了解你。你纯洁正直善良，你善解人意且乐于助人，你体贴关心他人胜于自己，你宁愿自己吃亏也不让他人受委屈。然而，你热情但有时缺乏冷静，你自信但有时也很自负，你自尊自爱有时也爱虚荣，你博览群书但有时并不精益求精，你聪颖敏捷但有时却不刻苦……亲爱的孩子，你的优点是妈妈的优点，你的缺点也绝对是妈妈的缺点。复杂纷繁的生活扑面而来，如何理智地去战胜性格上的缺陷，妈妈将和你一起面对，一起努力。

孩子，成功了并不张扬，失败了决不崩退，痛苦了要学会排遣，失落了决不自我挫败。不骄不躁不亢不卑，不自暴自弃不仰人鼻息，这是一种深沉绚丽的人格力量。记住妈妈的话。

孩子，愿西子湖的清丽赋予你全新的智慧，愿钱塘江大潮壮丽你年轻的梦境。

Y. B，亲爱的孩子，现在，窗外的雨下得细致而动情。默望天空飘落的温柔，妈妈思念你。深深的思念啊！你和弟弟从小就不食任何动物类食物，你们和妈妈一样，甚至不敢看杀一只鸡、宰一头猪，你们从小恐惧人类的某种残忍。你们一直是吃青菜豆腐长大。现在上了大学，没有人会专门为你做素菜。你不妨学着吃点肉，慢慢来。买一份荤菜，可将肉挑给别的同学，吃里面的蔬菜。总得慢慢适应，否则终归是件麻烦的事情。

好，安定一段时间后，给爸爸妈妈来信。

妈　妈

1991 年 9 月 9 日

写给儿子（之二）

Y. B，爸爸从站口出来时，他的脸上飞扬着一种风采。妈妈知道他此刻心中升腾着一种幸福。他的儿子考上了南国那所名牌大学，他如打完一场鏖战后的轻松、疲劳后的歇息，完成了一种神圣使命后的快慰和欣喜。他说，他此刻的心情就似十九年前你出生时他听到你的第一声嘹亮的哭啼后意识到自己真的有了儿子、他已经做了爸爸时一样的兴奋。幸福神圣地从天而降……

Y. B，爸爸告诉我，说列车开动后，他追了你很远，他想再多看你一眼。然而，你并没有看见他。那一刻，他哭了。爸爸是在你走了很久的日子以后告诉我的。你知道，你的爸爸是个内心意志很坚强的人，不是万般的情感震撼，他是决不流泪的。爸爸对你的爱对整个家的爱使我们有力量去步履生活的悲辛，去感受人生的苍茫。作为父亲，你的爸爸是个很出色的父亲，作为男人，你的爸爸是个很优秀的男人。他有思想有人格力量，他对家对亲人有深刻的爱心和责任感。Y. B，爸爸对事业的精益求精和对爱的精益求精是你一生都要学习的。

记得你临行前的那个夜晚吗？恍恍的灯下，爸爸为你打点行装。硕大的黑色软皮箱前面，爸爸席地而坐，一件件熨叠整齐的衣服，一样样学习、生活用品：录放机计算器参考书绘图仪英语磁带，一把梳子一块香皂一瓶洗发液一卷卫生纸一个针线包，鞋垫鞋刷鞋油手帕领带擦手油指甲刀……一应俱全啊！爸爸把深厚无声的爱殷殷实实地装了满满一箱啊！

Y. B，妈妈的爱似海，碧波般荡漾，它可以使你在其中无拘无束自由自在会心会意地做心灵的徜徉；而爸爸的爱似山，凝重而深远，它可以使你有依有靠有指有望啊！

泪眼迷蒙望着细致而深情的你的爸爸。你的爸爸十五岁死去母亲，上大学时，他一年四季只穿一件补了十四块补丁的劳动布上衣，一个北方农民的儿子，清苦而勤勉，靠着执着的奋斗，如今才有了对社会对人生优秀的投入。爸爸的少年时代是凄苦的。妈妈的少女时代是无依无靠的。不幸的政治蒙难已使妈妈一家人家破人散。妈妈十五岁开始独走天涯，没有父爱没有母爱没有家啊！没有人为妈妈打点行装为妈妈送站，妈妈没有行装。没有软皮箱没有衣服没有鞋袜……一只扁担一床棉絮几本书，十九岁的女孩子穿着草鞋从南方来，从南方到北京的那所高等学府去念书。圆明园的废墟上，妈妈开始寻觅历史和生命的回归……

Y.B，你的外公曾告诫妈妈，再没有比总把自己看作可怜虫而等待恩抚更无聊的人生了。为此，妈妈和亲人们从来都没有对生活采取不敬的态度。苦难没有形成妈妈人生的沼泽地，尽管它的确是妈妈和亲人们岁月里的沼泽地。在这个世界上，不该辜负的东西大多。不辜负不该辜负的是妈妈生命的本色。Y.B，愿爸爸妈妈努力敬重生活、敬重事业、敬重人生的精神和品质、意志和态度化作你的血脉，化作你生生不息的奋斗！

再塑生命光辉灿烂的升华，我亲爱的孩子……

妈　妈

1991年9月16日

写给儿子（之三）

……Y. B，接到你的信，全家人欢呼雀跃，却又个个热泪盈眶。兴奋、思念、伤感、慰藉……刹那间，情潮波涛般涌来。孩子，这是你平生第一次写信，妈妈原以为你不会写信的，即使写，也可能是很简单很潦草很平俗很一般的。妈妈没想到你把信写得这样长这样好，这样细致这样深情，这样把爸爸妈妈弟弟快乐地浸在如雨的泪中。你的信满满地写了六页！三千里南方北方，你捎来了年轻的抚慰，润泽爸爸妈妈的心。仅仅离家十几天，妈妈发现你长大了，懂事多了！发现我天性诚实腼腆的儿子居然有了出色的独立人生的能力。这世界如此丰富多彩而生动，我的儿子也如此丰富多彩而生动了！

Y. B，接你信之前，我们先接到了你的电报："爸爸：安抵。"短短的电文，使一家人顿觉天宽地阔。大约最有幸福感的是你爸爸了。电文中的一声"爸爸"，一个"："，他便仿佛看见了他英俊的儿子笑盈盈地站在了他的面前。孩子，非常感谢你！

Y. B，你是爸爸妈妈生命的延续，也是爸爸妈妈爱的结晶。人生会结结实实告诉你：这世上，最无私、最圣洁、最博大、最永恒的爱唯属父爱母爱了。唯有这份爱，使世界充满真诚、平安和暖意。

Y. B，那日午餐，一家人围着餐桌，说了许多关于你的话。不会忘记那张餐桌吧？那张裂着缝隙且摆不平的餐桌！年复一年日复一日，妈妈把匆忙且不太高明的烹调手艺摆上餐桌，青菜淡饭豆腐汤喂养了我儿子的聪颖和智慧，也丰饶了一家人殷实而快乐的感情。我们都在忙各自的工作、学习，真是很难有时间聚在一起说话。每当端起饭碗往餐桌旁一坐，必有一个话题，那话题的起因实在是十分地随意和无意识了——自然、历史、新闻、宇宙、化石、文学、体育、中东局势、海湾战争、世界杯足球赛和马拉多纳……真是无题不谈。忽而爱因斯坦的相对论和量子力学，忽而聂卫平和小林光一的黑白世界，忽而资本主义原始积累，忽而环境公害人口危机腐败现象中国缺水森林覆盖率……大到世界走向地球意识人类命运，小到老师同学亲戚朋友函数抛物线抑或是一个几何证题。

Y. B，最雄辩的是你。或引经据典或博征旁论，或妙语连珠或唇枪舌剑；或昏昏然飘飘然又吹又侃，或自信自负羞涩尴尬自我解嘲；或心平气和或脸红脖子粗或恼或笑……民主、自由、尊重、平等一起在餐桌上汇聚，在餐桌上丰饶，在餐桌上长成智慧之树思想之树。裂着缝的木餐桌，是一片晴朗的天空，任我们的思索自由地驰骋；摆不平的木餐桌，是千顷大海，任我们的挚爱乘风前行！

Y. B，无论你走到哪里，我想你都不会忘记塞外小楼里那张木讷的小餐桌，餐桌上妈妈日日为你做的米饭蒸面糍粑油坨麻辣豆腐蘑菇油菜辣炒土豆丝，抑或妈妈亲手酿制的飘香的米酒；不会忘记餐桌旁深刻的爱心和博大的精神。

Y. B，无论你走到哪里，木讷的餐桌依旧与你搀扶，餐桌旁博大的爱心依旧与你搀扶。

孩子，爱心会使我们对世界对人生充满信心……

妈　妈

1991 年 9 月 25 日

写给儿子（之四）

Y. Z，亲爱的孩子，关于你“感情”方面的事情，妈妈决定以后不再说什么。该说的话爸爸妈妈过去都说了，且说了许多。无论这样说那样说，爸爸妈妈都是希望你好，因为你毕竟初涉人生。

一方面，作为父母，爸爸妈妈有责任有义务监护、培养自己的孩子顺利健康地度过人生；另一方面，爸爸妈妈是过来人，总是希望把“过来人”的人生体验说给你，希望你少走弯路，少受折磨。仔细想想，有时候这种想法也是很天真很霸道的。其实，最好的人生经验是你必须有过的经历。

许久以来，爸爸妈妈的确是作为你最知心最真诚的朋友在理解你，同情你，愿意听你的倾诉，愿意分担你的痛苦。妈妈深深体验着唯有父母的爱是世上无与伦比的爱。也许等你长大了，等你也做了父亲之后，才能真正体验这种爱的深重和刻骨铭心。如果爸妈批评了你，说重了你，望你从这个方面去理解。

一段时间来，每每看到你的眼泪，你的痛苦，妈妈的心就碎了，妈妈一夜一夜不能入睡。妈妈知道你是一个感情深重的孩子，但妈妈尚不能以全部的爱心去支持你，帮助你。不是不为，是不能为。不能为的原因是时间问题，而不是事情本身。你们毕竟还是中学生，且面临人生转折关头的大拼搏——高考。

妈妈不止一次地对你说过：初恋百分之九十五都不能成功。其中的原因应该是事业未成，人生未始，选择多半是感情冲动。但爸妈依然对你们的感情表示尊重，表示同情而并未像其他家长那样，将其视为洪水猛兽，视为大逆不道而怒骂而侮辱而体罚……爸妈这样做的原因还是说过的那句话：我们已是过来人。从爸妈的人生体验而言：初恋虽不能成功，但初恋时的感情是最真诚最纯洁最无功利目的最无杂质的爱，唯其真诚纯洁，无论成功与否，将来回想起来也都是美好的事情。唯其如此，爸妈才理解着你们而不愿去伤害你们人生中的“第一次”。爸妈理解它的珍贵和价值。

但，毕竟时间不对。因其不对，你们受到外界各方面的压力

（老师、同学、家长）也是正常。

这两天，妈妈想了许多，感到一个人从幼稚走向成熟，包括非常重要的对事业的选择，对人生和爱的选择，不全部是在某种“说教”或者他人的经验中确立的。人对生命和爱的体悟似乎是在无数的希望与失望、成功与失败、坎坷与受挫中自己去总结，去“悟”。人在这种无数的经历中逐步成熟，逐步完善。妈妈十五岁离开父母，很长的年月里，没有人给妈妈“说教”，也没有人给妈妈提供“经验”，妈妈也走过来了。所以，妈妈以后不打算再对你说教什么。

你和你的哥哥本质上都是正直、善良、真诚、聪明的好孩子，妈妈只希望你们好好把握自己，把握现在。只有这样，才会有好的未来。

记住，冷静、理智、不卑不亢是男子汉不可缺少的美德，也是一个人内心意志的体现。事业和幸福都需要。

永远爱你，亲爱的孩子。妈妈永远在你身边！

妈　妈

1993年3月16日

写给儿子（之五）

Y. Z，今天爸妈给你写信，是想在你经历了感情痛苦之后，冷静下来探求一下这次“情变”的有关问题。

首先要说的是你对这次“情变”处理得明智、果断，方法也得当。所谓明智，就是在爱情当中决不允许“第三者”，决不能容忍不专一。说什么“既爱你，又离不开他”，纯属一种荒谬！在这种情况下，你审时度势，知道此事不能挽回，也不必去挽回，明智地做出分手的抉择，这是非常正确的。所谓果断，就是在你做出分手抉择时所表现出的理性和勇气。相交三年不算短，且你有过那么多的投入，那么多的牺牲。你是一个重感情的孩子，三年积情一日分，不是件容易的事，需要承受感情上的痛苦，精神上的压力。没有坚强的内心意志是很难担当的。特别要说的是，你处理这件事的方法是非常妥当的。一是去年发现她与学生会主席好之后你给了她回转的机会和时间。二是当发现她背着你越走越远时，成全她新的选择，好言散去。我们知道这样做时你所承受的痛苦有多大，但你不失男子汉的风度，表现了一种冷静、大度、宽阔的胸怀。爸妈从你处理这件事情的方法上，看到我们的儿子长大了，也成熟了。爸妈伤怀中也感到了欣慰。

事情过后，冷静地思考一下这次“情变”的原因，我们觉得是非常必要的。

爸妈认为，人生观的不同是你们分手的根本原因。“人生观”这个词看似很抽象，现在一些年轻人讨厌提这个词。但细想起来这个词又很具体，它至少包含：一个人的追求；相应的处世之道；为此表现出的思想、生活作风；等等。你们两人都承认各自的处世之道不同，这的确是事实。由于家庭的深刻影响（不排除血缘传承中的基因），她和你显然不是一路人。她妈妈对她的影响太大了。……古往今来，凡是太看重权势和金钱的女人终归是不好，由此会引发一系列的事端。在目前商品经济社会中，如果过分看重权势，也会出现把商品交换的手段用于爱情。而这是爱情的含义中决不允许的。

至于她说“你和你们家高不可攀”“你不愿交往，太清高”“和你在一起感到很累”等，其实这些都是借口。我们家不善于也不喜好交往，尤其那种不正当不正常的交往。但我们一家人努力奋斗，努力干事业，努力成为有道德有人格有作为的人的信念和行为，不应该也没有成为你们相爱的障碍吧？三年多来，你们经历了许多风风雨雨，经历了许多感情磨难，也可以说经历了一段人生坎坷。在外部世界全部不能包容你们感情的时候，是我们一家人给予了你们最大的理解、关爱和宽容。她从爸妈这里得到的是疼爱而不是伤害吧？所以说这不是理由。再说，清高应看什么样的清高。只要是正直的、纯洁的、高尚的人格自我保护，正是年轻人应有的，这不比势利、庸俗好？“交往少”也要看情况，年纪轻轻就拉关系、走后门、找靠山有什么好？社会上的不正之风，甚至腐败作风对青年学生影响之大，真令人吃惊！当然，你也要逐步克服性格上的孤僻、孤独。

所以说，志不同道不合是分手的主要原因。这样的分手表面看是坏事，其实是好事。不然将来会有更大的麻烦……

冷静之后，应认真反思一下自己，从中找出教训是很必要的。

爱情是终身大事，必须慎之又慎。孩子有时候感情用事，做出的选择有时自己也说不清，很难说慎重。大人也不可能太强求。当初，我们对你们的理解同情实在是出于尊重你们的感情，尊重人性，尊重人生的一种珍贵，不想让一种纯洁受到太多的伤害。现在，你逐渐长大成人，特别是经过这次变故，就应当慎重地对待今后和未来。

第一，你还年轻，不必急求。大学期间不谈恋爱为好。学生时代思想不稳定，需要参加工作后经受检验。

第二，你们这个时代的年轻人和爸妈那个时代不同，那时的青年恪守"从一而终"，爱很专一。现在变化很快，在学校里一个想法，兴许一进社会就变。

第三，现在大学生择业都是双向选择，就业也有一定困难，两个人找工作比一个人难。没有好的工作就没有事业支撑，没有事业支撑很难说到婚姻幸福。

第四，要努力追求志同道合、有相近的处世之道、有对社会事物共同看法的人做伴侣，而要做到这样，必须有较长的相处，深刻的了解，不能轻率从事，切忌一见钟情。必要时征求家长意见后再做决定。

第五，要特别注意品质和作风。在品质和作风好的前提下去考虑相貌，决不能单纯以貌取人。

这些道理你都懂，但实行起来也不易。你哥哥在这个问题上似乎处理得好一些。他很有感情，但不轻易表露，长时间选择考虑之后认准了才表露，这可能要好些。当然，爱情是个既简单又复杂、既甜蜜又苦难的事情，多半情况下它还很看重缘分。

说了这么多，主要是想帮你从痛苦中摆脱出来，冷静地思考一些问题，着眼点不在过去，而在将来。不知道你是否同意我们的看法，权当抛砖引玉，想你能有所获益。你还年轻，人生的路仅刚刚开始……

祝心情愉快，相信一切都会好起来的。

爸爸妈妈

1995 年 4 月 13 日

不尽的盼望

我居住的这个城市，规定从 1995 年春节起不许放爆竹了。在此之前，这里那里的城市也都先后有了这样的规定。我不知这沿袭了几千年的表达喜庆形式的结束，会给一个民族心理上带来怎样的落寞！但我已开始想象如家人般簇拥、团窝在塞外山坳里的这座城市，在今年的冬天将会怎样静悄悄的了。

十多年以前，我们一家人居住在塞外一座明代州城的古镇上。每到年关，家家户户张灯结彩，各式彩灯可以横竖挂满了长街；家家户户刷房子，写对联，贴窗花，喜庆极了！大年初一，天不亮三岁五岁的两个儿子就起床在院子里烧一堆刺柏（新年前的集市上，到处有卖刺柏的，专供大年初一用的），点几串鞭，放几十支纸炮。那种时刻，我就殷殷实实地觉得“过年”了！

后来，我们搬进了城市。

后来，我就把自己关在城市的水泥匣子里写作。一写就是十几年。十几年来，我居然没有“过年”的意识了。我常常在想，为什么我写作了就黯淡了“过年”？为什么我写作了内心就变得孤独？多少年了，每到快过年时，丈夫总是忙着打扫呀布置呀清洗呀购买呀，忙得有滋有味。我却总是那样被动。那样淡淡的像平常日子一样，那样悄静地喜庆不起来激动不起来热闹不起来。每每看到丈夫极兴致极辛苦极认真地准备着“过年”，我都很感动。但我却无论如何主动不起来兴致不起来。

唯有新年钟声敲响的那一刻，这座城市突然炸响的爆竹才使我心如潮涌，整整能持续半个小时的鞭炮声、火药味和夜空里的缤纷绚丽，才使我惊喜生命将有新的开始。然而，以后的年关，这个城市，要静悄悄的了。我生性里喜欢静悄悄地过日子，即使过年，也不出门，也不拜年，更不跑着看热闹。只愿一家人挤在沙发里，肩挨肩头靠头地簇拥在一起，愉快地说话。说些我们的往事、现在和未来。这样的日子，窗外总是寒风尖啸，树枝稀疏而枯瘦。北方的冬天雪少，凄冷且干燥，天空尤显得辽阔而高远。这样的日子，我和丈夫、儿子依偎在一起，说很温馨的话，是“年”里最快乐的事了。现在，我的两个儿子都先后离开了家，他们到很远的地方上大学了。大儿子到杭州这几年，我固然思念，但我仍有极可爱优秀的小儿子的陪伴。今年小儿子也考走了，我突然地感到孤独了！

这一年的冬季，我有了不尽的盼望。

我发现我凝望这个季节很久了。我知道在这样的冬天，我的两个儿子都要从很远的地方挤着火车回来过年，我要早早地为他们准备了！我终于要为“过年”快乐而不安了！即使不放爆竹。

以后的年月，在北方宁静而深远的冬天，我会年年有这样深意的孤望。我和我的家人会因为有这样的冬季而感动着。不管平时的日子我多么茕茕孑立，但是在这样的冬季，我的儿子们会从天涯海角赶回来，赶回来看望他们的父亲母亲。我们一家人总会有一年一度最快乐最温馨的相聚。即使不放爆竹。“年”最深远的意义最永恒的魅力，不就是因为它最真情地接纳了人类这份温情这份心意这份爱吗？

那天，我给在大西北念书的小儿子写信说，好吧儿子，让我们朋友般相互搀扶相互鼓励相互盼望着，走过冬季……

文/康志刚

大海中的一对水手

儿子十三岁时，个子已经将近一米七！儿子生得虎头虎脑，又活泼又调皮，非常招人喜爱。

平时因为工作忙，我对儿子关心不够。正像许多男孩子那样，我家宝宝也和他妈显得更亲近些，有了什么心事总爱对他妈说，和我多多少少就有点隔阂。但我不怪怨儿子，他妈为他付出的比我要多许多倍，儿子和妈亲近这是再自然不过了。妻子是小学老师，也许是和她所从事的职业有关吧，她非常善于和孩子们打交道。因而在家里，妻子就主动担负起了培养儿子的重任。

那年暑假，妻子说儿子数学成绩不怎么好，就让儿子上一个数学辅导班。那时一到暑假，社会上各种各样的辅导班简直铺天盖地，而家长们不让孩子上辅导班就像对不住孩子似的，更不忍心让整个暑假的时光在孩子们的玩耍中白白地流逝掉。刚开始，儿子学习的兴致相当高，每天都是兴高采烈地走，回来后总说些辅导班里的事情。但渐渐地，儿子的兴致好像没那么高了，回来也不再主动说辅导班上的事了。我们也没太在意，妻子仍旧是每天早晨早早起来给儿子做早饭——蒸一碗香喷喷的鸡蛋羹，这是儿子最爱吃的食物。每一次妻子都是盯着儿子美美地吃完，然后，看着他背上书包走出家门。就这样，十多天过去了。这天，送走儿子后，回屋收拾东西的妻子意外地发现儿子没有拿数学课本，她似乎预感到了什么。但我们又不相信儿子真的会逃学。到底是妻子，她成天和孩子们打交道，因而在这方面很有经验。中午，儿子回来了，妻子不动声色地问他：上午学的什么？儿子想也没想，脆生生地回答：数学呗，我不是补习数学吗？妻子又灵机一动，用了个小小的计谋，对儿子说：我给老师打电话了，老师说你没去上课！听了妻子的话，儿子一下子呆在了那里，眼睛也不敢看他妈了，脸蛋微微泛红，好久不说话。我们都明白了，妻子的怀疑得到了证实。妻子是火苗子脾气，她不能容忍孩子对大人撒谎。在她的逼问下，儿子终于坦白交代。原来，儿子早就炒了老师的鱿鱼，每天早晨吃了他妈给他做的早饭，就装模作样地背上书包，出门后就拐向一家书店，在那里看闲书。那家书店的规模相当大，里面开着大功率空调，在这炎炎夏日，绝对是个休闲乘凉的好去处。儿子在这里一待就是一上午，看他感兴趣的书。然后，再背上书包准点返回。如果不是他把数学课本丢在家里，我们真的还以为他在认真学习呢。

揭穿了儿子的这个小把戏，我和妻子都非常生气。而妻子尤甚，气愤之中还夹带着委屈。本来嘛，每天早早地起来给儿子做饭，本指望儿子踏踏实实地学习，把功课赶上去，谁知他竟然撒谎骗大人！气极了的妻子，不由分说对儿子一顿饱揍。儿子也是个牛脾气，起初还犟巴巴地仰着小脸不肯认错，并口口声声说老师办班是为了赚钱，捞外快。看着儿子这副宁死不屈的样子，妻子越发来气了，又拿来笤帚在儿子身上一顿狠抽。同时还伴着哭泣，一副恨铁不成钢的样子。见妈妈哭了，儿子的态度才开始改变，变得驯服了，不但承认自己不该撒谎骗大人，还信誓旦旦地保证今后不再做出类似的事情。于是，这场一个人的战争才宣告结束。

严父慈母，这句话并不适合我们家。因为我很少顾及儿子，就更谈不上对他有多么高和多么严格的要求了。这次儿子逃学，虽说我也格外生气，可听着妻子打儿子的声音，我的心里像有一根针在狠狠地戳，仿佛挨打的不是儿子而是我自己。

在我的记忆里，这是儿子第一次也是唯一一次对我们撒谎。事后妻子也有些后悔，因为贪玩是儿童的天性，不该剥夺儿子的这个权利，更不该对儿子大打出手。

也许是我和儿子缺乏交流，也许是父子之间多多少少都会有一道鸿沟，儿子平时和我有点疏远。学校里发生了什么事情，他总喜欢向他妈诉说。不但和我说话少，有时甚至还会“报复”我一下。比如，我和妻子为什么事发生争执，儿子就会立场鲜明地替他妈说话；当我们的争执开始升级，并且弥漫起火药味时，儿子也和他妈形成统一战线，一副同仇敌忾的样子，像个小牛犊一样将他妈保护起来。有时电视上播映能开阔孩子们视野的节目，我就想把儿子喊来一起看。可他偏偏不买账，把节目大贬一通。见到了好的读物，我又极力向他推荐，可儿子只是扫上一眼，绝对不会当着我的面去阅读。我感到儿子已经开始和我对着干了。

可儿子也不总是这样，有时还是蛮可爱的，会不失时机地和我开个小玩笑。有一次，我们一家人围在一起看电视，当我看到我少年时的偶像——歌星苏小明时，竟然有些失态，指着久违的偶像对妻子嚷嚷：你看，苏小明！这时，儿子诡秘地眨了眨眼睛，笑嘻嘻地和我开玩笑说：爸，苏小明是你的梦中情人吧！弄得我很狼狈，心里却为儿子这种活泼幽默的天性自鸣得意。有时，他还会冷不防地问他妈，你的初恋情人是谁？是不是我爸呀？弄得我们都哭笑不得。那年夏天，儿子在院里丝瓜架上逮了一只大肚子蝈蝈。那天，他在院里拿着蝈蝈玩，看到他妈走过来，就把蝈蝈递到妈妈面前，用一种大人才有的口吻说：去吧，找你奶奶吧！逗得妻子禁不住咯咯地大笑起来。

儿子的个头长得比同龄的孩子高，但个头再高，在我眼里他终归还是个孩子。想不到，我的这个想法在后来的一次外出中被彻底改变了，我忽然发现，我们的儿子已经长大了。

那年夏天，我去北戴河开会。儿子还没见过大海，又正值暑假，我决定带他去开开眼界。儿子从没有出过远门，而且又怀揣着对大海的好奇与向往，因而激动得不得了，那几天总是向我打问有关大海的问题，拿来地图看了一遍又一遍。那张稚气未脱的脸上总是洋溢着笑意。那欢喜的样子就好像要过年了。担心我不会照料自己和儿子，临出门时，妻子从超市为我们买来一大堆的食品和饮料。这是我第一次独自带儿子出远门，我真担心在家里顽皮任性又没出过远门的儿子会给我带来麻烦。可后来的事实却证明，我的担心是多余的，而且通过这次出门，也改变了我对儿子的看法。

那天，从省城出发，到达北戴河时，太阳已经偏西了。车窗外是大片大片的稻田，绿油油的稻田让夕阳镀上了一层橘红色的光亮，看上去像油画一样令人赏心悦目。火车刚驶进北戴河站，儿子就抢先从行李架上取下我们那只沉甸甸的皮箱，而且动作麻利敏捷，俨然一个小大人。儿子的这个动作完全出乎了我的意料。因为在家里他是饭来张口、衣来伸手的，被他妈照料惯了。谁知一离开家，儿子竟然变了，变得比在家里懂事得多。让我更没有想到的是，下火车时一手提着皮箱的儿子竟然还腾出一只手来，搀住了我的胳膊。爸，小心点！儿子轻声而亲切地对我说。顿时，一股暖流顺着胳膊涌遍了我的全身。其实，这一年我才三十多岁，正值年轻体壮，却受到了只有十多岁的儿子这般的呵护和关爱，心里要多惬意有多惬意，真比吃了蜜还要甜。我就这样被儿子扶着胳膊，顺着人流一步一步地迈下了火车。往出站口走时，我禁不住仰起脸来盯着儿子看：儿子这天穿了一身球衣，白色的上衣，黑色的短裤，这身崭新的球衣将儿子衬托得越发挺拔清爽。此刻我们已经嗅到了大海的气息，那温润凉爽的空气让我感到周身舒畅。虽说已是下午五点多钟，但阳光依然非常灿烂，将儿子白皙可爱的脸蛋映亮了，映红了。此时儿子的脸上洋溢着一种自信和豪迈的神色，走在熙熙攘攘的人群里，俨然一个踌躇满志的大男人了。

我突然感到，儿子真的长大了。在大海新鲜而温润的气息里，我和儿子之间的距离一下子拉近了。

我们在北戴河待了七天。在这七天里，我和儿子一起在大海里游泳，一起在海滩上散步；傍晚海水涨潮时，我们站在海边观看那排山倒海般的滔天巨浪。退潮时，我和儿子光着脚丫拾贝壳，捉螃蟹。我们玩得非常愉快，又变成了一对无话不说的朋友。

文/沙爽

答　案

自从升入初中，徐鉴涵多年来在语文上的积贫积弱终于到了危急关头。由于众所周知的原因，这使我在家里成了众矢之的。虽然我一再宣称徐鉴涵优秀的数理化基因完全得自我的遗传，但婆婆还是找了个机会语重心长地提醒我："抽空辅导辅导孩子的语文吧，总这样可怎么得了……"言下之意，我盘踞着一个一本万利的监护人职位，却任由名下的责任田常年亏损。

其实天地良心，我不止一次努力钻研过徐鉴涵的语文考卷，发现他的基础知识类试题得分还真不坏，但一到后面的阅读理解题，那鲜血淋漓的朱叉和紧随其后的负数，密集得真是触目惊心。屏息拜读完这些经典睿智优美感人的短文和段落，再来研究后面的问题，我觉得当真是母子连心，徐鉴涵给出的答案深合我意——但是且慢，它们都是错的。我既虚心又心虚地向徐鉴涵同学请教：

"这些题，老师讲过了吗？"

他说："卷子今天下午才发下来，得明天才能讲。"

"那么，"我假装漫不经心地接上一句，"这些题，别的同学有做对的吗？"

"当然有啊！"他有点诧异。

就是这一刻，你心里陡然生出无限深远无限苍茫的凉意。

作为成年人，你好不容易才在三十岁以后弄懂了一件事：在这世间，你不过是个可有可无的小人物；然而一旦为人父母，你又不由自主地做起了天才梦。此刻，你低下头，再一次仔细地看看自己的枝条上结出的这枚唯一的果实——千真万确，他和你当年一模一样——甚至，他还缺乏你当年的专注、热切、坚持以及努力；极有可能，你认为他理应拥有的才智和能量，实际上，他只能抵达它的百万分之一。

好吧，就算没有天才，他至少也应该像那些面孔呆板但善于钻研的孩子们一样，在手心里抓住一把肉眼看不见的神秘钥匙。将这把钥匙伸进那些高深莫测的阅读题，在幽暗的孔洞深处，它四通八达的锯齿悄然吻合上某些机关，伴随"嗒"的一声轻响，弹出来一个你做梦也想不出的标准答案。

至此，你曾经的学生时代变得如此可疑。因为那时候，你一直在做一些连现在的小学生都不屑一顾的简单习题：分段；提炼中心思想；概括段落大意。你当年自以为骄人的高分数，实质上接近于传说中的泡沫经济。

徐鉴涵的补课生涯不得不就此开始。只有差生和病号才需要补课？你 OUT 了。欢迎全天下肩负厚望的孩子们前来加入补习队伍。所有的功夫都在课外：语文、英语、奥数、作文班；绘画、书法、舞蹈、钢琴课。这是一条宏伟壮观的产业链，连我那身为大学讲师的舅舅也跻身其间。想当年，为了筹措区区几千元的购房款，他曾经克服自尊，利用暑假满大街叫卖冰棍；现在他只需到同事开办的高考辅导班里讲几节课，很快就奖励给自己一辆英朗 XT。

最专业的解释是：这是时代的伟大进步——作为财富的一种，知识终于可以兑换成等量的货币了。

因为文化课档期爆满，徐鉴涵的钢琴课早就停了，先生想把他的儿子培养成音乐家的梦想就此告终。书法课则采取游击战术，直到时间上再也斡旋不得。五门主课每一门都必须列入补习计划，作为最薄弱项目，语文同时参加两个补习班——班主任组织的辅导班当然必须自愿报名，电视台一位年轻主持人开办的辅导学校则受到徐鉴涵的热烈追捧。该主持人见多识广谈风机智，在枯燥的名词和语法中会随机插播诸如“我是沙爽的忠实粉条”之类的时髦句式，大大满足了徐鉴涵的猎奇欲和虚荣心。可惜偶像也必须按时支付“粉条”开具的全额账单，当月我为徐鉴涵交纳 1700 元补习费，相当于我在杂志社整整 51 天的工资。

这期间经历过一场声势浩大的转学风波。这件事的起因，首先要归咎于我们这个家庭对眼下的初中校园缺乏足够的了解。直到初一上学期期中考试分数公布，徐鉴涵以七年级六班第1名的成绩，在全年级400多名学生中，名列第99。而他小学时期最亲密的竞争伙伴，一对勤奋好学的双胞胎兄弟，曾经经常被徐鉴涵从中“插足”，分别位列第一和第三；眼下，作为第七中学七年级一班学生，两兄弟终获团圆，联袂囊括全年级总分冠亚军。

终于打听到幕后实情：第七中学的师资配备分为三个等级，以七年级为例，一班和二班为“重点班”，至于徐鉴涵所在的六班，属于最低档次的“三等公民”。

如果我不知趣地跑去学校问：以徐鉴涵小升初考试成绩，为什么会分到三等班？

肯定没有答案。

如果我还是要不知趣地追问：既然该校的重点班收取三千元择班费，为什么不明确通知家长们？

当然还是不会有答案。

那么我所能做的，就是团结起所有可能团结的力量，采取一种我们老祖宗称之为“亡羊补牢”的措施。让人意外的是，日理万机的校长先生居然记得徐鉴涵。校长说，不久前的一堂历史公开课上，徐鉴涵回答“中国古代四大发明”，从指南针一口气说到GPS全球定位系统。校长言下似有褒奖之意，但我顿时心生不安。因为据我所知，“GPS定位系统”并非“古代发明”，遭遇扣分在所难免。果然，校长最后给出了标准答案："市教育局对这方面有明确规定，初中三年，校内绝对不允许转班情形出现。"

那就转校！我终于气急败坏。

如果偏要赶鸭子上架，鸭子也会突然发挥出前世的攀缘潜能。灵光乍现，我居然独自梳理出一条可靠的关系网络，耗时一个月，终于完成了这项对我来说几乎是传说般的转学工程。

事件接近尾声，唯一的反对声音来自徐鉴涵的班主任张宇。这位年轻的政治老师，我相信他对徐鉴涵的喜爱和激赏发自肺腑。他请求我再次慎重考虑，因为"这并不只是师资分配上的问题，根源在于整个教育体制"。

虽然事先非常谨慎地征得了徐鉴涵本人的同意，但张宇老师的一番话还是让我顿感焦虑。以我对徐鉴涵的了解，这个巨蟹座男孩同样欣赏和信赖他的班主任；一旦内心的天平发生倾斜，他的感性和执拗将会源源发出巨大的杀伤力。那么，多年以来我和先生极力践行的民主式家庭教育，在这样事关重大的抉择面前，又该如何取舍？

担心中的情形始终没有出现。暗地里吁出一口长气，我郑重叮嘱徐鉴涵："转学以后，有时间一定要经常回去看看张宇老师。"

"那当然！"

把徐鉴涵纤瘦的手指轻轻握在手心里，一步步踏上营口一中教学楼的阶梯，我心头五味杂陈。这就是若干年前我无数次踏上的水泥地，我的母校，当年全市学子们心向往之的重点中学。——一个人的生命中会有多少巧合与巧遇？从他父亲的母校转到他母亲的母校，只为了进入更刻板严厉的重点班——这是徐鉴涵的宿命，还是上帝有意为之的小运气？

送走教育局的朋友，我站在临街的窗前，再一次想起年轻的张宇老师。但是不行，这是我的孩子。我的孩子，他是我今生最大的软肋。为了从三百六十个方向维护住这致命的柔弱，我必须心如铁石。

直到翻开徐鉴涵的初中毕业纪念册，我才知道，这个看起来还很明朗乐观的男孩子在转学后的两年多时间里经历了多少挫折。我看见一群早熟的少年，在毕业分别前坦诚相见，纷纷为他们懵懂的同窗指点迷津："记住，以后不要再和老师作对了，你会吃亏的！"

我想，这完全是我的错。是我让徐鉴涵以为，他可以与所有的成年人，包括他全权在握的班主任，直言不讳，平起平坐。

但是奇怪，这位作风硬朗的女老师却从未向我告发徐鉴涵的种种劣迹。想来原因在于，作为一名卑微的插班生家长，我的表现还算差强人意。虽然我无限热爱卢梭的那个著名论点：教育即生长——也就是说，教育应该让一个人真正成为他自己——因为生长本身就是目的。但是作为头脑清醒的成年人，我清楚这个学术论点与现实之间的距离。因此我恳请老师对徐鉴涵严加管教；转过身，我提醒徐鉴涵认清眼前的局势：既然成绩已经成为成长的前提，那么忍耐就是必要的。作为集体或单位中微不足道的一分子，在所有谨供选择的行为和话语模式中间，必须迅速选中那个并非最合乎个人心意的，但是却最接近社会与公众心理学的答题方式。

说完这番绕口令，我一阵头晕目眩，胃部隐隐作痛。

这天在网上，一组高三语文试题引起了我的注意。自从徐鉴涵在高一下学期正式成为一名理科生，我们全家人同时大大地松了一口气；但是还有语文，多年的补习未能收到预期的效果，徐鉴涵仍没有找到那把神奇的钥匙。只是出于对上帝慈悲的微弱信任，我和我的儿子，更像两个在饿死之前执意要找到天上掉馅饼的可靠轨迹的人。

第三部分，现代文阅读选考，15 分。

井

井。说出这一个词，仿佛同时说出了幽居地下的水阴凉的气息，还有形容不出色泽的光影浮动在这个词里。是谁？先是探一下头，继而慢慢搅动了这个处在冥想中的词语和它周遭的大气，用一条绳索和一只木质或金属的桶状容器。当桶的底部触到了水面，井的面容受惊一样洇开了层层疑问，而桶的身体情不自禁地倾倒下来，一如亲吻或膜拜。桶把积攒多日的饥渴和烟尘之气吐出来，像一个热爱水的人，闭上眼，纵容自己深深地沉潜……

我闭上眼。想象着后面有可能罗列出的种种问题。它们携带着这篇文字阴凉而苦涩的气味，像受惊的水纹一层层洇开。许多年以来，我一直没有建立起与水，或者说，与一个未知世界的和谐关系。我一直在重复做一个相同的噩梦：考卷发下来了，秒表的倒计时业已开始，而我，一个溺水的人，大脑中一片空白……

是的，后面的三道试题，我一道也做不出来。

我想，作为考生，我有充分的理由厌倦。我首先厌倦这篇文章的作者；然后，我有理由厌倦汉字本身——有没有必要让一个高中生阅读这样的文字？或者，会不会有人热爱上这些艰深的提问？我怎样才能一条不少地罗列出作者“关于井的诗意想法”？怎样才能知道“在文中，作者借‘井’抒情，既表达了对故乡深深的思念之情，又含蓄表达了对灯红酒绿的城市生活的厌倦”这句话是正确还是错误？我怎样才能知道，在文章最后，作者为什么要叙述关于井的故事？因为他正好想到了祖父？因为井就在祖父的院子里？一道满分是6分的试题，两条答案是不是太少？

我多么想知道这些问题的标准答案。我，这个让人厌倦的文章的作者，我希望别人能告诉我，我曾经有过哪些诗意的想法，和紧跟在后面的一连串为什么。

文/萧鸿

我的收藏

刚上小学一年级的女儿，苦着脸对我说："妈妈，什么是作文？老师带我们去广场看菊花展，可我不会写。"

"作文就是把要说的话写在纸上，看到什么写什么，想到什么写什么，文字通顺就可以了。"

女儿把一张用铅笔写得歪歪扭扭的小纸条递给我，一看我就乐了。可我没有挑三拣四地批评她，而是拍着她的小脑袋："写得好！把你看到的都写出来了，这就叫作文。"

对于一个六岁的孩子，你无法对她讲解什么题材、要素、结构、文风，她能把话写顺就够了。恰恰是这种没有受过污染的、朴实而纯真的小纸条，向天地宇宙展开了她第一次作为"文化人"的真实，我将这可贵的第一次作文，悄悄地收藏起来，很满足很幸福。我感到这不单纯是作为母亲的一份欣喜，还作为想象着女儿长大后看到自己当年的天真幼稚，也定会产生相同的幸福与喜乐，我便感知到了双倍的幸福与满足。

这已成为我的习惯与爱好。

女儿第一次拿回的荣誉证书。红彤彤的封面，上面烫着金色的书和笔，笔上面一个金色的五角星，荣誉证三个字的下面，是一排红绸扎成的葵花。封皮里面写着：

一年级六班史小月同学，被评为三好学生。特发此证，以资鼓励。

拿着这张奖状，我看了又看摸了又摸，一种荣誉和自豪感升上心头。从不跟她说要争什么得什么，甚至哪“三好”我都说不全，估计女儿也未必说得全，但起码，证明了她在班级的表现和比较健全的人格品质。小小荣誉证，像一块小小试金石，我把它小心翼翼地收藏起来，连同母亲的荣誉与安心，与红彤彤的证书叠放到一起。

女儿二年级的时候，我收到过她的一封信，写信的起因是这样的。

那天下乡调研，回家时已经晚上七点多，就留同事到家里吃饭。饭后，同事说放松一下打会儿扑克牌，这一玩儿不知不觉就过了十一点。中途女儿喊我睡觉，做东道主的当然不好意思逐客休息，就让女儿先去睡。我们玩儿得很晚。

第二天一大早，女儿背着书包一脸严肃地递给我一封信，看也没看我一眼，扭身上学去了。

这封信是一个普通的白色信封，封皮上用蓝色蘸水钢笔写着大大的两行字“孩子的一封信、孩子致家长的一封信”。打开信封，里面装有半页纸，信的内容是：

爸爸妈妈：

我原以为你们都是好家长，可我万万没有想到，你们竟是这样不负责任。别人的家长都是很负责的，从不做孩子的坏榜样，我希望你们做出好的zuo峰（风），争当三好家长。

孩子　史小月

面对这短短的几行字，我羞愧得脸颊发烫双腿瘫软，无力地歪在沙发上。

要求女儿按时写作业按时就寝，是我们家长提出的要求，然而第一个打乱准则的却是自己。

女儿中午回家，我深刻地向她做了检讨，并保证今后绝不再犯此类错误，争当“三好”家长。

遗憾的是，学校或单位并没有设定“三好”家长这个奖项。问题是，如果设置了，我真有把握当上“三好”家长吗?

能让我理直气壮的倒是，女儿从那时起，每个学期都被评为了“三好”学生。

谢谢小月！你让我明白了“守则”的重要和意义。只是有些后悔，当时也应该给她回一封信，两封信放在一起保存，让她明白，母亲悔改的诚意与决心。

家长在孩子面前，永远应该身教重于言教。你说一大堆话，不如你做好一件事。同样，你做一件不得体的事，会将你说的一大堆训话溃击为零。

有一次，为了争看电视，我和孩子爸在孩子面前闹了不愉快。这样的事大抵家家都有，不会当成什么大事，过去就过去了。可是你错了，即使一件小小的事情，在孩子眼里也是大事，有些孩子会表露出来，有些则选择了沉默。我的女儿则表现得敏感而激烈。

过后她递给我一张纸条，说：“我是家庭小法官，以后你们有什么问题就来找我，由我来判决，但不许吵架。这张纸上我列了八条规定，家里人必须遵守，否则，就要受到小法官的惩罚。”

我接过纸条，又是半页信纸上歪歪扭扭地写了几行铅笔字，错字和拼音并杂：

家 ting 生活 8 条 gui 定

1997 年 8 月 6 日

1. 家里人每天轮流洗一次碗。

2. 家里人要讲文明，家里人要互相关心、尊老爱 you。

3. 家里人不许争电视看，要想看，就找小法官。

4. 家里要干净整洁，讲究卫生，不许 sui 便吐 tan。

5. 家里人，每天早晚要 shua 牙。

6. 家里人每天 jian 持看书、读书，不准以大欺小。

7. 父母之间不许吵架，要互相尊重。

8. 家里人要 you 默，保持欢乐和谐的家 ting 气氛。

9. 家里人要 qin 快，大人要帮助小孩子做不会做的事。

10. 不许骗人要讲信用。违抗者，小法官 cheng fa。

小法官

题目是8条规定，实际制定了10条，应该说还是比较全面可行的。

拿着这张纸条我又一次羞红了脸——夫妻间的争吵，反倒让一个八岁的孩子做裁判，让孩子做我们中间的调和，并且制定家规对我们进行规范和制约，那种感觉，仿佛我和女儿互换了角色，连对她褒奖和表扬的资格都失去了。

我和丈夫交换了一下眼神，心中早已忍俊不禁，但女儿是认真的，没有一点掺假的成分，我们决不能笑场，于是态度坚定郑重其事地向女儿保证："请小法官放心！今后我们一定不再吵架，不再争看电视机了！有争执不下来的事情，向小法官报告，请小法官裁决！"

女儿更加严肃正经，一拍桌子大叫一声："好！这件事情就这么定下来了！"

我再次郑重请示："请问小法官，这份约定是放你那还是由我保存？"女儿略一思索："还是由你保存吧！"

事后我想：家庭出现矛盾和纠纷不是坏事，反而给我们提供了解决问题的机会和能力，对大人是考验，对孩子也是一种锻炼。不要小看孩子的是非明辨力，有时候，他们比我们大人的观点还独到，他们观察生活的细节比我们还清晰。我和丈夫争吵的导火索是电视机，凭什么女儿没有就事论事，而是由此扩展到了家庭生活的10条规定？说明她平时对我们的生活习惯了如指掌，她认为不对的，以要求的语气写到了规定里面，她认为正确的，以坚持的态度做了更多的强调。一次小小不快，促使女儿在相对广泛的领域去思考生活、严于律己，谁说这不是坏事变成了好事呢？

从女儿的约定中，透露出一个重要信息：10条规定中，有一半是关于平等、互助，这说明孩子们最看重的就是人格的平等与尊重。在这一点上，我们自诩做得比较好，如果不是本着平等尊重的原则，这件事就不会这么民主地处理，可能两句话就把女儿吼到一边去了，更不会有她的10条规定的出炉。

西方家长对待子女的态度，中国家长们不是不可以借鉴。只有在平等尊重的前提下，孩子才能逐渐学会拿成人的标准要求自己，而不是处处以小卖小或无理取闹了。

这样一种教育理念可能还真起了作用。1998年夏天放暑假，女儿让我陪她去神农架，当时很忙走不开，就顺口说了句：领导不准假。女儿不相信，我说不信你就问我的领导嘛，难道我不想出去旅游休息？

本以为这样能把她吓住，没想到她还较真儿了，晚上背着我悄悄给领导打了电话，我一直蒙在鼓里。

一大早上班，领导把我叫去训话，质问为什么自己不请假反借女儿之口对其进行要挟?！我一下蒙了，赶紧陈述了事情的经过，这才避免了一场误会。回家我对女儿大发了一顿脾气，批评她自以为是擅作主张。女儿知道了问题的严重性，主动向我认了错。晚上又交给我一封信，说是写给我的领导的，请我务必交到王部长手里。

亲爱的王奶奶：

您好！

昨天晚上我把您惹生气了，实在对不起。想让妈妈到“神农架”的主意是我自己想出来的，原本我以为您听了我的话后会让妈妈去“神农架”的，没想到不仅没有得到您的许可，反而惹了您一肚子气，我向您道歉，如果您看了这封信后还没消气，千万不要朝我妈发脾气，有什么气朝我发好了。

好，就说到这儿，咱们后会有期！

此致

敬礼！

史小月

1998年7月16日

拿着这封信我怔住了：这孩子说话处事怎么像大人一样，不慌不忙镇静从容？信虽不长，但无不透露出她大气果敢勇于担当的可贵精神。可心里还是有点犹豫，这信交还是不交呢？交上去吧，担心领导怀疑是我教唆孩子写信，把责任推到孩子身上，愈加显得做家长的小气；不交吧，对女儿失信失言，害怕挫伤她的自尊心，也不可取。两权相较取其轻，犹豫几天后，我还是硬着头皮把信交到了领导手上。

王部长办事讲究原则又善解人意，她看了小月的信也禁不住笑了，提笔在信的下方回了几个字：

小月：

你好！

王奶奶没有生气，只是说话冲了些，你千万不要着急。你是个好孩子，王奶奶很喜欢你。祝你假期愉快。

王奶奶

7月20日

把回信拿给女儿看，她这才如释重负地舒了一口气。

类似这种与女儿之间的回合，发生过很多次，每一次都不敢敷衍，而是认真对待，因而也极具意味与趣味。我把那些发生的事情看成是生长的竹子，每一件事就是一段竹节，它构成与延展着生命，生命也因此更加鲜活和生动。

女儿也曾叛逆过，那些因逆流撞击石块而飞溅的朵朵浪花，更加独特而珍贵，我同样予以珍藏。

上初中后，课业增加学习繁忙，明显感到女儿笑的时候少了，皱眉的时候多了。主动与她交谈，回答也是简单的几句话，问多了便不耐烦。

一次在她卧室的书桌上，发现了一张画，上面画了一个穿裙子梳短发，鼓着一双大眼睛的小人儿，小人儿右手叉腰，左手举着一个球拍，球拍上写了三个字：讨厌你。纸张的空白处又写了三个大大的同样的字：讨厌你！哦，不用问，这个小人儿就是她的母亲。

是什么事情惹得女儿如此讨厌，一个讨厌都不够，还要再加一个带着惊叹号的大大的“讨厌你”心情不免难过沮丧至极。一阵情绪过后，我很快调整了自己。也不打算追问，追问就不讨厌了吗？追问就能改变她的心情吗？恐怕得到的是更大的厌烦。

后来又出现过几次贴纸条事件。

贴在卧室门的信纸，调换地写着：“不想跟大人说话！”“闲人免进”“就是哑了，也不说话”等类似的狠话。我所采取的方式是，不追不问、不责不怪，相反，我会静静思索认真回忆，哪些地方招惹女儿反感了？什么事情做得过分了？哪句话伤了女儿的自尊？待她情绪好些了，再不露痕迹地轻声交流，往往得到事半功倍的效果。

是人，就会有人的劣根性。心理学家给出的定义是这样的：劣根性是指人类固有的不良品质和不健康的心理需要，这些劣根性就是人类之所以犯罪的根源所在。

一个成人，哪怕是一个看上去比较完美的成人，他也会具有不良的思想情感或心理阴暗的苗头，只不过因为后天的学习和理性自制，把不健康的一面压抑化解掉了，这就是教化与文化的作用。那么，你凭什么不允许一个孩子有不健康的心理或行为表露呢？在他不成熟的时候，在对他的教育达不到广度和深度的时候，在他的行为还达不到理性控制的阶段，你有什么理由不允许他犯错误？

做家长的，除了教育与引导，你不能有丝毫的嫌弃与厌烦，更不要说打骂与暴力！

小月的成绩一直很好，有次考试，一下子落后了五十名，做家长的当然惊愕伤心。可我并没有责怪批评，而是在她床头贴了一张纸条，上面写了七个字：孩子，你是最棒的！

事实证明，她的确是最棒的！因为我并没有用普遍的价值标准去衡量和要求。女儿虽然没有考上最好的学校、没有出国镀金留学、没有令人羡慕的职业，但她大方得体、心性舒朗、处事谦恭、为人敬善，虽不是凤毛麟角，却也是有人生操守、会工作会生活的新女性，为母心安！

天下没有不爱孩子的母亲，我的爱也同时融入了对女儿的点滴收藏之中。在一本两万多字的“母亲手记”中，我写下了这样一段话：孩子，虽然妈妈给了你生命，但你也给了与妈妈相互砥砺相互交融的机缘；你给了妈妈一生都值得回味的快乐履迹与难忘岁月。现在，妈妈再送给你八个字：活出自己，快乐人生。

除了这几个字，除了给你涂抹的点点滴滴，我可能不会再给你什么了。

文/张鸿

阅读的孩子

我有一张珍藏的照片，是偶然拍摄到的，在2009年我朋友林继昌的画展上。

里面那个读书入迷的男孩是我的儿子镕淏，从照片上看，他正在读《绿野仙踪》。

那时他正读小学四年级，最大的爱好是音乐和阅读，来劲儿的时候也写上几笔。他从小就喜欢阅读，上学后仍然是沉迷于课外书的阅读，我很支持他。好在学习成绩不差，没有引起老师的反感。他上四年级后，换了一位语文老师，这位老师很有眼光，鼓励孩子们阅读，并每周四的下午开设一节课外阅读课，经常把我叫去给班上孩子们朗读。那时他们读曹文轩的《草房子》，还有沈石溪的作品。

有一天，当当网送书上门，我得付近五百元的书款，吓了我一跳。一看，全是孩子自己在网上挑选的书籍，他说要在班上开一个小阅览室，我当然乐颠颠地付款。

我们去观赏继昌的画展应该是在周日，镕淏才可以与我一块儿去。展室很大，我看了一圈作品后，发现孩子不见了，我冲出门去找他。楼上楼下没有看到他，我紧张了。回到展室后，门口的阿姨指着一个角落，说："你要找的是那个孩子吧？"我猛回头，一看，远远的，镕淏静静地坐在地上，读书。我眼睛红了。

我没有打扰他，只是远远地看着这个阅读中的孩子，他一会儿倚墙坐着读，一会儿趴在地上读，一会儿侧躺着读，仿若在家中床上。

我悄悄地走近他一些，面对着他，坐在展室中间，把他拍了下来，他全然不知。我喜欢这种场景，它安然、温暖和有力。

一个爱阅读的孩子，他安静、有想法，知识面广、词汇量丰富，说话有条理，善于分析，文字透出善良和灵性。

我很得意于孩子喜欢阅读，我甚至不反对他密集地阅读金庸的全集、古龙的作品，他读后很简洁地告诉我这两者的不同在哪里。他也会阅读我的作家朋友的著作，认真地告诉我，谁谁一定能成为很著名的大作家。他甚至会读我带回家编辑的稿件，指出作品中的问题，然后，告诉我哪儿篇值得认真审读。

儿童阅读看上去似乎是一个很小的事情，但孩子们所具备的阅读能力是基础教育的根本所在，是他们自我学习和后续教育的源泉。我由衷希望有更多的孩子能热爱阅读，希望我们成年人更加重视儿童阅读。不重视儿童阅读，就是对孩子、对下一代的亏欠，今后必将产生严重的后遗症。

为了纪念我的这次觉悟，我在此处附上儿子对我的描述：

我的妈妈是一名作家。

她资历丰富，当兵多年，研究生毕业，做过记者，爱好摄影。

妈妈长得不是很美，但挺有气质。以前几十年都留着短发的她现在长发披肩。她的眼睛虽然不大但炯炯有神，加之她那全天候的大嗓门，让我时常有几分畏惧。

她是个不折不扣的急性子，语速快动作快，雷厉风行，容不得自己和他人做事情拖拉。她也是个非常真实的人，想说什么就说什么，不会把事情藏着掖着，说半句留半句。

她很善良，啥事情都愿意为别人着想，所以朋友多，人际关系挺好的，总能给人以正能量，这或许得益于她的善良和乐观的生活态度吧。她总是精力充沛，酷爱旅游的她去过了许多地方，她总说要热爱大自然，读万卷书不如行万里路。对了，曾经有一个旅游网站评她为“骨灰级驴友”。

我的妈妈有一个很明显的缺点——记性差，有时，刚告诉她的事不一会儿她可能就忘了。在她出门时，我和爸爸要经常提醒她：“钥匙，眼镜，手机！”尤其是近两年她记性更不好，她说是因为前年做手术时实施了“全麻”导致的结果，说完她自己就会不好意思地笑。我想她肯定是找了一个不确定的理由为自己开脱。

妈妈那急脾气与我恰恰相反，因此我们时常会产生矛盾，然后她会向我道歉。可如今，一向乐观的妈妈常常会冲我发脾气，之后感叹自己老了，体力跟不上行动和心动。的确，在众多压力下她的确显得有些力不从心了。

几天前，母亲让我帮她取一个袋子，说在柜子上。我不曾见过那个袋子，家里柜子也挺多，我找了一会儿，没找到。于是就问母亲具体的位置，她手指指向一个柜子，而因为视角错位，我还是没有找到，并再次询问。不料母亲发火了，说："怎么回事呀，那袋子不就在你眼前吗？为什么你就看不到呢？"我没有回嘴，诚恳地认了错。

随着父母渐渐老去，不能再精心照顾我时，我必须要成长起来，也要体谅他们。

父亲忙于工作，教育孩子的重担也压在了母亲身上。母亲的教育方式或许与现在的大多数家长不同。从小到大，她就是一味地让我玩，不强求我去学这个学那个。只要我有兴趣的事物，她一定会支持并陪伴我去做。每天放学，她都会问我：今天学校有什么高兴的事情呀？说来听听吧。每个周末，她带着我不是去看电影、逛书店、登白云山就是去珠江边瞎逛。

妈妈一直说不在意我的成绩，只要我开开心心地学习。她说她知道我不是一个笨孩子，学习不会差，只要学习态度认真就行。我很明白这只不过是想减轻我的压力。

我有时因为贪玩耽误做作业，她也不会一直在我耳边叨叨。记得在小学时有一个暑假，作业很多，但我没有在意，一直玩。到了开学前一天，我才意识到那么多作业没有做，我担心妈妈骂和老师批评，就说了谎，也希望妈妈明天能帮我蒙过老师。哪知，妈妈一听我的话就知道我想干什么，她狠狠地批评了我，然后让我把几本作业本拿出来。她看了以后，说：你做一半，我帮你做一半。

我上初中后，再提起这件事情时，妈妈说：首先，我要告诉你，我生气是因为你说谎，这不是一个好孩子会做的事情；其次，我得承认，我帮你做作业这个做法是不正确的，这个我要检讨。但当时我因为两个原因才帮了你，一是那些作业技术含量太低，纯粹是为了占用时间，无用之功；二是因为如果你要做完三本练习册，那一个通宵你都不用睡觉了，休息不好，第二天还怎么上学呢？

的确，妈妈把人品的好坏看得比学习成绩重要。小的时候，出去玩时，她会根据我们看到的事情教给我做人的道理，我长大一些后，她经常会给我看一些这方面的小文章。起初我不以为然，甚至嗤之以鼻，但母亲会说：我知道你不以为然，但我还是希望你能看一看。日复一日，我发现妈妈教给我的那些道理在我的生活中都逐渐做到了。她常常对我说要成为一个阳光少年，不要老是愁眉苦脸，为赋新词强说愁。“记住，天是塌不下来的。如果真的塌下来了，那还有爸爸妈妈替你顶住。”

在母亲节前，我想送妈妈一件礼物，于是，我问妈妈她想要啥，她说：你的快乐就是我的礼物。当天晚饭前，姥爷对我说，妈妈说过孩子懂事就是她最好的母亲节礼物。原来，前几天，姥爷因为一些事情感觉到心烦、胸闷时，我开导和安慰了他，让他感觉到了温暖，他将这事情告诉了妈妈。

我想，并不是必须要在母亲节这一天才能送给母亲礼物，礼物也大可不必非得是物质上的。孩子的健康成长对母亲来说就是一种最好的礼物。

因为孩子，我们开始有自己的家

春天，是冬雪的融化

做父亲的滋味

天天语录

女儿的"瞎说"

女人最大的幸事是可以做母亲

文/姜贻斌

做父亲的滋味

一

1982年10月12日晚上9点，我的儿子在医院里来到了这个世界。

在此之前，妻子患了严重的妊娠中毒，双腿肿得像水桶一般粗大，我却不以为然；眼看着妻子一瓶接一瓶的吊针打得苦不堪言，我也若无其事。反正住了院，就把一切都交给了医生，我还有什么担心的呢？而且，自从妻子怀孕以来，我既没有显得激动，也没有觉得幸福，更没有感到害怕和恐惧。总而言之，我很平静，平静如水，像是已经做过了一回父亲似的。病房里，有个老奶奶颇有经验地对我说，你堂客肚子里一定是个崽。我听罢，也只是笑笑。

但是，当妻子送进了产房之后，我独自在空空荡荡的走廊里往回走了两步时，突然一种巨大的恐惧朝我袭来，一阵一阵，像汹涌的波涛一样。我于是莫名其妙地跑起来，发疯似的冲进了妻子的病房，然后慌慌张张地把门砰地一下闩死，像后面跟着一个举刀追杀我的歹徒，心脏怦怦地乱跳起来。我的脸色苍白，我浑身哆嗦，我的这副可笑的样子，一定会引起别人的惊讶和发笑。果然，病房里的人都一律朝着我笑，说你怎么啦？你老婆生崽，你怎么吓得成了这个样子？

我没有吱声。我只是感到害怕，我也说不出这种害怕和恐惧来自哪里，我的全身冰冷，颤抖。我的这副样子，一定使人们觉得不可思议，他们肯定还从来没有见过一个即将做父亲的人居然是这种表情，他们总以为我是一个十分冷静的人，因为我一直给他们的就是这种印象。

就在这个时候，产房那边传来了我儿子的一声啼哭，那是一声惊心动魄的啼哭。那个老奶奶说，我没有猜错，听这声音，就知道一定是个崽。

人们都在催促我赶紧去看看，我却摇晃着头，我居然没有勇气走过去看我的妻儿。我也不知道这是为什么。人们都哈哈地笑我。我这时只是觉得脑子里一片空白，我没有感到一种做父亲的幸福，我只有害怕和恐惧。

过了不久，有护士来叫我，让我去看我的儿子。儿子已经躺在婴儿室了，那里躺着一排排的婴儿。那个护士指着其中的一个婴儿说，这就是你的儿子。

我心里在说，哦，这就是我的儿子。

我陌生的儿子安静地躺在这里。我弯下腰，仔细地看了看他，儿子闭着眼睛，脸上的褶皱像一位饱经风霜的老人。儿子这时也许有心理感应，知道我来看他了，忽然睁开了一下眼睛，十分疲倦地望我一眼，嘴唇动了动，于是又闭上了眼睛，他好像在轻轻地说，爸爸，我实在是太累了，让我好好休息休息，你还是走吧。

我于是轻轻地离开了。

走进病房，妻子也累了，闭着眼睛，脸色苍白。我默默地走出了病房，来到了院里，夜色如水，空气中飘荡着药水的气味。直到这时，一直包围着我的那种害怕和恐惧，才无声无息地消失了。我全身才感到了一种莫大的轻松。我仰着头，对着深邃的天空长长地吁了一口气，我看到那股气流缓缓地向天空飘去。

是的，我的儿子出生了，我尝到了做父亲的滋味，那种滋味令我难忘。

二

小狗被抱进我家的时候，还没有满月，很弱小，胆怯，眼里闪着一丝令人怜悯的目光，走起路来颤颤巍巍的，似乎随时要倒下去。我们决定给它取个名字，取了两天也没取一个满意的，后来见它很小巧，便商量说，干脆，就叫它小小吧。

于是一齐便叫它小小。喊了几天，居然把它喊大了起来，也渐渐活泼起来了。每日三餐，我们都给它准备点吃的，隔上几天，就给它洗澡。家里人不论谁回来了，只要一听见门铃响，它便冲到门口，一副急不可耐的样子，等你开门。门一开，它就欢快地向人扑来，围着你的脚跳来跳去，恨不得一下跳进你的怀里，它乐不可支，不晓得到底要用怎样的表现才能表达它的热情和高兴。它最不乐意的就是把它关在厨房里，那时候它就叫，就抓门，一旦放它出来，它高兴得像一匹骡子，满屋子跑来跑去。

家里人都很喜欢它，相比之下，我儿子喜欢它的程度要比我们差一点，为什么呢？因为我儿子是一个很忙碌的人，他这时读高二了，那只书包起码有十多斤重，早出晚归，回来还要加班加点，所以他很忙。人一忙起来，自然就少了许多的闲情逸致，具体到小小身上，儿子当然对它的关心就不够了，很少去逗它玩，或者对牛弹琴地跟它说点什么有意思的话。

儿子每天放学回家，小小是一如既往地热烈欢迎，围着他扑来扑去，似乎在说，哎呀呀，学生你辛苦了。另外它还想得到他的抚摩，或者让他逗它玩一下。这是小小的习惯，你进门之后非得要逗它一下不可，然后它才会安静一点，不然，它老是缠着你撒娇。问题是，我家的这个学生很少给它撒娇的机会，也很少露出笑脸，用脚把它往边上扫，走开走开走开，态度很不友好地就往书房冲去。

小小便坐在地上，两眼一愣一愣地望着学生的背影，很不理解学生为什么这样烦躁，有什么心烦的事给我说说也可以嘛，总不是什么保密的事吧？它然后站起来，跟在后面，想进书房里听学生吐吐心事，哪知砰的一声，房门被学生死死地关上了。它于是只好无奈地摇摇头，悻悻地走开了。

儿子每天6点多钟就要起床，小小在厨房里关了一晚，这时候就冲出厨房，高兴地在每张床前都要跳跃一番，大呼小叫的。

有一天早上，我终于听见儿子在跟小小说话了，他说，每天早上你为什么都是这么笑笑的？我要是你就好了。小小瞪着眼睛不解地望着学生，似乎在问，那是为什么呢？学生很无奈地说，因为我又要去上学了。小小又好像在问，上学有什么不好呢？学生没有回答，匆忙地走了。

我是第一次听见儿子对小小说这样的话，心里也平添了一份无奈。他读书还算是不错的，相对而言，还算是读得比较轻松的，就连他都有这种感觉，就可以想见这书是不那么好读的。

儿子自从与小小谈了一次心之后，就不见他继续跟小小说什么了，又像往常那样，板着一张瘦脸来去，对小小的态度仍然是不冷不热。对学生的这种态度，小小很不以为然，小黑鼻子老朝着学生哼哼，仿佛在说，你到底是怎么啦？一天到晚就像个卖牛肉的样子，这很不好嘛。

时隔不久，有一天，我正在厅屋里逗小小玩，它啃一个塑料的大雪碧瓶子，啃又啃不着，那瓶子就满屋子溜，它就追着啃，啃两口，瓶子又溜走了。小小不服气，越溜越要啃，搞得屋子里的响声叫声像赛马，那种滑稽样子令我大笑不止，肚子都笑疼了。我说，小小，歇口气。可它不听我的，继续追得瓶子四处走。

这时候，儿子回来了，他这次没有按门铃，钥匙一捅，门就开了。小小玩得正在兴头上，居然不晓得学生回来了，仍然在满地追逐。

儿子站在门口，看了小小一眼，突然大声说，小小，你好安逸啊，你去读读书看！儿子的声音很大，像打雷一样。

我是第二次听见儿子对小小说这样的话。

小小震住了，抬头呆呆地望着学生。我也震住了，呆呆地望着儿子。儿子又是一冲，冲向书房。

儿子属狗的，属狗的脾气哪里有这么大呀？

三

人家问我是几级作家，我自嘲为“三机作家”。何为“三机”？每天按了洗衣机，再按抽油烟机，然后再按计算机。不是三机是什么？

这意味着我要担负着家务事和写作两副担子。

儿子小的时候，家里请了保姆，儿子大了，不愿意家里有外人，我就只好担负起这副革命的重担。儿子他妈也并非一个懒妇人，只是她比我还忙，所以，我只好让步，操持起家务来。常常刚敲着电脑，就想起要烧开水。又敲一阵，哦，要赶紧煮饭。再敲一阵子，又立即架起锅子炒菜。因为读高中的儿子要按时开饭，他的事是大事，我的事是小事，小事要给大事让路。所以，我敲出来的那些文字，弥漫着一股浓重的油烟味。

儿子高中三年，我可以说是他最为忠实的勤务员了，衣服没洗干净，那怪不得我，是洗衣机的责任。饭菜没有口味，那是我的水平问题，但态度还是好的。况且儿子很理解我，说，你也不容易，这饭菜也就将就吧。

问题是，我常有饭局，怎么办？我可不能丢下儿子不管。所以，我一般采取两个有力的措施：（一）如果人家已经定好了饭店，我便不必多说，赶紧将儿子的饭菜弄好，然后再安安心心地赴宴；（二）人家如果问我饭店定在哪里为好，那我就毫不客气地定在我家对面的饭店，一来我可以偷一回懒不搞饭菜，二来儿子也可以油一回肚子。

一石三鸟。

儿子学习上的事，我和儿子他妈从没管过，大家各自为政。

就是管，那也肯定是外行管内行，管不好的。这当然完全取决于儿子的自觉，如果他不自觉，依我之见，就是给他戴一副镣铐也不管用的，他会千方百计砸开镣铐自由去了。所以，他要玩耍，我也是不管的。

我相信他。

儿子当然也还可以，成绩总在前面。有一回，他一不小心在年级考了一个头名，老师便叫我作为家长代表讲话。老师先跟我打了招呼的，请你一定要多多介绍怎么教育孩子的。我说好好好。

可是我是一个口是心非的家伙，一登上台，首先就把现行的教育制度大批一通，说这样搞得学生紧张老师紧张家长紧张，都会搞成神经病。家长便放肆鼓掌。老师却鼓着眼睛不满地盯着我。

我又说老师叫我来谈教育小孩的经验，我说我的经验只有两个字，那就是不管。家长又是鼓掌，老师鼓眼。我在兴头上，于是又说，学校不准学生玩电脑，那我可以公开宣布，我儿子是一个玩电脑的大王。

哈哈，又一阵鼓掌。真是掌声阵阵呵。

但我这个人还没有到被掌声冲昏头脑的地步，我接着提高声音说，不过，这最重要的是靠小孩的自觉。我们做家长的，除了当好勤务员之外，更重要的是家里要有一个安静的环境，不要一天到晚麻将哗啦哗啦地响，扑克噼里啪啦地响，响得孩子哪里还有心思读书？我的话完了。这时，掌声却小了一点，但老师没有再鼓眼睛了。

再说高考那天吧，我们没有送儿子去考场，也没叫他打免费的士，我们就叫他像平时一样骑着那辆陪伴了他六年的破车。这是因为一是儿子不要我们送，二来我们也怕待在外面天气太热，如果中暑了怎么办？

所以，我和孩子他妈等到儿子刚一出门，就打开空调，坐在家里玩电脑。晚上看电视新闻，看见许多的家长站在炎炎烈日之下，挥汗如雨，满面焦灼，我便顿时肃然起敬，准备第二天也去晒它一回，尝一尝这梨子究竟是个什么滋味。

但第二天一起床，我仍然屡教不改，继续在电脑面前点燃冲天战火。

儿子考出高分读大学去了，于是，我的勤务员的工作也结束了，然后跑到亲戚家里一连喝了二十天的酒，一个字没看，一个字也没写，自己给自己补偿了一回。

四

儿子读大学去了，就像一只鸟长大了，终于飞出了鸟巢，在蓝天白云间自由而舒展地飞翔。作为父亲，我的心中便免不了多了一份深深的牵挂。以前，我并没有这种感受，因为儿子一直生活在我的身边，即使看着他渐渐地长大，我也从来没有想到他有离开我的那一天。可是，时间居然是这样的迅速，终于有一天，他提起了行李，突然地与我分别了。

儿子说，我走了。

我说，走吧。

我的心里其实是那样地不舍。

这十九年来，除了生活上的事情之外，儿子几乎不需要我操心，即使有那么繁重的学习负担，也没有让我替他分忧解难。但有时见他埋头不停地学习，我便要免不了咒骂这种呆板的教育。如此下去，弄得不好，一个聪明的人就会活活地被它搞蠢。

朋友们说，这真是我的福气。我也的确尝到了这种轻松而甜蜜的滋味。但我还是牵挂，因为儿子的身体并不十分健壮，在家时，时常发病，尤其是每回洗完澡，我们便要忙不迭地叫他吹干头发，以免感冒。

这一点，也是我们最为感到愧疚的，因为他还在他母亲的肚子里时，我们那时根本不懂得要如何地保证营养，非常缺乏这方面的常识，餐餐吃食堂，甚至连水果也不知道买一点吃，真是愚蠢得可以了。

所以，至今想来，后悔不已。

所以，儿子这一远去，我几乎没有问过他的学习，因为我最为牵挂的是他的身体，我是一个身体至上者。于是，便时常打电话问他，身体如何？可是他呢，总是报喜不报忧，说他一切很好，尤其是身体，结实多了，不必牵挂。

我则有所怀疑，果真如此么？

一直到他放假归来，我们才相信，他说的是真的，一点也不假，洗澡也不再需要电吹风了，任湿润的头发在寒风中飘扬，身体果然结实起来了。

我惊喜不已。

但我还是牵挂，因为牵挂的内容当然不止这一点，我这才细细地体会到当年我的父母站在屋檐下，每次看着年少的我独自默默地往乡下插队之地走去时，那眼睛里流露出的就是一种深深的不舍，一种深深的牵挂。

火车徐徐地远去，儿子招了招手，我的手仍在举着，久久也没放下来。

又想，也罢，就随他去吧，人家西方人，小孩到了十八岁，就让其独立了，而他已经十九岁了，我还为什么这样挂牵呢？

文/王小鹰

女人最大的幸事是可以做母亲

自从我42岁那年做了母亲，前面41年的日子是怎么过来的，我真的一点儿都记不清了，常常问丈夫，没有女儿的那些年，我俩面对面做什么呀？

做了将近十五年的母亲，有许许多多的人生感悟。可以说面对一天天长大的女儿，天天都有感悟，最大的感悟是——女人最大的幸事是可以做母亲。

做母亲真是一件幸福的事。做母亲的人，心中充满了爱，每一天都觉得活得有价值，因为有人需要你，需要你的爱，需要你去奉献。

做母亲还是一件伟大的工作。因为一个幼小的生命将在你的关爱下渐渐地长大，还有什么比哺育一个活生生的人更伟大的呢？况且，当你在哺育你的孩子的时候，你会获得对生命成长的许许多多可贵的信息，这些信息对于你自己、对于你对生命意义的认识，都会有意想不到的启迪和升华。

如何教育孩子已成为现如今很时髦、很迫切的话题，智者见智，仁者见仁，书店里有关孩子成长成功的书往往很畅销。可是孩子不是一件手工艺品或者农产品，哺育人没有划一的流水线操作可供模仿，每个孩子都依照自己的方式成人。我也常常被问到“如何教育孩子”这类问题，我却答不出可供参考的任何理论和规划，只是随心所欲，尽母亲之爱去呵护女儿；或者说是无为而治，常被我的母亲斥责为“宠”女儿。日复一日，年复一年，我欣喜地看着女儿一点点地长成一个小少女，时不时地给我一个个惊喜、一次次地恍然大悟。我还来不及构筑如何教育女儿的宏大计划，女儿的成长过程却不断地在教育我、不断地洗涤我被尘世腐蚀了的心灵。

女儿上小学时，学校就在家隔壁弄堂里，女儿常常会在老师办公室给我打电话，说，某某同学忘了带画图课的颜料，妈妈你能送一盒颜料来借给他吗？或者说，妈妈你给我买的手工纸大家都说好，你能多买点分给同学们吗？有一次学校搞活动，要求家长给小朋友们买面具，女儿自告奋勇说让我妈妈去买。为了这些面具，我东打听西打听，一直跑到南方商城才买到。我真想“教育”女儿，你妈妈“坐”在家里不是无所事事，是“作家”，妈妈的时间很宝贵，你以后不要尽给妈妈找这些闲事干！可是话到唇边我却说不出口了。女儿把小朋友的困难当成自己的困难，把班级的事当成自己的事，难道我要“教育”她“事不关己、高高挂起”，从而变得自私吗？宁愿自己忙点累点，宁愿自己少写一两千字，也不能让女儿透明的心境蒙上些许灰尘啊。

女儿自戴红领巾起就当上中队干部，每学期结束，小干部都要写工作小结在全班同学面前述职。女儿把工作小结写好了，让我提提意见。我看到女儿在最后一节中写道：“……我一定努力工作，争取当上大队长。”我又好笑又好气，说她：“你怎么可以说你想当大队长呢？把这一句划掉！”可女儿瞪大眼睛看着我说：“为什么不可以说我想当大队长？我真的想当大队长嘛！”女儿的眼睛是清澈如水的，我隐隐地觉着惭愧，难道我想“教育”她变得世俗世故而口是心非、虚伪作假吗？我连忙改口，说，妈妈支持你去争取当大队长。女儿在班会上诵读了她的工作小结，次年，她真的当上了大队长。

女儿上了中学以后，学习上的事完全不用我操心了。

考试前，她把自己关在房中复习功课，不许我去干扰。有时我在门外听见她给同学打电话，就“教育”她，这么紧张的时候还有闲心聊天啊？女儿说，她解一道题，想出了一个很简便的方法，一定要告诉某某同学。某某同学解数学题有些困难，告诉她这个方法对她很有好处。几乎每次考试复习期间，女儿总要花相当时间与同学通电话，互相解答难题。她的笔记本常常会被同学借去，当然，她也会借同学的笔记本来参考对照。有时我会担心这会不会影响女儿的复习迎考？每每想“教育”她抓紧时间，却又放弃了。因为我喜欢女儿和同学们之间这种互相帮助的气氛，这在当下竞争残酷的社会风气中显得弥足珍贵。

我欣赏我女儿开朗率真单纯的性格，孩子的心灵像一面洁净的镜子，反照出成年人的瞻前顾后掖掖藏藏虚与委蛇。

我担心的是，我女儿长大了，踏上社会了，她的这种水晶般的性格会不会被世俗腐蚀而改变？然而，倘若她一直保持这种率真单纯的性格，在社会复杂的人际关系中会不会受到伤害呢？

文/曾静平

因为孩子，我们开始有自己的家

婚后的第三年，我们决定要孩子。做这个决定，是一种什么状态，什么心境，或是在什么地方的哪段时光，今天想来已全然不知。但这对两个从大学里出来不久，怀了志向闯荡京城的南方人，一定是满蕴了置身未来的豪情与决心。

因为，那个时候我和D全然没有什么事实上的东西可以拿来面对一个孩子的降临。在紧临天安门广场的一条名为正义路的马路上，有一幢叫灰楼的房子，是D所在单位的集体宿舍，里面一间十四平方米的房间是我和D的巢，但我们更像是一对恋人或朋友在搭伙。

事实上，那个时候我和D与他的很多同事一起搭伙：一帮家在外地的有北京户口的年轻人。那幢灰楼共有三层，每层有一间带煤气管道的公用灶房。

我们热火朝天地一起煮饭炒菜，想方设法地炫耀自己做菜的与众不同。周末的时候，大家各自做了拿手菜凑成一桌喝酒聊天。

我后来没有问过D，在当时，在我们做那个决定之后他是不是有过担忧。我知道，我自己是肯定有过的。打量那间十四平方米的房间，我不知道可以把那个小人儿的童床安在哪里。

事实上，我和D在那个时候也没有床。那个房间里原有两张单人床，我们拼在一块，就成了家。但，那一年，我和D的想法不谋而合，我对自己说：是的，我们需要他。我们需要一个孩子。

所以，我很快有了期盼，有了期盼中的甜蜜和快乐。这份期盼在上班和下班的途中像暗香浮动，真实而又务实。那个时候，初到北京的种种无奈让我体验了青春的沧桑，本该长久一些的浪漫像结束了使命的叶子不时被风吹过。我只是期盼，那个要来到我和D的生活中的小人儿是一个男孩。

这份心思却并不内含人们可能理解为的那个传宗接代的意义，我只是不希望我的孩子在自己的岁月中经历或者重复我的种种：一个女人所必须的承受和付出。

我这样想，也因为在我准备要孕育孩子的时候，突然也要面临另外的一个选择。那时北京的计划生育好像是比现在更严谨一些，凡希望在某年度生养孩子的人，都需要事先拿到生育指标。

否则，在孩子出生后诸如报户口等问题上会很麻烦。而那时我刚去一家报社工作，做了没多少日子的记者，报社希望我以事业为重。

这番说服自然是没有错的，但当时确是给我敏感的心又添了一份身为女人的苍凉。

那一年，我跟报社达成协议：他们给我办理一个生育指标，我自己再寻一个工作单位调走。后来，我带着这个宝贵的指标去参加团中央的公开招考，以第一名的身份进入团中央机关工作了十四年。

现今，我儿子也已十四岁，1.75 米高。其实他在几年前就已高出我了。在很多时候，我已经无法探知他的心情、感受和经历，即便我知道他都经历了什么。这有点像看一部电影，一本书，我不能如何地被感动，如何地感慨，如何地牵肠挂肚并甘愿将自己的分分秒秒置入其中，我自己都不是其中的一个人。儿子，他已拥有自己的独立世界。

但有些时候，我又忍不住想，那一年，如果我和 D 不是不谋而合地决定要一个孩子，不知道我这十四年，又是怎样的一番情形。

十四年前，我倾心写作，敏感多叹，沉于自我，会用一些有韵律的、优美的句子组成诗。而此刻，在我写下这些跟儿子有关的文字时，我早已变成了全然不同的另一个人。这也是我在十四年中第一次写作可以归为文学的文字。

半个多月前，野莽跟我约下这些文字，他是我的好朋友。他说：只是希望大家能聚在一起，在一本书里。

与多年不见的朋友以这种方式相聚，使我很心动，我当下应约。但是，很多天里我迟迟不能动笔，心境微妙而复杂。更多的时间里是惊讶或迷惑，也有些许的恍惚。我心里反复涌动着一位多年不联络的朋友在见了我后脱口而出的一句话：一位诗人被改变成了一个职业女性。

这位朋友不知道事实上是儿子把我的人生转了一个弯。这许多年里，我埋头在机关的事务和公文里，没有想过好还是不好，对或者错。置身全然不同的一种思维和工作模式时，春来冬去，月升日落中，敏感的心或许会在很多不经意中被触动。

但我由衷地想，许是前世我便与儿子有约，我终究只能这样开始与儿子的缘。我没有想到，十四年之后，又会有这样的一个开始让我回到文学。

现在，走在这十四年的记忆里，我不知道日子怎么会那么快，同时又觉得走了很久。我记得，十四年前，我从产房里出来后，躺在床上久久地不愿睡眠，想着十个月的妊娠的结束，也是这种感觉。那十个月，我有多半年的时间总是呕吐不止，茶饭不思。我的胃在翻江倒海后饥饿难耐，揪疼不已，却连一口淡水也难存下。

直到孩子出生前的最后一个月，这种强烈的妊娠反应仍对我纠缠不休。D 看我喝汤后的情形会好一些，只要在家，他就天天煲了汤来给我喝。喝了汤，我们就到天安门广场去散步。

因为云淡，北京的天很高很深，广场上空，有各种各样的风筝飘在深又高的天里，给我们很多的想象。我们一起想象着孩子的模样，他会更像谁一些呢？我们一起想孩子的名字，讨论孩子出生后的种种问题。有时候，我会指着某幢欧式建筑的老房子说，我不要太大的房子，只要这房子的那层尖顶阁楼来布置家。D往往就会说：好，把它给你了。

我记得，那些时光里，我要过广场周围和正义路上很多房子的某个空间，D都慷慨地给了我。那些时候，儿子在我的腹中快乐地成长，时常会踢我一脚，或是给我一拳。我虽然妊娠的反应一直很重，但心境慈爱而宁和，我总是能在散步的时候看到很多像我一样的准妈妈。

我问D：怎么竟有这么多的准妈妈呢？怎么我以前没有发现竟有这么多人要准备做妈妈呢？

D说：这是因为你在准备做妈妈，所以你能看到她们。

后来，我发现他的话大有道理，在儿子出生以后的每一个年龄段，我也总是能够在任何地方一眼看到跟儿子差不多大的孩子。

一些时候，我和D一声不响地散步，看晚霞把半边天空烧红，看霞光中的风云激荡，看云起鸽飞，看北京多尘的风阵阵滚落，把春天一下一下从树的枝蔓上吹出来，突然之间把满树的叶挺挺地盖住枝丫。

那一年，有很多美好的感觉充盈我的身心，我的内心在这份充盈中渐渐有了一个强大起来的世界。

我曾经在某篇文字中看到过一句话：真正的喜爱是出自灵魂的或者是精神的。精神和灵魂的世界并不是简单的美丽。在那孕育的十个月里，我赞同了这句话的观点。

多少次，我隔着自己的肌肤抚摸他，我买了很多音乐与他一起分享。我用心朗读优美的文字给他听，我在心中轻轻唤他，想象这心声也许会像是一条流经原始山脉的河，轻轻地绕了去浸润他长大。

我就在这份充盈了微笑的感动中，让爱意打湿双眸。而关于我自己的家的意识和概念，也这样一天天一点点地在我的心里长出来。

在这之前，我虽然已有婚姻，但说起家，我还是想到父母，想到南方那个小城里父母给我的家。

我不知道 D 是不是这样？但我知道，在孩子的孕育中，我们自己的家长了出来，温暖而厚重，像记忆中父亲的手臂，像少女时看惯了的那些被阳光暖着的山脉。

我一直喜欢山。我老家所在的小城四周被山环绕，那是些环于江汉平原边缘的山，温和而温暖。春天，满山满坡的映山红开得让人心跳。我常常去登山，穿行在花和树的味道里。

我和 D 的爱情，就始于这些山中。我对他说：我是山的女儿。我曾经写过唯一一首叙事诗：《山妹子》。

说这话的时候，我们在山里。有一些风在山里茂盛的草上移动。我看见他用腿拨开那些草，像是对自己说：我是水的儿子。他在洪湖岸边长大，该是喜欢水的。但水的岸边如果没有山，该也是一份缺憾。

那些时候，理想的色彩在我和D的身心闪动着光芒。我们喜欢这些光芒，因此而激动，憧憬和忧伤。我们努力想去知道很多事情，想去领悟很多东西，却没有想过我们将有一个怎样的家。

在我们有了婚姻后的不短的日子，直至我们决定要孩子，我从来就不知道我自己的家伸手可触。是孩子在腹中的孕育，给了我和D一个真实的家。

一个与衣物，与日用品，与一些憧憬、激动或感伤，与锅碗瓢盆连起来的家。

那幢叫灰楼的房子盛着我们的这份真实伫立在阳光底下，其间的一间房铺满了关于家的琐事，这些琐事使我们怀了一颗充实的心归来和出去。

儿子见到这个世界的那天，是马年的立秋日。那一天是公历的8月8日，农历6月18日，一个星期三。

儿子出生的时候，那个涂抹了我整个少女时光的南方小城的太阳，正适时地把光洒向大地。那是清晨的5点40分。

也是一宵未眠的D直接把我从产床抱到病房，他替我换下分娩时穿在身上的孕袍，抚着我的额，握着我的手，那样子喜悦而自足。我不停地说话，都说了什么现今已全然忘记。也许，当时我只是想要说，至于说什么却也并不重要。

那天的整个白日，我都精神焕发。产床上铭心的痛彻，血与骨的冲撞和奔突仿佛已隔世遁去。孩子被护士包裹起来，睡在医院的婴儿室里，D 和母亲一起回去给我弄吃的，我隔窗望向室外，无事可干。于是，就在这日再次为孩子想名字。

孩子的乳名早已定下来，那还是我和 D 恋爱的时候，也在恋爱的好友胡有一天忽然说：将来我有了孩子，小名就叫“糊涂”了，你呢？

我想也没想就说：叫“你好”。因为 D 姓李。

后来，我在妊娠时 D 天天牵着我的手在天安门广场散步，我将这个细节告知他时，他也欣然同意。说：这乳名好，男孩女孩都可以用。

那时，我们尚不知道那腹中的小人儿是男是女。我曾经渴望男孩的心思也早在守望腹中孩子的长大中淡去。

在孩子出世后的那个白日，我有充裕的时间来想他的名字。我没有想过这名字要有什么内涵，我只是想，它在众多的名字中能少有重复，在孩子要学写自己的名字的时候不要太费事。

也是在孩子尚在孕育的时候，我母亲有一天说，他父亲的名字里有一个“东”字，孩子就取个“西”字吧？一东一西，正好呼应。

我当下就决定一定要在孩子的名字中用上母亲提的这个“西”字。这倒也不是因了母亲所指的“呼应”。在我无奈地从北方回到父母的家待产，我的心满满地装了对母亲的歉然。

我那天躺在医院的床上很容易就想到一个“诺”字，加在母亲提议的“西”字后，名字就有了，只一会工夫。我觉得，那天我真是思维敏捷。我快乐地等D再来，要问他这名字好不好，还想要他去问孩子，要不要妈妈给他想的这个名字。

去年，儿子同他父亲去秭归，跟我曾经的诗友马竹同船漂流。那时，我与马竹已有十几年不见。记忆里年轻的少女突然变出了一个很北方的半大小伙子站在他面前，马竹一定甚是感慨吧。

他在三个多小时的漂流途中突然问儿子：你的名字有什么含义呢？

不知道儿子当时是怎么想的，他告诉马竹：大概是跟承诺或者诺言有关吧。

儿子回来说给我听，我说：哪有那么累。妈妈可不希望你那么累。

我一直深深地怜爱儿子，到了娇宠的地步。有时候，D责备他，声音稍高，我的心就一阵抽痛。这许多年来，我责骂孩子的次数屈指可数。

一些时候，他明明有不对，我还是忍不住去满足他。因为，我无法忘记他出生时不堪一击的孱弱。他出生时的体重5.6斤，生下来后一声不哭。不知道是为眼前赫然的世界呆住了，还是为一条叫“生”的路用完了力气。

当时，孩子一出来，医生和护士就忙不迭地扔下了我暂时不顾，围着他忙。我母亲的同学瞿阿姨是这家医院的资深大夫，我看见瞿阿姨倒提着他的双腿，一巴掌一巴掌地拍打他的屁股。一边说：这个懒家伙，还不哭，还不哭。

后来，我听瞿阿姨讲，她当时甚是焦急，因为孩子只有在啼哭之后，才可以用自己的肺呼吸。

我母亲也在后来说，她候在门外，听见里边说“生了”“生了”。却听不见孩子啼哭，两只手一下就满把是汗。

我当时并不知道，我的孩子在第一次见到世界和世人时如此惊心。在他勉强哭了一声后，护士把光身的他放在台秤的托盘里。

因为分娩的整个过程尚未结束，我一步不能移动地躺在产床上，始终不能真切地看到他的模样，只听见他的那声啼哭细如蚊蚋。

听到他的体重也那么轻，我心里的疼用了比身的疼大百倍的劲揪着我，我的心突然如空了一般。

从那天开始，这种疼就捉住了我，散在我日子的点点滴滴里，淌在我岁月的河里，使我无法拯救。

那整个白日里，D 几次走到婴儿室的窗边，隔窗看他的儿子。每次看完回来，他欢悦的眼神却又满是迷蒙。他对我说：每个孩子都差不多长得一样，又都裹着医院里同一样的小包被，我认不出来了。

我说，那就别去看了。

他却仍是再去。他去后，我就想着他隔窗守望的样子，他守望着，默默无言，看着每一个孩子的甜睡，心里也一定是有花苞慢慢绽开吧。

那天夜里，万物睡熟了，D 没有再去隔窗望他的儿子，他陪在我床边，我也终于感到了疲劳。迷迷糊糊中，我突然听到护士在叫我的床位号，睁开眼，我看见护士托着一个小人儿进来，一个稚嫩的声哇哇大哭。

护士对我和 D 说：他一直哭闹，怎么也哄不好，引得别的孩子也跟着哭闹，你们抱回来吧。

我和 D 听了，一时都有些慌乱。这是孩子的第一个夜晚，我尚不知如何抱孩子在我的臂弯。看他如此娇嫩，我真是怕轻轻的抚摩也会碰痛他。

最后，是 D 用双手捧着他过了一夜。

他躺在父亲的手里安睡，无忧无虑。

文/顾文艳

春天，是冬雪的融化

你尚在腹中时，我就给你取好了名字：子涵。因为我希望你爱读书，希望你可以成为有学问有涵养的人。2001 年 3 月 20 日，你来到了我的身边。刚出生的你，小脸皱巴巴的，还记得第一次捧起你时，生怕弄疼了你的忐忑；每天夜里，我都用右臂撑起被角，哪怕是寒冬腊月，也不敢把右胳膊伸进被窝，只因，小小的你睡在我的右侧，我生怕被子会捂着你……

你满月了，我抱着你来到公园，告诉你花开了，鸟唱了，白云飘走了。你爸笑我傻：“你唠唠叨叨干什么？他什么都听不懂呢！”我知道虽然你还不能听懂这些话的意思，可是只要我和你说话，你都会特别开心，你总是咯咯笑；笑得厉害时，还会打起嗝来。

在你读小学前，我没有教过你认读拼音字母、汉字；我也没有教过你算术。但是，从你几个月大时，我就读书给你听，绘本、童谣、童话，读了几百本。

“妈妈，再给我读一本，好吗？”每当夜晚来临时，就是我们的读书时光，你总是“得寸进尺”，读完一本，又要求我再读一本；读了一本又一本，直到倦意袭来，才会在我讲故事的声音中，甜甜入睡……

你曾经在习作中这样写道：

最初的记忆是这样一幅画面：卧室里的那张大床，象牙白的颜色，小小的我，只占了四分之一的位置。床边坐着我的妈妈，她戴着漂亮的粉色镜框眼镜，给我读儿歌、绘本、童话……直到我在她轻柔的声音中慢慢睡着。

《猜猜我有多爱你》这本书，我和妈妈读了无数遍。那些美好的夜晚，我扮演小栗色兔子，妈妈扮演大栗色兔子。玩累了，妈妈把我抱到床上，低下头亲亲我，说完晚安，妈妈总是说：“我爱你一直到月亮那里，再从月亮上回到这里来……”

你读一年级时，就开始自己读书了。起初，你只能借助拼音；一本书磕磕巴巴地读下来，要花好长时间。渐渐地，你认识的字越来越多，读书的速度也越来越快，你成了地地道道的小小书虫：等着我下班的你，坐在我电瓶车的书包架上，沉迷于手中的图书，全然不顾盛夏的烈日，深冬的寒风……

回家的路上，虽然我一再提醒，阳光下不可以看书，你依旧会偷偷地打开书。餐桌上，你也总是竖着一本书，外婆说：“吃饭时看书不消化的。”你说：“外婆，你做的菜不管多香，如果不让我看书，也是不下饭的。”全家人都被逗乐了，原来，书是你最好的下饭菜。

最喜欢凝视你看书时的模样，一个小小的人儿，蜷在沙发的一角，手中的书一页页翻过；小脑袋垂着，脸上的表情实在是丰富：时而双眉微微一蹙，时而嘴角稍稍上扬。有时，这小小人儿，会跪在书柜边，捧着一本书就这么读起来。时间一长，膝盖自然是要痛的，我也不去打扰，只是拿一只柔软的垫子，悄悄放在小人儿身边……

我给你送过最多的礼物就是书，每一次出差，只要能抽出时间，都会为你买上几本书，并盖上书店的印章。记得去贵州讲课时，在西西弗书店给你购买了一册《极简欧洲史》，从书店去机场的路上堵车，差点误了飞机。深圳书城，我给你买了《疾驰的草原征服者》，这是日本讲谈社《中国的历史》系列丛书中的一册；此后，我又陆续在昆明、上海、苏州、杭州等地给你买了其他几册，因为，我们约定，要在十个不同的城市，寻觅这套丛书的十兄弟。

在北京的王府井书店，我给你买了一本《世界史》，你很喜欢，不仅让我包上书皮，还让我用毛笔在白色封皮上，写上书名。“这本书，我是要传给我的孩子的，我要告诉他，这是他的奶奶送给他爸爸的……”

听着你的话，我忍不住要笑，却又不禁浮想联翩：很多年以后，已为人父的你，给你的孩子送上这本书，封皮上的墨痕淡了许多，书页也已经发黄；那时候的我，或许已经永远离开了你，可是，拿起这本书时，你一定会记起当年，收到这份礼物时的欢喜……

爱读书的你，小小脑袋中总是装满了问号，还有种种奇思妙想。春天，带着你在河边散步，阳光煦暖，你却冒出一句：“好大的雪！”我惊异不已：“哪里有雪？”你笑着说：“下了一场绿色的雪，柳树绿了，小草绿了！”冬天，我把你的小棉鞋晒在阳台上，你穿上暖和的棉鞋时欢呼着：“我把太阳踩在脚下了。”你的这些古灵精怪的话语，我都一一记录，题为《涵涵语录》，我还和你一起把这些语录整理成一首首童诗：

一场绿色的雪

涵　涵

一定是下过一场大雪
一场绿色的雪
柳枝绿了
叶子绿了

小草也绿了

一场绿色的雪
融化成春天

三明治

涵　涵

爸爸骑着摩托，
摩托跑得飞快
我紧紧抱着爸爸
妈妈紧紧抱着我

爸爸妈妈
把我
紧紧地紧紧地
夹在中间

我们一家
成了
巨大的“三明治”

有一天，你看到天上同时出现了月亮和太阳，竟随口编了一则童话《丢三落四的月亮婆婆》，我让你写下来，帮你修改后投稿，没想到2008年第12期的《童话王国》，竟刊登了这篇童话，收到样刊的你兴奋极了，捧着杂志看了又看。

此后，我为你准备了精美的日记本，写作，也是需要仪式感的：静静的夜晚，台灯下，笔尖在洁白的纸面划过……我和你约定，我每天写一篇博文，你每天写一篇日记，我们互相鼓励，互相督促；写作，成了我们生活中不可或缺的一部分，若哪一天不动笔，心里便会空落落的。

可是，升入初中后，你却失去了自由阅读的时间，当然，也没有写日记的时间。你在老家读了两年半初中，凌晨一两点入睡成了家常便饭。每个夜晚，我总是捧着一本书陪伴着埋首于作业堆中的你，夜深时分，你疲倦至极时会对我说："妈妈，我睡十分钟，十分钟后你一定要叫醒我，我的作业还没有写完。"你几乎是话音未落，已经入睡，而我只能看着时钟，等待着十分钟后，含泪叫醒你……

因为作业太多，我曾与你的老师沟通过，可是沟通无果；我曾劝你少做一些无用的作业，或者我帮你完成那些抄抄写写的内容，但你不同意；当我无法改变这一切时，我选择了逃离，只为了你能拥有充足的睡眠。因为我知道，如果继续在家乡读高中，还有三年半的时间，你也必将如此度过。我们全家商量后决定送你到无锡读书，要想到无锡读书，必须有无锡的学籍，为了你，我只能和当地教育局谈妥，当年九月到无锡工作。让你在初三下学期转学，真是不得已而为之，那一学期我还得留在家乡，你只能寄宿在学校。整整一个学期，我的心中盛满担心与忧伤。每个周五，我会赶去200公里外的无锡，陪你过周末，给你洗衣、做饭，只有在你身边的时候，妈妈的心才是安宁的、妥帖的。周日下午，送你去学校时，你每上一层楼都会对我挥一挥手，从一楼到四楼，你挥手四次，到了四楼教室门前，你还会从阳台上探出脑袋，对我挥挥手。每次，只要在你的视线范围内，我都强装着笑容，可一转身，就会潸然泪下……

高中三年，你住校，我住在你学校对面。每天晚上九点半，我会等在天一中学北门，送上点心和水果，把洗干净的衣服带给你。每天在穿着一模一样的校服的人群里寻找你的身影，靠的不是眼力而是直觉；我甚至可以从你远远走来的身影中，判断你当天的心情。我们每晚相聚的时间，不过三五分钟。“今天过得好不好?”这是我不变的问候语，除此，我总是静静地聆听，你开心时，分享你的喜悦；你难受时，给你一个暖暖的拥抱……

值得庆幸的是，虽然高中的学习生活很紧张，可是你依旧能拥有阅读的时间，三年来，你阅读了上百本书，高二那年，你留在了物理化学组合的理科强化班，但你却对古代文学产生了浓厚的兴趣，那本厚厚的《古文鉴赏辞典》几乎从不离身。你曾和我开玩笑说：“妈妈，文理科分班时，你怎么不逼着我选文科？”我笑笑说：“我怎么可能逼你呢？妈妈尊重你的每一个选择，你只需要听从自己内心的声音，你只需要成为你自己……”

2018 年 1 月，你在北京大学参加了中文系组织的人文寒假课堂，从北京回来后，你告诉我：“妈妈，我决定考北大中文系。”此后，你从北大带回的那只印着博雅塔的布包，就成了你的手提袋。半年来，你一直为着你的梦想而努力，7 月，你如愿收到了北大中文系的录取通知书，那晚，你在 QQ 空间里写下了这段文字：

高中 over，十二年的数学，五年的物理，四年的化学，我爱你们，但就此别过。

幼儿园，小学，初中，高中，很多人很多事我都不记得了；但我依然记得身边人的陪伴，谢谢你们……

读着这段文字时，我想我能体会你的心情，你爱数理化，可是，你更爱语文；真高兴，你能知道自己想要的是什么，为了圆梦，你从来没有放弃过努力……

谢谢你，来到我的生命里，这十七年来，我们陪伴着彼此。人的一生就是这些长长短短的陪伴拼凑而成，没有谁可以陪着你走过这长长的一生，我也是，只能陪你走一程。

未来的四年，或许更久，你将在未名湖畔度过；我不再是你的陪伴者，不再是你生命成长的见证者，但我的爱与祝福，将永远伴你左右……

文/王丹誉

女儿的“瞎说”

从常理上说，小孩子的话能听不能信，都是瞎说。可我六岁的女儿却不一样，经常出言惊世骇俗，而后亦成经典。我查过她的生辰八字，也请过高人指点、神仙卜卦，都没有弄清为什么。

记得前年春天，一场大风过后遮天蔽日，有人引用史书上的话“五步之内不辨牛马”。终日毕口不言，也不免泥沙灌耳。最厉害的那夜，连加盖的太空杯底也有沉泥，眼角、鼻孔都出现了泥石流……好在后半夜，风消停了。我心想，已经三天没有上幼儿园的4岁女儿明天可以送园了。

第二天，刚开门。人还没出去，女儿的视线一下子就跳出门槛。她大喊：“下土啦!”我在家边低头锁门，边骂她“瞎说!”我见过下雨、下雪、下冰雹，从来没听说过“下土”。出了门只见，世界确实是盖了一床黄毯子。看着女儿在地上留下的一铜钱厚的脚印，我心里也在纳闷，到底是怎么了……转念明白过来了——这不就是一场沙尘暴吗？怎么说是“下土”，真是瞎说!

一天上班都在想，这孩子怎么了，尽爱瞎说。下班前，随手翻刚到的晚报，头版上赫然写着："京城昨夜下土"的大副标题，这不是瞎说吗——怎么能说是……嗬！我突然想起了我女儿今早出门时的那句话——下土啦。嗨，这到底是怎么了，都这么说了。打那以后，全北京就都把沙尘暴叫"下土"了。后来，我琢磨着，我女儿是瞎说吗！

女儿去年上了小学，因为离家近，我就用自行车接送。可到这个学期开学不久，她突然说："咱家也要买辆车。"我听了气不打一处来，就给一句："瞎说！你离学校这么近，我们大人离单位都能走着上班，买车干吗！"她说，可是同学们都是家长开车接送的……

听了这话，我转念想想也是。我是个无车族，看着同事邻居和亲友们都开上私家车自己怎么就没动心呢。再心想，自己两口虽都是工薪族，既不是大款，也不是中款，连小款都不沾边，但住着不用花钱的公房，过着小康生活，每个月至少还存一个人的工资，买个"马六""307"之类的真不成问题，实在不成买个"菲亚特"也可以啊……买不买先得会开啊，于是我就到龙泉驾校学了本。别看花了一个月的工资和两个月的休息时间，我愣是没心疼。随后，我就迫不及待地和我爱人商量买车了。与其说是商量还不如说是我死缠硬磨地说服。最后，她竟然同意了买车，要不咱们也来个月供，供个好点的"阳光"吧！啊呀，知我者老婆也！于是，我开始把几个存折往一个上倒腾了。等把活钱连本带息都凑齐之后，才发现比首付五万八还差三千五百六十六块一毛八！实在不行就再等一个月吧。

于是，我每天都想着发工资的日子——下个月 5 号！这种渴望与日俱增。我熬啊熬啊，好不容易熬到月初，直到 4 号，我实在熬不住了。做梦都在想赶紧凑上三千五百六十六块一毛八，"阳光"轿车就要开回家！于是，我净想着这事了，干啥事都有点心不在焉。就在 5 号工资到账的这天早上，我攒足了买车的钱，更铆足了买车的决心。

这天早上，我照常骑自行车送女儿上学，抱着女儿往车上一架，踏车如飞，心想：女儿啊女儿，咱可是最后一次骑这"丢人现眼"的自行车来接你了，明天咱就鸟枪换炮——一辆崭新锃亮的"阳光"。到时，车到校门口这么"嘎吱"一停，你往车上一坐，你瞧瞧那么多双羡慕的目光一下都投向咱……就在这时只听得"嘎吱"一声，把我从幻想中召回。糟了！这肯定不是"阳光"轿车的刹车声。

随着，我女儿天生的女高音"哇——"的一声，我在浑身冷汗的猛激中明白发生了什么。果然，出事了——女儿的脚被卷到我的自行车后轮了！当场鲜血染红了她的袜子……我差点晕得背过气去。

这下可别上学了吧，掉头先上医院！此时正是早上七点四十，大街上就像前不见头后见尾的停车场，你看那个堵得一动不动，好在我是自行车可以穿梭在高度密集的车的缝隙里，只要有一人宽，我就过得去，实在不成我就把女儿推上人行道，继续骑行！

还真行，到了医院挂上急诊，包扎伤口、透视拍片……经过一切的一切之后，医生告诉我：“没伤骨头，就是擦破皮肉。”当场，我恨不得给这神医磕仨响头！

出了医院，我给女儿把眼泪擦干，又抱着她架上了我的自行车，骑回家了。这时是早上八点半，我怎么发现，刚才我来时路上那些车还都在原地，没有一辆挪窝。这时我更欢快在汽车间的缝隙里行云流水般的飞驰，我看见所有的驾车者都被困在一动不动的铁壳里羡慕地看着我驾轻就熟。见此，我就给女儿说：这种情景成语叫“望尘莫及”……坐在我身后，一直没有反应的女儿突然自信地说：“汽车不如自行车！”我转过身训斥：“瞎……”我却再也没勇气把话说完，我实在没法说了。因为自从上次她说“下土”以后，我就再不敢训她瞎说了。这次啊，可能又被她不幸言中了。

看看眼前的情景，再琢磨琢磨女儿的“瞎说”——“汽车不如自行车！”……我一下反应过来了。立马彻底改变了主意，那梦寐以求的“阳光”轿车，什么车咱都不买了！还是我的自行车好。您瞧，因为我女儿说的“汽车不如自行车”真的不是瞎说的啊！

文/陈染君

天天语录

天天是我的孩子。他还没来到这个世上住在他妈妈肚子里时，我还在另一座城市。按照预产期，我提前三天从北京飞回了武汉，走下飞机舷梯时，要不是那个孕妇一直仰着脸朝我笑，我还真的没认出那就是我的妻子。面目全非呀。

三天过去了，妻子说，怎么还没动静？我说去检查一下吧，你们家那么多医生，占着那么多医院。一检查，果不其然，羊水都快没了。天天与这个世界第一次碰面的时候是公元 1997 年 12 月 29 日 20 时 15 分。

天天与这个世界见面三天了，我却一直想不好到底给他起个什么名字。叫陈默，好像对这个世界有什么意见；叫陈浮，生命刚刚开始，就弄得磕磕绊绊的；按照辈分，叫陈华国，陈华松，唉，老家遍地都是。妻子不依不饶，这个任务必须由你来完成，谁让你当初学中文。

第三天晚上的八九点钟，我给孩子换过一次性尿裤后，一个人躲在医院平时不开的侧门的楼梯口抽烟，上上下下，下下上上，终于灵感来了，就叫天天吧，暂时做个乳名也行，又好叫，又好写，关键是毛主席他老人家曾经教导我们说，要好好学习，天天向上。对，就叫天天，妻子终于也同意了。从此，便有了天天语录。

一位语言学专家曾告诉我，如果把孩子一开始说话，从一个字，到两个字，到三个字，到完整的句子，以及相应的时间、场景、语言、事件等，都原原本本地记录下来，那将是一笔莫大的财富。我终于没有资格去获得这笔莫大的财富，但我零星地记录了一些孩子说得特别有趣的话语。

有一阵儿电视上报道会议的画面非常集中，一打开电视，不是记者追着会议代表，就是大会堂庄严肃穆的镜头。天天不喜欢看这个，但估计我看的时候，他用余光也瞟了不少。一天晚饭后，我们照例俗里俗气地问天天长大以后的理想，科学家、艺术家、政治家，问他想干哪一行？

天天反问，政治家是干什么的（大概科学家、艺术家干什么，他已经模模糊糊地知道了）？

我说，政治家就是当大官。

他说，不干。

我说为什么？

他说当大官就是说大话呗，我不爱说大话。

我说当大官不是说大话……

我的话还没说完，他就指着电视告诉我，说话还要用麦克风，那不是说大话？

天天到三四岁了，还一直跟他姥姥睡一起，我们想让他分床单独睡，他坚决不干。他妈妈说，你是男的还是女的？男孩子不能跟姥姥睡一起。

他反问他妈妈，你是女的还是男的，女孩子不能跟爸爸睡一起。

周末的早晨，我和他妈妈喜欢睡懒觉，小东西按时起床后来到我们房间，问，你们在谈恋爱呀？

他妈妈说，我们谈恋爱不行吗？

小东西说，不行，你们谈恋爱，又要给我生个小弟弟。他妈妈说，生个小弟弟不好吗？

不好，生个小弟弟那不是给我添麻烦吗？

我问他能添什么麻烦。他说，你看吧，我要吃他的剩饭，我还要带他出去玩，万一他走迷路了，我找不回来怎么办？

你看看，添麻烦是假，小东西已经有了小心眼。

有一次，我是头天喝的酒，第二天还难受，快到家门口了，还忍不住想吐。他见我非常痛苦的样子，很关心地问我，爸爸你怎么了？

我说爸爸要死了，爸爸要是死了，你怎么办？

他说，那就埋了呗，埋了再在土上面竖一个碑。

我说，你不哭啊。

他说哭什么呀，陈真也没哭，没哭就是坚强。

我正想问他从哪儿学的这么多东西，原来他是看了电视连续剧《霍元甲》。

看来，这小家伙的确是长大了，满口大人的话，不过，他也有说错话的时候。比方说我们老说我们是大人，他就说他是小人。不知道他从哪儿学了一句你是哈密我是瓜，你是垃圾我是袋，然后举一反三的时候，一着急就弄错了，说成你是小狗儿我是屎。

当然更多的时候，他也是深思熟虑的，语出惊人。

前不久，杨利伟同志代表中国第一个遨游了太空一圈，把陈天天激动得不行，一碰到这方面的电视、报纸，他就要我给他讲解，我还专门替他找了好几种神舟5号的模型，他真的像个小科学家，一个人坐在那儿也能研究半个小时不出声。

那天，他告诉我，爸爸，你不是说，你多读书，就把我们从乡下带到了北京吗？我也要多读书，长大了，我要把你们带上太空！

好了，这下好了，他妈妈也不用再给他辅导英语了，他妈妈老想把他的英语辅导好，等老了，好像她的姑妈靠着表弟移居国外，这下太好了，移居国外算什么，我们直接跟着天天移居到别的星球得了。

我为我的女儿取名“如果”

从此戴上笼头了

家有书香

相依为命

害怕女儿化妆

骨头里的那块铁

文/刘益善

骨头中的那块铁

2002年夏天，儿子大学土木建筑工程系本科毕业，被招聘到中建一局四公司工作。儿子只身赴京，我与他妈送他上火车。儿子打小在我们身边长大，从小学到大学都没有离开过武汉。当火车载着儿子离开的那一刹那，他妈妈的眼泪流出来了。我虽有不舍，但我不流泪，我看见儿子也没有流泪。儿子和我一样，一般不在人前流泪，即使在亲人面前。

儿子上班了，在一个项目部里当技术员，承建国际富豪大厦，成天在工地上和民工们混在一起，变得粗犷了许多。有一天，他们项目部和另一个项目部的人进行足球比赛，儿子在比赛过程中受伤，膑腱被踢断了。

我们在武汉接到北京的电话，立即买了当天晚上去北京的火车票。但是儿子现在怎么样？我们心急如焚，恨不得立即飞到北京。儿子单位的领导与我们保持着热线联系。刚好，我们省作协党组书记韦启文与办公室主任罗元在北京开会，他们知道这事后赶到北医大三医院，在医院等了3个多小时，儿子还没下手术台。他们告诉我们没看到儿子，因为买了当天的火车票，他们只好离开医院到西站赶火车。这一说，我爱人更慌了，不知道儿子到底怎么样了，急得一夜无眠，泪水涟涟。

第二天早上，儿子单位的领导在北京西站接到我们。儿子的领导告诉我们，儿子的手术很成功，手术进行了5个多小时。领导向我们检讨，说是没有照顾好刚出校门的孩子，他们很抱歉。

我们夫妻顾不得多说什么，随着儿子的领导直奔北医大三医院。

我们进了儿子的病房，他妈妈奔到儿子的床边，哭了。儿子腿上缠满了绷带，白花花的一片，被一根铁索牵引着，人躺在床上不能动。

儿子离开我们才一个多月，一个活蹦乱跳的小伙子，如今变成了重伤员。我心里酸酸的，有些难受。妈妈的哭，让儿子的眼睛有些红了，但是眼泪没有流出来。

儿子在医院里住着，单位派了一个四川的民工照顾他。儿子很快就乐观起来，大概是见到了我们。儿子告诉我们，这个医院治运动外伤是很有名的，国家女排队长郎平的腿伤就是在这里治好的，说他的伤算不了什么，让我们放心。

那时，我们都还没有退休，儿子的妈妈在一所中学里当高中三年级的班主任，不能耽误孩子们的高考，我也要回杂志社编稿，杂志不能拖期。我们很快就告别儿子回了武汉。

儿子后来告诉我他的养病经历，令我的心都痛了，我这个做父亲的感到惭愧。

儿子在医院住了不到一个月，医院要他出院。儿子的单位在北京望京地区。他回到单位后，住在宿舍里，白天别人都上班了，宿舍里只有他一个人。早、中、晚，有人给他送吃的，其余时间就他自己。有一次，他架着双拐上厕所，摔倒在地。拐杖甩得很远，他趴在地上，想挣扎着爬起来，努力了半天，无济于事。他大声喊人，但整个楼道十分安静，只有他的声音在楼道里回响。没有人来帮助他，只有天黑了，宿舍的人才回来。只有靠自己了，他在肮脏的厕所地板上一点点地朝墙壁跟前磨，一寸寸地朝前移动，终于，靠近了墙壁，然后，用手扶住墙壁，慢慢地站起来，把甩出去的拐杖拉到身边，终于扶住拐杖，回到了房间。

我问儿子哭了没有，儿子没有回答我的问题，只是说，哭又有什么用？那时，我只是很想家。

儿子还给我说他到医院取钢钉的事。他的膑腱已经愈合了。但是腿上固定骨头的钢钉还在，医院让他去取钢钉。他去了，医生给他的腿部消了毒，然后，详细地问他养伤的情况。儿子在回答问题时，医生突然抓住儿子腿上的钢钉，用劲一拉，儿子大叫一声，钢钉已经拉出来了，儿子也痛得大汗淋漓。医生说，好了。

儿子在北京干了三年，终于还是回到武汉，问原因，说是北京气候干燥，他天天出鼻血，不适应。儿子早就想回武汉，那时，我们在望京看中了一套房子，每平方只要4000多元，儿子坚决不买。现在，那里的房价已经涨到每平方8万到10万元了，假如当初我们买了，可赚了一大笔了。这话说给儿子听，他只是淡淡一笑，说，不该你得的你得不到，我一点都不后悔。儿子这性格像我。

儿子回到武汉，凭考试进了化工部第四设计院，现在叫中国五环公司。这小子不吸取教训，在一次打篮球时，又把脚后跟的跟腱拉断了。他住在武汉陆军总医院，其痛苦的过程与在北京所经历的一样。他还是不哭，去看他的一个朋友对我说，你儿子好阳光。

现在我要说说我了。我这辈子所经历的痛苦事多，只说说我从死亡线上挣扎着又活过来的一次。因为当编辑常年久坐不动，我的前列腺出了问题，无法排尿，医生给安了只尿袋。我在家里，觉得尿排得顺畅了，身上吊着只尿袋不方便，又不能出门。我的无知让我做出了愚蠢的行动。我自己拔尿管，先是拔不动，后来我用了蛮劲，拔出了尿管。我不知道尿管末端有一只冲了气的圆球，我拔尿管时，把圆球拔出来了，我的尿道被严重拉伤，血把膀胱装满了。我膀胱胀得难受，尿道堵塞，什么都拉不出来。儿子和他妈把我送到武汉大学中南医院，因为是个星期天，泌尿外科把退休在家的老主任请来了。老主任说，这手术很危险，因为病人有冠心病，安了三个支架，而手术要止血，一止血就影响心脏，互相矛盾，有可能失败。

怎么办？再拖一会，我就会死。儿子当机立断，签字手术。我那时已感到死亡离我很近很近，但在麻醉前的那一小段时间里，我对自己说，我一定要活过来！

我在手术时，知道消息的单位领导、亲朋好友都到医院来了，好像是来与我告别。我在几个小时后从手术台上下来，看到这么多人在医院里，我就知道我一定会活过来的。

我从手术台上下来后，就进了重症监护室，在重症监护室里待了三天。这三天我忍受的痛苦真是不堪回首，痛，胀，腰部以下安了五根管子，有的滴血，有的滴尿，有的往膀胱里冲水，有的从膀胱里流水。各种仪器监视着我，鼻孔里插着氧气管。我身上一丝不挂，躺在病床上一动不动，身上就没有一个地方不痛。我咬紧牙关，坚持着，坚持着，痛得太狠时，我就哼几声，睡不了，动不了。

三天后我转到普通病房，亲人们来陪着我。儿子下班后来医院看我，每次都握紧我的手，我从儿子的手上接收到一种力量。那是一种骨子里的铁质，我深感到那种铁的坚强与刚硬，身上的痛感立刻轻松了许多。

我在医院熬了二十多天，终于回到家，我又可以自由生活与工作了。

我和儿子平时交流不是太多，但我们父子之间，有一种相通的东西。我们面对痛苦，自己扛着，咬着牙坚持着，我们的骨头中有一块铁，这块铁能使我们面对痛苦，面对生活，面对成功和失败。

我寻找这块铁的来源，它来自我的农民父亲。村里人给我父亲取了一个外号，叫“舍命”，父亲做事不怕苦不怕死的精神我是领教过了，我会在其他文章中写的。

我只是说，我父亲骨头中的那块铁，传给了我，我骨头中的那块铁又传给了儿子。是的，我们老刘家男人骨头中有一块铁。

这个很重要。

文/孙方友

害怕女儿化妆

女儿小的时候，是我和她娘的掌上明珠。那时候，我们还在老家的小镇上住，每次外出开会，总是要为女儿捎回些时髦的衣服，让女儿的穿着一直领导着家乡小镇的“童装潮流”。妻子为炫耀女儿，每天都精心地为她梳妆打扮，光在发型上都做足了文章，有时高高盘起，有时扎一个马尾，有时是一个独辫儿……七八岁时，女儿的“大辫儿”已经又粗又黑又长，素有“小铁梅”之称。那时候，无论谁家办喜事请她娘“受头”，她母亲总是带着她，真可谓是“女儿是娘的裤腰带，走一走，拽一拽”！

女儿约12~13那年，我们家从乡下搬到了城里。虽然她正值“豆蔻年华”，但身上仍萦绕着某种农家少女的气息，整天只知道学习，极少讲究吃和穿。那阵子，我们夫妻多是劝她吃劝她穿劝她讲究。不想她一心把劲儿使在了学习上，目光盯的是全班第一和年级前五名，校园的橱窗内常常贴着她的照片。可以说，那时候的她把虚荣心全用在了正地方，不分昼夜地与比她学习好的同学明争暗斗。看着她的手腕儿极快地长出衣袖，我们只担心她的身体吃不消，累坏了脑子。后来，女儿上了重点高中，像是一夜间突然长大了，身影开始在穿衣镜前扭来扭去，化妆品开始从一般走上高档，而且品种越来越多，学习却急促地朝下滑落。

有一次，她的同学来家中找她玩，二人躲进小屋窃窃私语，我无意中听到了“回头率”三个字，心头禁不住一寒！天哪，女儿追求走在街上的“回头率”。她那天真无邪的心灵中，怎能晓得那可怕的“回头率”中除去正常人的“爱美”之外，有没有别有用心的“眼睛”？哲学家杜威说：“这个世界是一个冒险的地方，它不安宁，不稳定，不可思议地不稳定，它的危险是非规则的，讲不出其时间和季节的。”那时候我感到了可怕，思想深处老是联想出一些不可思议的恐怖。于是，正值女儿扬美的花季，我下意识中开始了“抑美”。反对她过分化妆，反对她无原则减肥，禁止她天黑之后一人外出……并时常给她讲一些战争时代大姑娘为保平安装老扮丑的故事，进行“忆苦思甜”教育，培养她以勤俭为本的美德。每次发现电视里有拐卖妇女儿童的镜头，就借以提醒她如何不上当受骗。那阵子，我的心仿佛又分成了两瓣儿。不想女儿全不理会这些，反说我是老保守。可怜天下父母心，她怎知为人父的艰难呀！“我的心是我的女儿，当我与星辰并行时，我的心则与月亮和痛苦并行，痛苦在一切速度的边缘等待着。”古人云：“欲而不知止，失其所以欲；有而不知足，失其所以有。”为防女儿过分化妆，我常用前人总结的道理和“自然美”开导她。实言讲，女儿不化妆已经“出群”，再精心打扮只能增加“危险”。尽管我磨破了嘴，怎奈爱美是女孩儿的天性，而且每一个女孩儿都有“压倒群芳”的心态。常言说：闺女是冤是仇。劝多说多之后，竟使她产生了一种逆反心理。有时外出超出了预定时间，打传呼她故意不回，给家庭制造紧张空气，让人提心吊胆。

矛盾越来越激化。有一年，我和老伴儿带她去北戴河度假，住在中国作协办的作家宾馆里。每天晚饭后，我们都到海边散步，见到天真纯朴的农家女孩儿，我就借机教育她说：你看，不化妆的女孩儿多自然！几年来，纯朴的姑娘成了我教育她的典范，我不厌其烦地一个个指给她看，算是煞费了苦心。不想一个用心良苦，一个拼命抵阻，渐渐地，这就成了我们之间的敏感区。开始她听后还忍着不吭，再后来就不行了，一听就恼，不是红着脸与我吵，就是转身离去。那阵子，我们父女俩几乎发展到不共戴天的地步。我不能看见她脸上有丝毫的变动，有时她淡淡地擦一点儿口红，我都怒不可遏。她也毫不示弱，像是容忍不了我对她的这份爱，与我对抗到底。无奈，我只得实行强制手段，没收她的化妆品，采取经济制裁不给她零花钱。就这样，我们父女俩别上了。这次来北戴河本打算快快乐乐地玩几天，不想，我看见朴素的姑娘就产生条件反射，忍不住要羡慕地说上两句。女儿本来就因我的“铁腕”手段窝着一肚子气，正想寻机报复，她一听我又指着朴素的姑娘让她看，就梗着脖子顶撞我。不一会儿，就吵了起来，而且越闹越凶，场面有点不可收拾。最后，她哭着要一个人回家。那时候，她才十几岁，我一听她要回去，自然害怕，一千多里地的路程在我心里充满了危险和陷阱。我就赶快叫她娘去拦她。她和她娘撕扭了一会儿，才算幸免一场“万一”的发生。

说来女儿也算有福，长到现在，还没有离开过我们一天。1997年我调到省城，由于商品房还没交工，我们就暂住在一个名叫“胜岗”的地方。那是一个“都市村庄”，里边住的多是打工族，自然是鱼目混珠，好人坏人都有。我租了个两室一厅，将老伴儿和女儿从周口搬了过来。那一天，女儿刚好高中毕业，由于她一心用在了虚荣上，荒废了学业，大学没考上，只得读个自考。当时，她对省城还不熟悉，我生怕她迷了路，就每天接送她。女儿对此很反感，说她已经长大了，就是迷了路，也不会丢！可我还是不放心，连续接送了一个多月，才提心吊胆地让她自己试了一次。女儿上大专后，我对她的经济卡得更紧了，除了每天五元钱的午饭钱和两元钱的车费，一分也不多给。几个月过去了，女儿胖乎乎的小脸越来越瘦，一盘问才知道她将饭钱攒了起来。她说，这样既减了肥又攒了钱！两全其美！我问她攒的钱哪去了？她支吾了一阵说是买书了！我自然不信，就开始翻箱倒柜地找，化妆品一瓶瓶地找了出来，什么“玉兰油”美白润肤霜、“雅芳”散粉、“美宝莲”口红……我不相信这些高档化妆品是攒钱能买到的，就问她是不是偷了钱？女儿说，她没偷，这些钱都是她编谎骗的。那些天，她经常说学校要交这钱交那钱，由于女儿一向没说过谎话，我也就没有丝毫的怀疑。不想，现在女儿为了那张脸竟学会了说谎！

我一直非常传统地要求着女儿，想从她身上实现一种历史的回归。要求她夏天的衣服一律要带领带袖，不准穿奇装异服，不准化妆，只想让她学习。由于这个时代的女性服装日渐暴露化，女儿就会很自然地接受并跟随这个时代潮流。记得几年前，我见女儿买回一件有领而无袖的汗衫，立即大发雷霆，说，你要是穿，就别想再进这个家！女儿觉得很委屈，哭了很久，然后就要背着小包离家出走。邻居们知道了这事，都说我不对，太保守！

难道是我错了吗？难道当爹的真是“杞人忧天”吗？

《圣经》上说：每一个人，都是这尘世之光。女儿有她的自由，做父亲的除去规劝教育引导和暴力压迫之外，还会有什么办法？但我总认为，过分追求美，心灵的堕落就已经初露端倪。当然，女儿是清白如玉的，只是心境太高，爱美的虚荣心过于膨胀，身处尘世之中，满脑子里却多是不食人间烟火的奇想。萧伯纳说，生活中有两种悲剧：一种是丧失你心中的欲望；另一种是实现这种欲望。我敢说，女儿早晚有一天会从不着实际的幻想中坠入尘埃，那时候她才理解父母为什么害怕她化妆。因为“害怕越深，爱得越深”呀！父母盼女儿美又怕女儿“出群”，苦心之至，日月可鉴。从女儿长成大姑娘那一天起，父亲就陷于这种矛盾之中。没有任何办法，只有焦心等待。我盼着皱纹儿早日爬上女儿的额头，让爹让娘少一分担心；我更盼女儿能早日寻到称心的朋友，我把她平安地托付于他，减少一丝我们夫妻心中的负担。女儿只嫌“花季”太短，而我这做父亲的，总觉得她的“花季”竟如此漫长！每见女儿化妆出室，我的心无形中就被她拽了去，直到她平安归家。随着女儿一天天大起来，我和她娘也一天天老下去。

不知什么时候，女儿爱上了文学，经常一个人钻在小屋里读书，什么存在主义、美学、人类学、符号学都成了她必读的书籍，经常一连几个星期不出家门。渐渐地，女儿落伍了，穿着和思想都跟这个时代脱节了。从一个追求时尚的女孩，变成了一个不食人间烟火的书呆子，从一个极端又跑到另一个极端，知识是多了，社会经验却越来越少。我看着女儿越来越傻，心里又产生了另一种担忧，不时地撵着她出去闯世界。我不知道，在撵女儿出去的时候，我怎么就没了先前的那种无名的担忧，也许是被当下的这种担忧替代了。女儿又成了我理想中的女儿，给她买衣服的钱，她不去商场，总是去书店。当我看到她抱着大摞的书籍回来，再看着她那日益过时的衣服，顿时产生了一种难以言说的苦楚。

可能是女儿真的被我“驯服”了，也可能是她钻进了书的世界而远离周遭的世界，谁知道呢？哪一种女儿有哪一种的担忧，这其中的滋味儿可能只有当爹的才能理解。

文/甘绍群

家有书香

一

女儿是“90后”。她来到这个世界时，母亲已过了而立之年。大龄怀孕、生产，可以说是险象环生。加上血压高，在产前住了一个多月医院。幸运的是母子平安。

小女取名蔚蔚，有告慰外公外婆的意思。因为我的父母远在鄂西北，妻子是家里的独生女，我在武汉工作生活，一直和岳父岳母住在一起，既当女婿又当儿。岳父是抗日战争时期西南联大经济系学生，后来在滇军做党的地下工作，新中国成立后长期从事宣教工作，是位离休老干部。虽然在二十世纪六十年代初，受到冤屈下放农场劳改十余年，平反昭雪后又重新埋头于改革开放经济学研究，著述颇丰。岳母也是新中国成立前的重大学生，当了40年师范学校的物理教师。妻子在“文革”后参加高考进入大学，我的第一学历是“文革”期间的高中生，以后通过自学一路走来，拿到经济学硕士学位。我们家庭也算得上是个书香之家。此时，二老已年届八秩。第三代小生命降生，给我们家带来无尽的欢乐。老人疼爱小外孙，但是明白不能溺爱。外公、外婆从蔚蔚牙牙学语开始，就亲手制作了识字卡片、手工玩具。到上幼儿园阶段，就已识得相当数量的汉字，喜欢看着小人书讲故事、唱歌，老师夸她："这孩子聪明、智商高。"随着孩子慢慢长大，外公给她讲当年从湖南衡阳一路颠沛流离，为读书求学来到昆明报考西南联大的往事，"一部好书，就是指示人生的一座灯塔；读一本好书，就是与一位朋友的对话"。在其幼小的心灵中播下了求知的种子。

蔚蔚从小学到高中学习成绩一直保持稳定。我们从来没有送她去上课外培优班、补习班，她自己养成了良好的学习习惯，老师布置的作业一定在当日完成，再预习第二天的功课。当然，也少不了家里老人给予的辅导。在紧张的学习生活中，学会合理安排时间，阅读了大量的课外书籍，与此同时，兴趣广泛，积极参加学校组织的文体活动，学习下围棋、弹奏电子琴、吹奏单簧管。经常用单簧管参加高中年级的文艺表演，还通过了武汉音乐学院组织的器乐考试，获得业余八级证书。

2008 年，在高考前夕小女通过了两所武汉著名高校组织的自主招生考试。但在高考中发挥失常，成绩以 2 分之差与一本线失之交臂。孩子一时间自责、沮丧，心理压力很大。家里给予的安慰、开导，让她尽快从心理上释然。在讨论是不是选择复读，来年再考时，我们做父母的没有给孩子太大压力，建议她自己拿主意。我们认为，不能一考定终生，只盯着高考这个“独木桥”。孩子的成长除了知识教育，还有生活教育、生存教育、生命教育，这些对未来成长十分重要。能够考上名校更好，条条成才路，关键是走好自己的路。女儿后来上了湖北经济学院的经济新闻专业，同时参加中南财经政法大学金融学院的双学位学习，本科毕业以优异成绩拿到了两个学校的证书。对此，我们体会到，传统的望女成凤的观念要改一改了，现代人更应该懂得读书明理对于子女健康成长的意义，让他们在书香世界中感悟崇高、收获成长；只有回到“成长比成才更重要”“想象比知识重要”“让孩子放飞心灵、放逐梦想”的教育初衷，充分尊重孩子的个性，释放子女的天真，才能让他们健康快乐地成长。

二

“世界这么大，我想出去看看。”女儿在本科毕业之前，就打算出国读研究生。蔚蔚的想法我们做父母的表示支持，也希望让她单飞，在一个陌生的环境里锻炼提高自主学习、自主思考、自主解决问题的能力。

她的外语成绩一直很好，英语四、六级考试都一次通过。我们希望其争取到美国、加拿大去留学，她妈妈多次参加中介公司组织的咨询活动，还向一家中介交了500元定金。谁知道，女儿拿定主意，在取得雅思考试合格成绩后，自己通过网络了解信息，申请了荷兰、英国几个知名高校。凭着中南财经政法大学金融学院的成绩单和3位教授的推荐信，先后被荷兰、英国4所学校录取。她最终选定荷兰莱顿大学后，这才告诉父母。当时，她妈妈很生气，倒不是心疼那500元定金，而是怪小女这么大的事不跟父母商量。当气慢慢消后，我们尊重小女的选择。后来了解，莱顿大学还是世界名校，校友中不乏诺贝尔奖得主，荷兰国王、首相都出自该校。蔚蔚在莱顿选修了亚洲经济与社会专业，两年多后顺利通过论文答辩，以优秀成绩毕业。

求学莱顿，对小女的习惯养成、提高综合素质、提升分析问题与解决问题的能力帮助很大。以前在国内整天被课业压头，很少参加社会活动，也很少接触社会。在莱顿，她积极参加学校社团，作为志愿者经常到社区做公益，通过与社区居民的交流，一方面提高了语言交流能力，另一方面真正对西方发达国家有了新的认知。在开题做论文期间，她骑着买来的二手自行车跑图书馆查资料、去社区、到中资企业做问卷调查和采集样本。撰写的论文导师给了高分。

莱顿大学浓厚的学习氛围、创新的学习环境，拓宽了女儿的视野。在节假日，与背包客或同学相约，或一人独行，游历欧洲二十多个国家，考察文化、风土人情，与不同族群的人士接触，丰富了阅历。一个女孩子在陌生国度旅行，做父母的最担心其安全，让我们牵肠挂肚。好在“地球村”信息无缝连接，每次给家里视频连线，她都报一声平安。孩子从小到大都很节俭，不挑食、不讲究名牌，生活简朴，从不乱花钱。在荷兰两年多的留学生活，除申请学校的奖学金外，家里给的费用从没有超过预算。她曾经想过去打一份工，以弥补一下，因为当地法律限制只好作罢。

2013 年夏季，一次与家里视频连线，偶尔看到母亲头上没了头发，孩子十分震惊。此前她妈妈患了一场大病，住院做了手术。为了不影响孩子的学习，我一直瞒着她。这下小女知道了实情，我才给她说：“你的毕业典礼我们可能参加不了，是继续读博还是在欧洲找工作，你自己拿主意。”没多久，她就决定回国发展，陪在母亲身边让老妈早日康复。

所谓父母，就是那不断对着背影既欣喜又悲伤，想追回拥抱又不敢声张的人。常言道：“家长是孩子成长最重要的老师。”许多父母抱怨与孩子沟通过程中会遭遇“逆反心理”“不听话”“嫌父母啰唆”“不愿与父母沟通”等问题。我认为，好的沟通是听出来的！学会倾听，让孩子把话说出来，去听懂孩子话里的真实意思！学会理解、多站在孩子的角度想想问题的本质！学会建议，当然孩子懂道理不代表一定会正确去做，可以给予建议去帮助他们！

与孩子沟通要做到表里一致，即倾听、共情、引导。倾听过程要反馈孩子的语言，把孩子的话整理后重复给她听，孩子知道父母听到她的话了，有被尊重的感觉。同时，也要表明孩子的感受，把孩子说话时的心理状态讲出来，孩子感到你是理解她的，有被理解的感觉。

三

2014 年初，小女结束荷兰留学生活回来以后，因为错过了国内一些心仪的单位校园招聘的时间，她自己忙着通过网络、参加招聘会四处找工作。先后去了南方和省内几家电视台与平面媒体实习。为完成一个采访任务，常常通宵达旦，我看在眼里痛在心上，觉得女孩子生活没有规律对身体不好。与她商量“咱们是不是找一个稳定一点的工作”，她开始不同意，后来又打算考公务员，以后又对我们说：“我在荷兰时去过几家农业企业参观，国土面积虽然小，但其农业现代化水平是世界一流的，要不我找一个与农业相关的工作吧。”刚好，遇到我所在的农发行湖北省分行面向社会招聘员工，她自己报了名，通过正常的考试程序被录取。

单位分配时要求到基层锻炼，小女分到戏剧大师曹禺的故里——潜江市支行上班。离开省城去小城，女儿思想一时转不过弯来。就跟她讲，当年我 15 岁离开父母到离县城 200 多公里的山村知青插队落户，3 年多的艰苦劳动生活，使我明白一个道理，“只要心中有理想，生活就会充满阳光”。进入金融行业工作，每一步都得到了组织的关怀、培养，同时也加上她自己努力，从县城调到了省城，“有耕耘才有收获”。女儿服从分配愉快地去支行报到，从营业室的柜员做起，熟悉银行业务运作的全流程，现在是一名客户经理。

一名海归研究生，在一般的世俗眼光里应该进机关，待在大城市。女儿一度也有失落感。但她在看到单位领导和同事为服务“三农”、支持地方经济发展默默奉献，从提升农业政策性金融站位上体现家国情怀的动人事迹中受到教育；在与父母的交流中，她认识到基层岗位需要人、也锻炼人，“一滴水见太阳，于细微处见精神”；只有脚踏实地才能使自己磨炼意志、学到真本领。近 3 年来，她在支行一线岗位虚心向老同志学习、向同事学习，工作不分分内分外，除完成本职工作任务外，还主动承担了行内的文字综合、宣传报道等任务，受到上级行和本单位领导的好评。业余时间坚持学习，努力提高综合素质；自修日语，已通过日本国际教育支援协会组织的 N1 日语最高等级考试，获得合格证书。

如果说回忆是生命的记录，那生命中最具决定性意义的事件莫过于呵护孩子的成长。孩子是父母生命的延续，这既是生理学的解释，也是人类精神文化的传承。呵护孩子的成长犹如对自己来生的塑造，引导孩子走上一条积极、健康、有意义的人生道路，实现自己今生未能实现的梦想，也许是每一位父母内心深处最殷切的期望。育人犹如种树，树歪则应外力扶正使其往正直的方向发展，树正则当增加养料使其更加茁壮成长。由此可见，人可以创造环境，环境也可以创造人。细心观察生活会看到，同是一种鸟，经常生活在野外的，不但会飞，而且飞得很高很远；但长期关在笼子里的，却不会飞，即使可以飞，也飞不高飞不远。我们做父母的应当把启发、调动孩子的内因与创造良好环境有机结合起来。

父母是孩子人生的第一任老师，而生活则是其人生终生的老师。哲人有言："痛苦是源头，快乐是流水。痛苦犹如耕耘，快乐好比果实。痛苦不仅是快乐的产婆，而且是快乐的土壤。""不是命运决定人生，而是人生决定命运。人生是壮丽的，命运才是闪光的。""职场外星人"是社会给"90后"打的标签，认为这一代网络星球的原住民很难长期从事一份朝九晚五的工作。实际上，从小女求学、就业、工作一路走来的经历看，只要有正确的引导，让他（她）们树立正确的人生观、价值观、世界观，他（她）们都应该活出一种"时代范儿"，这种范儿并不意味着叛逆、任性、非主流，更是一种实实在在的追求！

文/蓝善青

从此戴上笼头了

悦，我可爱的小孙孙、小爱宝，今天你正式入学，步入所谓人生意义的行为套路，开始亦步亦趋的规范化程序化生活了，用我妈妈也就是你老太曾在我上小学那天说我的一句话“我娃从此戴上笼头了”来说你，你这小白兔也是戴上笼头，不能再整天的撒欢，不能再无拘无束了；你老太还曾在给我缝好书包给我背上后，抚着我的头说：“男服学堂女服嫁，我娃这就要有人管了，从此就要懂事起来了。”小孙孙，你的管教从今天起也当正式由爸妈的主管交由学校了，以后你就是学校的人了。

今天天气好生地照顾你哦，昨天还是火辣辣的热，今早就正式有了秋凉，一阵一阵习习的新风把暴躁的夏天收拾了去，展开的是爽适而明丽的秋的光阴，出汗是不用的了。桂花腻人，石榴招人，这都是在装饰你上学的路。小爱宝，今年的夏与秋的切换应是以你入学这天为标识的呀。

爸妈给你标配了全新背背书包、文具以及小雨伞、雨鞋和学生公交卡；国家已统一代你们交了学费书费，你报名已没这个交费事项了，只交服装费和其他少许费用即可。你的学校是市实验小学，距家一条街两站路，这是国家“就近入学”政策赋予你的便利，妈妈只需送你一至两次，爷奶只需接你一至两次，你就可以熟悉路径放心大胆地自去自回了。

想必你不会恐惧学堂，因为幼儿园几年的读书预演，所谓老师，所谓同学，所谓上下课，所谓秩序规矩你都差不多上道了，笼头其实早已不知不觉给戴上了，现在的“正式上学”无非是此前正式上学的正式化了，不会有从头起的强制式施加造成的一时不适感。这一点你比爷爷我当年强多了，爷爷当年上学前什么学习形式也没接触过，对上学好奇而生热望，想那“小呀么小二郎，背着书包上学堂”的歌声好带劲，好有精神，可是热望中又隐隐害怕，听说老师罚学生站，戒尺打手掌，还有三架梁子三条沟的上学路，大同学欺负小同学，晚归路上，大同学腿长跑得快，在前面大呼狼来了，小同学吓得哭叫，山路绊得只摔跤，追得喘不过来气，裤子都尿湿了。

好在这都是一场虚惊，实际上到爷爷我上学时，那些传说都已过去，生产队的耕读小学办起来了，已经可以不跑路在一个村庄就把学上了，与你现在这方便差不多，只是学校没你现在这么好。我那学校是农户提供的一间小屋子，几块土坯支起一块长长的木板就是一排同学的课桌，小板凳还是从家带的呢。老师是从田间来的，新社会读了几天书的一个村民，识字不多，仅仅比我们早识了“人手足，口耳目”几个字而已，还不及我父亲你太爷当年识的“上大人，孔乙己。化三千，七十贤。尔小生，八九子。佳作仁，可知礼”那些基础字多而古深呢。

再简陋也是学校，再水平低也是老师，爷爷我的小学就是这样开始的，挺好的。每天斜挎着你老太给我缝制的清布书包，天不亮就爬起来嚷着要让你老太快点做早饭，说要上学，没有从“自然娃”到“规范娃”过渡的不适应。你爸爸当年也没不适应感，他与你一样都是改革开放后的产物，幼儿园早早地为你们植入了读书的因子，养成了初步的以学为家的心理习惯。记得你爸上学的第一天也是你今天入学这个时间，是他的爸爸你的爷爷——我送的，那时尚需交学费、书费、卫生费、防疫费、班务费以及教育附加费、集资修路费等很多费用，交得你爷爷我龇牙呀。没办法，那时国家一切都还在起步，只有那时的交费才有你今天的不交费。交罢费，到班上去，看到你爸爸两眼目不转睛地盯住我离开校门，我的心一揪，想到一个稚嫩的小雏鸡似的孩子放到这大大小小孩子堆里会不会被人踩着压着，我就一下子莫名地辛酸起来。第二天，我没敢送你爸到校，只送上去学校的公路，可我目送他纤小的身影掩盖在大大的书包下，吃力地朝学校走去的背影，我心一下子又酸得不行，流泪了。怕人们嘲笑这个大男人流泪，我捂着面迅疾转身去上班。

孩子从父母怀抱到学校怀抱，尽管只是转一下手而已，可父母的心却经不起，也许是因那细密不透的爱吧，有那么一小会儿的小小的心颤和牵挂。看来，正式上学的不适应感不是学生本身，倒是家长了。小孙孙，今天妈妈送你到学校，她转身时你别望她，你把注意力放到前后左右的新同学那里，这样妈妈会大步离开你们的校门，两三天下来，你习惯她也习惯了。

小孙孙，爷爷以一个过来的读书人和职业教书人的身份，在你入学的第一天给你说说关于读书的一些认知，这就是千好万好唯有读书好，千省万省读书不可省。人生尽管短暂得许多事安排不过来，但你无论如何还得拿出人生那一开始的黄金时段去读书，这个时间几乎耗去的是你一生最好年华的三分之一，但是值啊，磨刀不误砍柴工啊。人世上最早出现的那个人也许不是读书人，但我猜想并深信那第一个人从上天那里学到了活下来的技能后随即就做了老师，紧挨着他的第二个人就绝对做了他的学生，成为读书人了，继而这读书人又做了老师，成为师之传人。人需要这么一个向前人学习的成长期和向后人传递的延展期，这个成长期应该最好是在学校完成，在一段专门时间里修炼完成。正像竹笋，你别看它多粗多高，它嫩着呢，需要铆着劲长一个阶段，一层一层离皮。不长足时间不成竹子，一掰就断。这个阶段不可逾越，更不能用其他方式替代，读书就是这时的成长。

连宋真宗这个最不愁就业的皇帝都做《励学篇》，道尽书中好处，称“书中自有黄金屋、书中自有千钟粟、书中自有颜如玉、书中车马多如簇”诱惑新学子，鼓励他的儿女和全社会人把读书作为人生最受用的事来对待，这尽管把读书的功利目的和实用主义心态说得太赤裸，太露骨，彰显尽了读书的俗气，降低了为学的志气，但是说实话无论从存在主义哲学还是从唯物主义人生观来审视读书，他都是对的，谁读书的第一出发点、欢喜心不是基于这些好处方才“三更灯火五更鸡”的呢？说具体一点、实在一点，读书不就是为就业吗，为更好地就业吗，为“齐家”吗，在此基础上才是更大的抱负啊！所以，任何时候不要慢待了读书，不要马虎了读书，不要丢下书舟去过河。

小孙孙，正式读书了，你要学到好多好多新知识了，也许会与幼儿园接触的知识有些重复，不要紧，不久就要显示出年级课程的不同来。首先是语文数学，由浅入深，所谓深，就是不像幼儿园那么简单了，每道题不是你抓抓脑袋就能做出来的；其次是外语美术音乐体育，老师要正规地教你怎么画怎么唱怎么做操，这些都是按国家课程教育标准来施教的，掌握到方法，你就会养成相应的素质了。

语数被称为长线学科，后者被称为短线学科，长线学科课时相对多，会伴随你一直到高中，整整 12 年，短线学科课时少，会在某一学段停下来换上其他学科。语数每周大约是五节，反正每天都有，算下来你的基础教育大约每周要用一天时间学语文、一天时间学数学，12 年下来，你将要用将近三学年的时间学语文、三学年时间学数学，这就是长线学科的“长”。有人质疑有必要把这么多时间和精力花在这上面么？是否实施了重复教育，浪费了时间？不好说。爷爷是教语文的，曾探讨过语文基础教育，三千基本识字量加上语音、词汇、标点符号、语法、修辞等基础知识，应该在小学大体可以学下来，再用一学期阅读三五百篇课文，阅读能力可以形成，似乎可以节约一学年时间，但自从 12 年学制和 12 门课程确定到如今，一直如此坚持着，存在就是合理，也许它合理吧！汉语拼音从小考到中考到高考，字词句篇从小考到中考到高考，作文从小考到中考到高考，烦是烦了点，考是还得考；当然它也挺管用，待你大学以后参加公务员考试，就还是这些考试类型，以你早期训练好的答题思维模式去应对，基本应付裕如。语文素质其实不等同于语文基础知识，还有口头表达和书面表达，还有思辨能力和相当的语文现象的储备。

数学没有重复教育，只有不断纵深教育，从小学到高中，步步紧，步步高，每一阶段都松弛不得，断档不得，数学以记公式为基本功，以解题为能力，它的素质教育就体现在对抽象数理的形象悟性上，多难的题只要悟性好就迎刃而解，数学的基本功靠勤奋，数学的悟性靠天分，要是遇上善教的老师，把抽象的逻辑推理讲得像邻家大妈说家事，一折一溜，清清楚楚，你听得津津有味的话，那你悟性就有了，死疙瘩题也解得出来。12 学年中的数学学习，可能毕生用不了那么多，除非从事理科深造的学生们，可是你也得好好学，那是高考很大一坨子分数哦。

有个不当的事儿事先告知你，这就是当下的不尽科学的学制现象——不允许跳级留级，也许因为生源太多、教育资源尚不充分的缘故，也许涌着来的学生，没那么多的师资和教师，照应不了，再提前挤去或退下来一批学生，造成常态的失序，那整个基础教育阶段就乱序了。所以，它不管你学习多好多差，我们的义务教育里没有跳级也没有留级这一说，如果可以跳级攥攥劲说不定把漫长的基础教育期缩短几年；如果可以留级，在成绩某时疏忽落下了还可以回锅再补回来（不过，留级吃嚼过的馍，那也很难受），然而，现行教育管理把这点杜绝了。好也好，差也好，跟着节奏走就好。当然，这说给你，你千万别把消极的一面记上心，千万别把努力学习、好好学习的上进心打消。我相信我的小孙孙不是那样的孩子，会以最好最积极的状态迎接并完成每一节课，紧跟教学的步骤，12 年一步不落地步入大学门槛。

在这 12 年里，你将会遇到几个学习提升的换挡期，这与你生理成长期并不同步。换挡期务必换好挡，否则就不知不觉落下来了，落下来了你可能还不知所以。在二年级到三年级这个过渡阶段是个换挡期，它不同于一年级到二年级，也不同于三年级到四年级，是因为从二年级到三年级要大跨一步，语文从学写句子写片段到开始学写作文了，作文是个拦路虎，如果老师一开始就给你讲什么谋篇布局呀、过渡照应呀、主题中心呀什么的，那你准一下子就被这些庄严的知识给镇住了，下笔就不免迷糊，如果老师鼓励你“文从胡说起”，有啥说啥，想哪说哪，先写了再说，那你会觉得作文挺好玩，作文就是把知道的想到的写出来，那你就会很有兴趣地进入这个新的语文学习形式，爱上作文，以后你就会一路以作文为歌，唱着跳着学语文，这个语文换挡期你就大跨一步。数学在这个换挡期加大了运算难度，也增加了题量，要特别注意解题技巧和方法，不要怕绕，不要怕难题，要以解难题为乐，知难而上，只要不服难，这个信心有了，后面再来的数学知识就会成为你追逐的兴趣，数学换挡期就胜利地换过来了，以后一个时期里基本就顺风顺水。这个阶段会增加新课程，诸如外语什么的，这不要紧，一般没难度，当堂消化即可。

爷爷我当年没感觉到换挡有啥不同不适，是因为我遇到了好老师，那老师总是宠我爱我，我做错了题，他仍夸我，真诚夸我聪明会学，其实我心知我没那么好，一些题都做错了还夸，很不好意思。为了让老师不白夸，我就私下里用功再用功，悄悄问同学，悄悄做一遍又一遍，最终能心安理得接受老师的夸。后来当爷爷我也当老师后才知道，老师夸学生是必须的呀，任何时候都不过分，没有错夸谬夸的，爱是教书育人的本质，爱的翅膀下永远是老师一颗慈母的心。你爸爸当年就没你爷爷幸运，他就在这个换挡期出了问题，他班主任几次疾言厉色地叫我去谈话，甚至说，你这娃子笨透了，我教不了，你领走！三番五次后，我忍无可忍，向那老师扔了句："你教也得教，不教也得教，这是义务教育，没有宠优嫌差的道理！"说罢我起身就走，那老师好一阵恼怒，之后该教还得照常教。不过，你爸爸是个好孩子啊，不论老师怎么不友善地对待他，他都一如既往地学，该问老师的照问，他对老师除了尊敬还是尊敬，最后把老师感动得不行，老师彻底改变了对他的态度，他的成绩也顺理成章地跟上来了。

再说换挡这档子事儿。小学毕业到初一，也就是义务教育的六年级到七年级这个过渡又是一个换挡期，从小学生转变为中学生，语数外都大大增加难度，课时增加，在校时间拉长，学习强度自然有所增强，这需要很快适应，适应的方式是提高做题效率，效率提不起来就只有拿课余时间去追赶了。以勤补拙，这最好不用，但赶不上教学进度时就不得不如此了。初中二年级新增起始课物理，初三新增起始课化学，这算不上换挡期，新课新鲜，就那一本两本书，稳扎稳打，步步为营，到初三全背下来也没问题。

从初中到高中，这是学习质的裂变，如果说义务教育九年基本上算是训练识记的基本功的话，到高中那就是训练能力的阶段了，说具体点，此前的考试大多是读书本考书本，那高中及高考的考试基本不与课本相干了，课本记得滚瓜烂熟也没用，课本只是个讲课的凭借，是个引子，课本是"一"，你需要由这个"一"

去知多，所以许多中考优异的考生到高中却落下来了。如果初中后期，老师注重朝培养能力方面引导，到高中这个换挡期就会很快换过来，迅速进入学习新阶段。初中只注重死知识灌输，到高中初期就吃力得很。

爷爷在这里一股脑儿把基础教育全过程都说了，有点压着你了我的小孙孙。别怕，既为耕耘不惧地亩，若踏校门便是书虫，既然人生必经，那就索性跃马长空。古人说读书志向时，常说不为良相既为良医，这是说读书除了我前面给你说的基本目标是就业以外，还要有个就业的崇高追求和做人抱负，良相和良医，一辈子不一定就是那俩职业，是说要有如此情怀。良相是救世，良医是救人，世上没有比这更高尚的读书志趣了，从小厘定，长大无论干哪一行，干好了都是救世救人。你太爷熟读四书，毕生种田种地，身上的文化气息曾滋养了村民，村民们种地因此而别有一番风味，他是位村民敬重的文化农民，我感到他一生深深影响了那山那沟那人。爷爷我毕生从事的是最普通不过的教育事业，一辈子没离开过故乡的教育一步，在教书的每一天都是抚摩着学生的心灵备课讲课，曾救助了那些攀登路上的弱势者，教一批学生结一批挚友，爷爷我回首 42 年的从教生涯，一直不失良相良医情怀。你爸爸从事法律工作，他忠诚自己的职业，持守法律的公平公正，做事严谨认真，很像他读书时的孜孜不倦，这一点你与爸爸朝夕相处，应该感觉最深，受影响最多，你爸也是有读书人最基本的良相良医情结的。小孙孙，你童年的理想早有了，不论做飞行员还是科学家都好，记住葆有我们这个祖传的读书品质和情怀。好了，爷爷就说到这，向正式上学的小宝致意！

文/喻泉源

我为我的女儿取名“如果”

与同龄人比起来，我结婚生子要晚好几年，让你也晚到这个世界好几年。这并不能怪我，因为除了工作，我还想把经济、生活以及和你妈妈的感情基础打得更牢一点，为你的出生和成长营造一个好的环境。在你出生的时候，恰逢“五一”长假，有整整七天的假日，我泡在医院，昼夜不离刚刚出生的你，给你喂奶，为你洗尿片。你这个小精灵睁着一双特别大的眼睛，好奇地东张西望着，似乎想一眼看穿这个陌生的世界。

看着你可爱调皮的表情，我顿时有了灵感，就为你取名“喻果”吧，倒不是奢望你将来能像我崇仰的雨果一样成为大文豪，只是觉得这个名字响亮好记。在我们的家乡，我们的“喻”姓和“如”字是一个音，“果”又代表着你是我和你妈妈结下的果子，即所谓爱情结晶的意思。把这二字合在一起，是想告诉我们的孩子，我们所处的这个世界的变数太大，不确定的因素太多，希望你长大后能沉着应对，避免伤害，拥有一个欢乐幸福的人生。

我要告诉我的宝贝，你的爸爸和妈妈的父母，也就是你的爷爷奶奶和外公外婆，他们都是老实本分的农民，他们给予我们的经济支援是微不足道的，但是他们却为我们留下了精神上的无价之宝，那就是勤劳、善良、宽厚、忍耐。同样，爸爸从社会的最基层开始摸爬滚打，尝尽生活的艰辛，现在虽然大小是个干部，但也没能为你积累多少财富，现在不能，将来也不能。因此，在你四岁生日到来之际，我回忆自己过去三十三年的人生，写下这篇经验之谈，作为送你的生日礼物，留待你将来认识了字，也认识了这个世界的时候看看，希望能帮助你在人生旅途中解决一些必然会遇到的难题。

如果真的能够帮到，爸爸就太高兴了。

我们就开始说如果吧。

如果你还在弱小的时候被人欺负打骂了，你一定不要和他硬来，否则受到的伤害会更大。你要学会忍耐，寻找正确的途径，等待一个哪怕是迟迟到来的机会，让他受到应有的教育和惩罚。你要记住，“小不忍则乱大谋”，一个孩子是这样，一个大人也是这样，一个国家更是这样！

如果你高考名落孙山了，不用自怨自艾，不可万念俱灰，只要你尽力了，便无愧于心，无悔于己。况且，三百六十行，行行出状元，不挤人生的独木桥又有何妨呢？关键是要树立生活的信心，掌握谋生的手段和技能，凭自己的双手去开拓新的人生，实现自己的价值。我相信我的女儿能行！

如果你遭人轻蔑歧视了，你不要悲观失望，更不要怨天尤人，你要暗下决心，发愤图强，努力发展自己的事业，成就自己的梦想，让自己成为强者和胜者，让那些歧视嘲笑你的人自惭形秽，无地自容。

如果你受到诽谤、诬陷了，既要勇于拿起法律的武器维护自己的权利，又不要心生仇恨，甚至采取以牙还牙的过激行为。古人告诫我们，能容人处且容人，只要不影响你的事业和人身安危，退一步海阔天空。你要有宽广的胸襟和与人为善的美德，相信公道自在人心，坚信身正不怕影子斜，自己清清白白，堂堂正正，又何惧尔等论短长？

如果你失恋和被人甩了，你应该为自己感到庆幸，这说明那个男生鼠目寸光，有眼无珠，根本不适合你，没有资格与你牵手人生。对于终身伴侣的选择，你要慎之又慎，因为婚姻将影响人的一生。在择偶标准上，不要过于挑剔，世上没有十全十美的事，也没有十全十美的人，鱼和熊掌很难兼得，只要人品好，生活能力强，长相过得去，便可作为发展的对象予以考察，切忌爱慕虚荣，物质第一。作为女孩子，由于生理、心理的原因，更容易受伤害和打击，爸爸希望你要自尊自重，多长心眼，把握分寸，随时准备化解可能遇到的危险。在男孩子面前，你要张弛有度，大方自然，该笑时就笑，该沉默时沉默，这样也许会赢来更多的鲜花和掌声。

如果你遭遇了挫折和苦难，要树立信心，冷静应对，自强自立，积极寻求良策，早日走出沼泽。生活像九曲黄河，蜿蜒曲折，坎坎坷坷，不可能一帆风顺。不经历风雨，焉能见彩虹？你只有在挫折低谷中反复摔打，不断磨砺，才能尽快成长成熟起来，从容开创自己的人生和事业，成为一个对社会对国家有用的人才。贝多芬是世界音乐史上最伟大的作曲家，他从二十八岁开始，听觉便出现问题，这对一个音乐家实在是一个致命的打击。但他没有向命运屈服，他决定向命运挑战！对生命的热爱使他在听觉日渐衰退的情况下，用心灵感觉生活，把激情注入作品，产生了澎湃汹涌，震撼人心的音乐，创作出名扬世界的杰作。苏联作家奥斯特洛夫斯基在身患重疾、双目失明的情况下，写出了影响和激励无数人的《钢铁是怎样炼成的》……这样的典型事例古今中外不胜枚举，希望对你有所启迪。

如果……

哦，我的宝贝，这是我给你取的名字，未来还有多少个如果啊！天有不测风云，人有旦夕祸福。在短暂而又漫长的人生之旅，我们谁也无法先知先觉，预测将来会发生什么，出现什么。人生苦短，我们所能做的就是勤奋地学习，努力地工作，快乐地生活，然后和自己最爱的人一起慢慢变老，最后复归生命初始的状态。这或许就是最完美的人生。

今天爸爸高兴，说得太多，最后一句是祝你天天快乐！

文/韩小蕙

这个年龄的女儿有点怪

我家有女，今年十五岁，是北京二中的初三小女生。

甭言小，女儿已亭亭玉立，个头比我还高了。往她妈妈我的身后一站，已从过去的“小尾巴”，俨然变为左膀右臂。比起小时候的懵懂、顽皮、胡吃浑玩，她今天已变得沉稳、踏实、不急不躁，有时甚至相当“成熟”，对许多事情有了她自己的主见。经常冷不丁的，她会在美伊关系、印巴关系、朝韩关系以及世界各国社会制度的比较等重大问题上，发表出与全家老少三代迥然不同的见解，令上至高级知识分子又有革命人生履历的我的父母她的姥姥姥爷、中至当作家做记者的我大跌眼镜，互相交换着意味深长的眼色，生出“横空出世”的惊讶。

可是，我的女儿，这个年龄的女儿，又有许多奇奇怪怪的异常之处，令我们思不透、解不开、想不明白，今列其下，就教于大家的智慧：

其一曰：反季节的感觉

大冬天，女儿一定穿得极其单薄，毛裤是坚决不肯穿的，棉衣也只是象征性的从身上过一过。刚刚料峭春寒，就又迫不及待地一件件往下脱。有时看到寒风中衣衫飘逸的她瑟瑟拘挛儿着，忍不住斥责忍不住问罪忍不住感叹“你冷不冷呀？”她却一仰脖子：“不冷！”而到了夏天，女儿却又猛往身上捂，一身绵绵密密的牛仔衣裤，一双高腰旅游鞋，加上粗线袜子，又加上白帆布帽子，这一身成了恒久的过夏行头。

其二曰：顾脚不顾脸

无论穿的是白色旅游鞋，还是黑头牛皮鞋，每天晚上临睡前，女儿都一定极耐心极细致极周到地将之擦拭得或雪白或锃亮或一尘不染或能照见人影。而早上起来洗脸呢，你看吧，还没有小猫认真，但见人家伸出两个指头，在水管子下面接点水，往两个眼睛上一摩挲，得，就算完成。所以小脸总是黑黢黢的，差不多就剩下两只眼睛贼亮。你有时忍不住提醒她一句，人家要不根本“没听见”不理你，要不嬉皮笑脸回敬你一句：“我们班同学都这样。”

其三曰：反叛的行为方式

你说东边有水坑得绕开走，她却挑衅般地瞅你一眼，非去踩一脚泥巴。你说这次考试很重要，要加倍小心精心对待，她却非给你犯一大堆低级错误，带着一身稀里哗啦来见你。你说牛奶有钙、菠菜有铁、胡萝卜富含维生素 A 对眼睛大有好处，她却非给你一一来个深恶痛绝。你说……破了嘴，她非……把你气个肚皮破，好像不印证“母女是天生的敌人”这句经典就不甘心。

其四曰：颠覆常规的思维

人人都唾弃 Y 国首脑 S 君，她却为这个暴君辩护。人人都同情 B 国捍卫自己的主权谴责 Y 国的军事霸权扩张，她却声称对 Y、B 关系有自己的看法。人人都知道中考是人生最初最严峻的考试，只允许成功不允许失败，我都着急上火口干舌燥吃不下睡不着心里压着泰山、昆仑山、喜马拉雅山，她呢？该唱就唱该笑就笑该看电视就看个够该说笑话就笑个尽情，好像中考一点也不关乎她的前途，倒成了我的命运大事。

其五曰：专跟你唱对台戏

当某件事做得漂亮你表扬她时，她脖子一昂：“你不就是想鼓励我吗，哼！”

而当某件事她做得糟糕无比时，还不让批评："你不会以鼓励为主啊！"弄得你怎么着都不对，她怎么说都有理。唉，现如今翻开报纸杂志，到处都是优秀育儿法之类飘过掠过，你还没学会呢，她心里早明镜似的了，谁教育谁啊？

其六曰：不知天有多高地有多厚

小事上她跟你唯唯诺诺，大事却真敢乱做主，而且根本就不跟你商量，你连个路人都不如。直到砸锅了，泪眼婆娑地找你来了，还不许你埋怨。比如中考体育，谁都知道那30分的严重性，计入总分，少得1分就得被排到几十名乃至上百名考生后面去，女儿可好，大清早起来5点多就去了（7点30分开始考，6点20分集合，我家离考场还有几十公里路程，这简直是折腾孩子不是，你大人考一个试试?!），当然没吃饭，还晕车了，结果只考了20分回来，却死活咬着牙不据实以告。等我问出真实分数（到现在也没有问出真实情况），连仅有的一次补考机会也永远地失去了！女儿就得带着这惨痛的20分，开始她的茫茫人生之旅，这里面的玄机是什么，我心里一直惴惴不安地想啊想！

其七曰：疯狂追星

放学回家，女儿一头扎进她的房间，书本、课本、作业本，摊了一大片，于是你窃喜她可真用功。谁知当你冷不丁推门进去，就见她慌忙往抽屉里塞了一件什么。走过去一翻，原来抽屉里面藏了一架黑乎乎的家什，就是我们全体家长都恨透了的收录机——人家是让歌星陪着做枯燥的功课呢，于是一场大战不可避免。某日我不经意打开她写字台最下面的抽屉，吓了一大跳，但见像垒墙似的满满一抽屉录音带，你都没看见她什么时候买回来的，也不知道她哪儿来的钱（可能有许多顿午饭没吃）?！只记得有一天她兴冲冲回来，双手一抖，就要把两张歌星大头像往新装修的墙上贴。你问这是谁啊？嗬，她可来劲了，如数家珍道："×××年龄××血型××生日××……"我只好及时打断："行了，行了，祝贺你了解他比了解你老妈还清楚……"

其八曰：毛绒玩具情结

女儿从小就喜欢毛绒动物，这不是后天培养的意识而是先天的情结。最初的表现在于她刚有思维，还口不能言，那滴溜溜的一双小眼睛，就总是盯在一只玩具熊上，没有它在枕边是坚决不睡觉的。后来发展到凡出门，手中必定拎着那只玩具熊。熊玩坏了换兔子，兔子坏了换猫咪，猫咪坏了换狗、换鸡、换牛、换马、换老虎、换老鼠、换海豚……于是 我们家就得开"动物园"，最多时，女儿有46个"孩子"，我成为这46位的"姥姥"。最怪异的是随着年龄的增长，这"毛绒情结"也在增长，如今出门当然不会再拎着一只熊或者老鼠，可是睡觉时枕边还必须置放着一只，不摸着、不产生毛茸茸的朦胧意识，她是连觉也睡不成的。这就不对头了是不是？于是我就开始干预，但行政命令是绝对无效的，东掖西藏也没有用，你就是等她睡着了将那“毛绒”拿走，到了半夜她只要摸不着就爬起身来罢睡。窃以为一定是有了心理疾病，忧心忡忡地询问旁的母亲，谁知刘家孩子也有这种怪异，有的是摸枕巾，有的是咬被单，不敢说人手一物，但所占比例也相当可观。

其九曰：穷者的富人气度

女儿当然是穷人。我历来崇尚“静以修身，俭以养德”的古训，从来十分注意防范她养成奢侈的习性，所以，她虽然拥有一个钱包，里面却瘪瘪的，并没有多少银子。说来我真是苦心孤诣，在她的智力刚刚萌芽的阶段，就开始不断谆谆 教导“学习上向高的看齐，生活上同低的比较”的革命大道理，按说应该“种瓜得瓜，种豆得豆”吧？可是偏偏不，豆荚专爱往瓜秧上去攀爬。女儿天生就具有尚奢倾向，（也许人都是这样？）十分喜欢高档用品，买东西不分好坏，但要最贵的，只要价钱高，穿着用着就感觉好。她还喜欢豪华大商城，同样的东西，宁愿以高出数十乃至上百元的价格在那里购买，名之曰“购得一个好心情”。小小年纪，她还信息灵通，居然知道北京城里哪个商场的价格最高，哪个次之，等等，也不晓得她是打哪儿知道的，我们家里没这个话题呀？询问我的女友们，她们反倒一迭声地“啧、啧、啧”，大呼小叫感叹道：“哎呀呀，韩小蕙，你快知足吧，不跟你要名牌衣服名牌鞋、名牌书包名牌笔，甚至名牌手表名牌自行车……你就得赶快烧香拜佛了！人家学习那么知道用功，这就算当今最好的孩子了。”真——的？

其十曰：群体怪异行为

很长时间里，我以为只有自家女儿怪怪的，全没想到女儿回家讲起同学的怪异，真是比她有甚之而无不及。比如同班男生张三，自己并不缺钱花，但为了尝试一下付高利贷的滋味，专门跟同学借了一笔钱，一年后以高于国家银行的利息连本带利归还，多付了钱还美滋滋。又如同窗男孩李四，读武侠中了邪，为了探明哪个部位是死穴，专门请同学往他左后背第三根肋骨下猛击，结果疼得差点昏过去。还如男生女生王五、赵六、周七、吴八……白天上学竟带着手机、BP 机，一下课就“啪啪”乱打（据说有一次上课时电话铃声大作，全班一起大笑不已，弄得老师哭笑不得），我可真不明白，又不做生意，又不联系工作，又没有十万火急的事等待他/她去处理，小小的孩子要手机干什么？还有更不明白的，甭看这群少男少女在课堂上疯闹——接下茬儿、打飞镖、摆龙门阵、欺负老师……可谓坏事做绝，可是晚上回家后却一个赛一个地卧薪尝胆，每每苦读到凌晨两三点。

以上怪异种种，可气复可笑！还有多种表现，姑且列此十种，余不一一。

我愚钝且学问浅薄，尤其于教育学养极为欠缺，因而常思而不透，简直想不好到底应该如何对待这个年龄的女儿——是包容？是漠视？是斥责？是纠偏？还是干脆佯装不知，不闻不问，会心一笑，等待着青春期风暴自然止息？……

束手无策，百无良计，明月朗朗，专成此文，就教于天下父母及教育专家，可乎！

写给女儿的一封信

四封家书

幼儿园毕业寄语

文/傅　雷

四封家书

聪：车一开动，大家都变了泪人儿，呆呆地直立在月台上，等到冗长的列车全部出了站方始回身。出站时沈伯伯再三劝慰我。但回家的三轮车上，各个人都止不住流泪。敏一直抽抽噎噎。昨天一夜我们都没睡好，时时刻刻惊醒。今天睡午觉，刚刚蒙眬合眼，又是心惊肉跳地醒了。

昨夜月台上的滋味，多少年来没尝到了，胸口抽痛，胃里难过，只有从前失恋的时候有过这经验。今儿一天好像大病之后，一点劲都没有。妈妈随时随地都想哭——眼睛已经肿得不像样了，干得发痛了，还是忍不住要哭。只说了句“一天到晚堆着笑脸”，她又呜咽不成声了。真的，孩子，你这一次真是“一天到晚堆着笑脸”，叫人怎么舍得！老想着五三年正月的事，我良心上的责备简直消释不了。

孩子，我虐待了你，我永远对不住你，我永远补赎不了这种罪过！这些念头整整一天没离开过我的头脑，只是不敢向妈妈说。人生做错了一件事，良心就永远不得安宁！真的，巴尔扎克说得好：有些罪过只能补赎，不能洗刷！

一九五四年一月十八日晚

昨夜一上床，又把你的童年温了一遍。可怜的孩子，怎么你的童年会跟我的那么相似呢？我也知道你从小受的挫折对于你今日的成就并非没有帮助，但我做爸爸的总是犯了很多很重大的错误。自问一生对朋友对社会没有做什么对不起的事，就是在家里，对你和你妈妈做了有愧良心的事，这些都是近一年中常常想到的，不过这几天特别在脑海中盘旋不去，像噩梦一般。可怜过了四十五岁，父性才真正觉醒！

今天一天精神仍未恢复。人生的关是过不完的，等到过得差不多的时候，又要离开世界了。分析这两天来精神的波动，大半是因为我从来没像现在这样爱你爱得深切，而正在这爱的最深切的关头，偏偏来了离别！这一关对我、对你妈妈都是从未有过的考验。别忘了妈妈之于你不仅仅是一般的母爱，而因为她为了你花的心血最多，为你受的委屈——当然是我的过失——最多而且最深最痛苦。园丁以血泪灌溉出来的花果迟早得送到人间去让别人享受，可是在离别的关头怎么免得了割舍不得的情绪呢？

跟着你痛苦的童年一起过去的，是我不懂做爸爸的艺术的壮年。幸亏你得天独厚，任凭如何打击都摧毁不了你，因而减少了我一部分罪过。可是结果是一回事，当年的事实又是一回事：尽管我埋葬了自己的过去，却始终埋葬不了自己的错误。孩子，孩子，孩子，我要怎样地拥抱你才能表示我的悔与热爱呢！

一九五四年一月十九日晚

聪：亲爱的孩子。收到9月22日晚发的第六封信，很高兴。我们并没为你前行感到什么烦恼或是不安。我在第八封信中还对你预告，这种精神消沉的情形，以后还是会有的。我是过来人，决不至于大惊小怪。你也不必为此担心，更不必硬压在肚里不告诉我们。心中的苦闷不在家信中发泄，又去哪里发泄呢？孩子不向父母诉苦向谁诉呢？我们不来安慰你，又该谁来安慰你呢？人一辈子都在高潮—低潮中浮沉，唯有庸碌的人，生活才如死水一般；或者要有极高的修养，方能廓然无累，真正地解脱。只要高潮不过分使你紧张，低潮不过分使你颓废就好了。太阳太强烈，会把五谷晒焦；雨水太猛，也会淹死庄稼。我们只求心理相当平衡，不至于受伤而已。你也不是栽了跟头爬不起来的人。我预料国外这几年，对你整个人也有很大的帮助。这次来信所说的痛苦，我都理会得；我很同情，我愿意尽量安慰你、鼓励你。

克利斯朵夫不也多次经历这种情形吗？他不是一切艺术家的缩影与结晶吗？慢慢地，你会养成另外一种心情对付过去的事：就是能够想到而不再惊心动魄，能够从客观的立场分析前因后果，做将来的借鉴，以免重蹈覆辙。一个人唯有敢于正视现实，正视错误，用理智分析，彻底感悟，才不至于被回忆侵蚀。我相信你逐渐会学会这一套，越来越坚强的。我以前在信中和你提过感情的 ruin（创伤，覆灭），就是要你把这些事当作心灵的灰烬看，看的时候当然不免感触万端，但不要刻骨铭心地伤害自己，而要像对着古战场一般地存着凭吊的心怀。倘若你认为这些话是对的，对你有些启发作用，那么将来在遇到因回忆而痛苦的时候（那一定免不了会再来的），拿出这封信来重读几遍。

一九五四年十月二日

亲爱的孩子：元旦一手扶杖，一手搭在妈妈的肩上，试了半步，勉强可走，这两日也就半坐半卧。但和残废一样，事事要人服侍，单独还是一步行不得。大概再要养息一星期方能照常。早预算新年中必可接到你的信，我们都当作等待什么礼物一般地等着。果然昨天早上收到你来信，而且是多少可喜的消息。孩子！要是我们在会场上，一定会禁不住涕泪横流的。世界上最高的最纯洁的欢乐，莫过于欣赏艺术，更莫过于欣赏自己的孩子的手和心传达出来的艺术！其次，我们也因为你替祖国增光而快乐！更因为你能借音乐而使多少人欢笑而快乐！想到你将来一定有更大的成就，没有止境的进步，为更多的人更广大的群众服务，鼓舞他们的心情，抚慰他们的创痛，我们真是心都要跳出来了！能够把不朽的大师的不朽作品发扬光大，传布到地球上每一个角落去，真是多神圣、多光荣的使命！

孩子，你太幸福了，天待你太厚了。我更高兴的更安慰的是：多少过分的谀辞与夸奖，都没有使你丧失自知之明，众人的掌声、拥抱，名流的赞美，都没有减少你对艺术的谦卑！总算我的教育没有白费，你二十年的折磨没有白受！你能坚强（不为胜利冲昏了头脑是坚强最好的证据），只要你能坚强，我就一辈子放了心！成就的大小、高低，是不在我们掌握之内的，一半靠人力，一半靠天赋，但只要坚强，就不怕失败，不怕挫折，不怕打击——不管是人事上的，生活上的，技术上的，学习上的——打击；从此以后你可以孤军奋斗了。何况事实上有多少良师益友在周围帮助你，扶掖你。还加上古今的名著，时时刻刻给你精神上的养料！孩子，从今以后，你永远不会孤独了，即使孤独也不怕了！

赤子之心这句话，我也一直记住的。赤子便是不知道孤独的。赤子孤独了，会创造一个世界，创造许多心灵的朋友！永远保持赤子之心，到老也不会落伍，永远能够与普天下的赤子之心相接相契相抱！你那位朋友说得不错，艺术表现的动人，一定是从心灵的纯洁来的！不是纯洁到像明镜一般，怎能体会到前人的心灵？怎能打动听众的心灵？

音乐院长说你的演奏像流水、像河，更令我想到克利斯朵夫的象征。天舅舅说你小时候常以克利斯朵夫自命，而你的个性居然和罗曼·罗兰的理想有些相像了。河，莱茵，江声浩荡……钟声复起，天已黎明……中国正到了“复旦”的黎明时期，但愿你做中国的——新中国的——钟声，响遍世界，响遍每个人的心！滔滔不绝的流水，流到每个人的心坎里去，把大家都带着，跟你一块到无边无岸的音响的海洋中去吧！闻名世界的扬子江与黄河，比莱茵的气势还要大呢！……黄河之水天上来，奔流到海不复回！……无边落木萧萧下，不尽长江滚滚来！……有这种诗人灵魂的传统的民族，应该有气冲斗牛的表现才对。

你说常在矛盾与快乐之中，但我相信艺术家没有矛盾不会进步，不会演变，不会深入。有矛盾正是生机蓬勃的明证。眼前你感到的还不过是技巧与理想的矛盾，将来你还有反复不已更大的矛盾呢：形式与内容的枘凿，自己内心的许许多多不可预料的矛盾，都在前方等着你。别担心，解决一个矛盾，便是前进一步！矛盾是解决不完的，所以艺术没有止境，没有 perfect（完美，十全十美）的一天，人生也没有 perfect（完美，十全十美）的一天！唯其如此，才需要我们夜以继日，终生的追求、苦练；要不然大家做了羲皇上人，垂手而天下治，做人也太腻了！

一九五五年一月二十六日

文/杨晓升

写给女儿的一封信

亲爱的女儿：

你好！谢谢你给我写了一封长信，比较全面谈了你到美国后学习生活等各方面的情况，以及你的寒假打算。正如你所言，用信件沟通，确实能更全面理性地表述相互之间的想法。回想起来，自你出生长大以来，确实是你妈陪伴你的时候更多些，我因相对较忙，未能更多地腾出时间陪伴你一起玩耍，并以寓教于乐的方式对你起潜移默化的引导与影响，偶尔的交流也是短暂、片面且不全面的，有时还急于求成，缺少应有的耐心，细想起来挺对不起你。所以，我非常赞同你提议的用通信的方式加强交流与沟通。

总体上看，我对你的品格和待人处事，以及人生观和世界观，基本是肯定和放心的。与许多同龄人相比，你心理健康、阳光，是非分明，性格温和，与人为善，乐于助人，做事认真，不人云亦云，有一定的进取心和责任心，有自己独立判断和思考问题的能力……等等，作为一个正常的普通人所应具备的素质与品格，你基本都具备了。但假如以做一个更优秀的人的标准来衡量，我觉得我们思考问题的层面应该更高些，纬度会更多些。

首先是立志成才方面，作为你的父亲，我自然希望你有更加远大的理想和目标，不断挑战自我超越自我，更优秀，更出色。而这恐怕不仅仅靠完成学业、将来找份工作就能实现，而是要通过学业和兴趣的自我选择与培养，提早制定未来的发展目标和发展方向，最大限度地发挥自己的兴趣与才能，才有可能干出一番优异的成绩。我始终认为，对你来说，将来找个饭碗并不难，难的是能否挖掘你的潜能，让你的人生更丰富，更精彩。人生苦短，芸芸众生，谁能够活得出彩并赢得社会尊重，谁将碌碌无为虚度一生，关键取决于自己。一般说来，目标越高，对自身的要求越严，付出的努力越多，最终收获也就越多。记得我年轻的时候，苏联作家奥斯特洛夫斯基的著名小说《钢铁是怎样炼成的》中有一句警句名言："人最宝贵的是生命，生命对于每个人都只有一次。人的一生应当这样度过：每当回忆往事，不因虚度年华而悔恨，也不因碌碌无为而羞耻；临死的时候，他能够说：'我的整个生命和全部精力，都已经献给了世界上最壮丽的事业——为人类的解放而斗争。'"虽然这句名言，至今看来有一定的局限性，比如如今的我们当然不会将"为人类的解放而斗争"作为个人的奋斗目标，但这句名言，充分表达了作者对生命意义的探索和追求，至今也一直激励着我。我始终认为，人活着必须有自己明确的人生追求，必须尽可能为自己、家庭和社会多做些事情，并在这种追求中不断充实自己、完善自己并获得成绩与快乐。虽然我至今尚未取得自己预想中应有的更大业绩，但感觉自己一直奋斗在路上，自己一直带着使命感活着。可以说，自我感觉目前的工作和生命状态还不错，充实，愉快，并不断小有成果，我边工作边写作，因为工作太忙，更多的写作和成果可能会在我退休之后。照此计划和发展以及自己坚持不懈的努力，我相信自己的未来会更美好，也会更有成绩。

当然，社会环境和人的经历是不一样的，我从小是在困难和相对清贫的家庭中长大的，正因如此，我可能更加珍惜今天来之不易的生活和生命，也一直带着使命感活着，永远奋斗在路上。你也知道，物质上我从来没有更多的追求和要求，因为相对于物质追求而言，精神追求能带给人更多的快乐与永恒。在我看来，衣食住行能基本满足就够了，不愁吃不愁穿不愁住足矣，我更看重是的个人兴趣和价值的发挥与体现，以及精神上的愉悦与充实。我说这些，并非要你全盘承认并照搬我的人生模式，我只不过想为你提供一种人生参照。总的想法是，在未来的人生道路上，你比我和你妈妈具备更加优越的条件和优势，所以有理由设置更高的目标与追求，无论最终目标能否达到或获得多少，努力与奋斗理应伴随终身。“人生无悔”有理由成为你最基本的奋斗目标吧？

如果上述的人生理论你能够基本认可，那么目前作为学生的你，当然应该将更多的时间和精力放在学习上。在我看来，大学及研究生阶段，听课和作业仅仅是每一个学生学业中的一个组成部分，而非全部，不要将自己知识、能力和才干的积累全寄希望于学校和老师的给予，而应该更多地靠自己大量的阅读与实践去获取。其实，我特别希望你能充分利用假期去阅读一些平时没有时间阅读的课外书籍，人的差别其实往往就在时间的有效安排和利用上。想当初学生时代，每到假期，我想得更多的是如何利用假期的时间，多找些课外书来看，尽可能扩大自己的视野，尽可能加强自己的知识储备。我当初在大学是学生物的，如今却能够从事自己所喜爱的文学，就是借助当初的这种阅读与获益。我始终认为，一个人想要与众不同，比别人活得更出色一点，使自己的人生更精彩，随波逐流是不行的，肯定须比别人更加耐得住寂寞并承受更多的寂寞，也肯定须比别人有更多的努力与付出。当然，我并不是反对旅游，如果有合适的伙伴，在保证安全的前提下，我也赞同并支持你在美国留学期间争取更多的机会看看外面的世界，因为旅游是增长知识和阅历的另一种方式。

说了这么多，无非是因为你是我和你妈妈今生唯一的孩子，此生我们将所有的爱和希望都寄托在你一个人身上。当然也愿意尽可能为你提供力所能及的学习和生活条件，当初我不希望你出国留学，除了经济上的考量，更主要原因还是舍不得你远离我们。后来你坚持要出国，我二话没说也就同意了，这也完全是出于对你的爱，希望你未来能有更好的发展。

衷心祝愿你生活愉快、学习进步！

爸 爸

2015 年 9 月 20 日 星期日

文/野　莽

幼儿园毕业寄语

1. 酒与菠萝

关于儿子，最近我抽时间回忆了一下，在他出生之前，我们犯了几次比较严重的错误。第一次是在怀他的时候，我带着他的母亲回到我的老家过年，我的老家民风古朴，朋友众多，我们天天喝酒，顿顿喝酒，我喝，他的母亲也喝，不喝不行，喝少了也不行，不喝和少喝我的朋友都有意见，直到把我们的眼睛喝红了，脸喝紫了，咕咚一声人喝得倒在椅子上了，朋友就没有意见了，就高兴得笑了起来。

为了让投资设宴的朋友们能够处在一个高兴的状态，我唯一的报答方式就是让自己喝个大醉。有一天中午在我一位朋友家里喝酒，我们夫妻二人喝得双双倒在他家的床上，醒来后发现已是夜晚，灯光下妻子的脚底堆着一床被子，被面是绣着龙凤的豪华绵缎，被里却破了脸盆大一个窟窿，妻子的一只脚失踪了，仔细一找原来装在那个大窟窿里，经我考证是她喝醉酒后身子发燥，把朋友为她盖在身上的被子蹬到脚下，继而又把脚蹬进那个窟窿里。

酒醒后的妻子羞得无地自容，悄悄跟我商量，要去商场买床新的被子赔给人家，我说不必，只要我们喝醉了酒，别说是蹬破一床被子，就是把他这张床都蹬破，我的朋友也是高兴的。后来的情况印证了我的说法，夜光中我的朋友面带满意的微笑欢送我们出门，绝口没提被子的事，还要我们临走之前一定再去喝一次酒。

第二天我的妻子开始呕吐，好端端地坐在沙发上看电视，忽然就捂着嘴去上卫生间。我看着她直发愣，心想昨天喝的酒昨天没吐，睡过一觉怎么今天倒吐起来了？我的母亲明白了是怎么回事，拿眼睛瞪着我道，你这个糊涂娃子，你不晓得她怀孕了？我一听大惊失色，扶着妻子上医院去检查，果不其然，我的母亲是英明的。从此我们夫妻二人就经常地开会研究，这个胎里含有一定酒精成分的孩子究竟要不要呢？

研究的结果是即便生下来是个傻子，我们都要，因为他已经投奔在了我们的名下，我们不能对不起他。于是我的妻子就继续地怀下去，一直怀到第二年的十月一日，我们国家的节日，也是我的生日，那一天我又犯下了第二次错误，而且比第一次还要严重，差点儿把我的儿子给断送了。

我曾经道听途说孕妇多吃水果，孩子生下来后，虽说长相不敢保证就像水果，然而皮肤光滑，水分也足，至少比我这个干巴巴的样子要好。于是我就不断地投资，买来各种水果供应我家的孕妇。在我三十六岁生日的这天早晨，我买回家的水果是几只菠萝，我把它削去鱼鳞似的外皮，切成金色透明的薄片，让我的妻子吃进她的肚里，化作营养输入胎儿体内。

万没想到，妻子吃下几片金色的菠萝不久就开始腹泻，一次又一次的，动作相当紧急，一张脸黄得与菠萝酷似。我的母亲叫声坏了，怨我没把菠萝在盐水里面浸泡，直接就吃只怕是中了毒，像这样泻下去很有可能会把肚子里的胎儿泻掉，也就是俗话说的流产的意思。我一听吓得要死，骑上自行车就一路狂奔，沿途打听去往医院的道路，去给妻子买止泻药，孰料好不容易骑到医院，一位坚持原则的好大夫却要让病人亲自前来就诊，拒不卖药给我，如何哀求都不起作用，万般无奈，我只好又一路狂奔回家，心想完了，这个可怜的孩子此时已提前降临在厕所的坐便器里，甚至被冲进了万恶的下水道。

这么想着泪流满面回到家中，却看见我的妻子正跟我的父母坐在一桌打牌，坐她对面的是我家请来的一个名叫顺芝的小保姆。

这是 1989 年 10 月 1 日，离儿子正式出生的时间正好一个月。四个月前的一场风暴过去不久，我的父母得知儿媳的妊娠期反应强烈，呕吐不止，同情我们刚搬新房，上班又远，家中无人，就从老家赶到北京来做护理，还觉人力不够，姐姐又将她家的小保姆借给我们，派妹夫专程送来，重兵相助。妻子见我回来，不好意思地对我一笑，她没怨我让她误食未经盐水浸泡的菠萝，却反而觉得连累我的生日都没过好。我从她的笑容可以看出，她的腹泻已经结束，孩子仍然在她的肚子里。我听说是我的母亲用一种民间的方法挽救了孙儿，那时候全家都以为这个胎儿是个女孩，因为妻子娘家四合院里的一个会看生男生女的老太太看过她的手指头以后是这么说的，妻子不信去照 B 超医生也是这么说的，回家告诉了我，我说女儿就女儿吧。

为了把这次惊险留作纪念，我计划等孩子生下来后，取个名字就叫菠萝。妻子担心这个名字会让人误以为她辛辛苦苦生下的孩子是个意大利人，况且，那时我们坚决相信四合院老太太的话和 B 超照出的结果，她说女儿叫菠萝太难听了，还是应该起一个中国名字。第二天的晚上，我做梦妻子生的真是女儿，醒来后我对她说，中国名字有了，就叫梦女吧。妻子又担心让人叫成了孟姜女，说还不如叫梦妮好听。

2. 弄丢了紫药水

第三次犯错误的不是我，而是我的妻子。菠萝事件发生不久，有一天我在电视里看到一幕人生的悲剧，四个中年男女搂着两个少年哭成一团，原因是十多年前他们在医院生孩子时，护士小姐把两家的孩子弄了个阴差阳错，两对夫妻各自把别人的孩子抱回家中，精心抚养，直至成人，不幸十多年后一次验血，其中的一对夫妻突然发现出了问题。通过医院顺藤摸瓜，终于找到自己的亲生骨肉，两个家庭顿时失去以往的幸福，双方既要领回自己的孩子，又难割舍别人的孩子，电视节目已经结束，他们的故事还没结束。

我对妻子发表体会说，你看这两个深受护士迫害的家庭，知错就改也是痛苦，将错就错也是痛苦，与其总是痛苦，还不如你在生孩子时不管多么痛苦，死活也要看住自己孩子不许别人调包，这样才能免去以后永远的痛苦。

妻子痛苦地看着我说，北京市的市规是按照户口所在地，我们的孩子应该生在崇文区的第四医院，而该院的院规是孩子生下三日之内，由护士统一安放在婴儿室里，一人手腕上挂个牌牌，牌牌上写着编号，她连这个牌牌都见不到，她又怎么看得住孩子？

我的眼前出现了一个自行车棚，车棚里放着很多自行车，看车的女人一边跟人聊着闲话一边随手把一个车牌挂在一辆自行车的车把上。我的天，她要是把车牌挂错了，别人把我的好车骑走了，给我丢下一辆破车怎么办，电视里的那两对夫妻，不就是当年的车牌挂错了吗？我在屋里转着圈子，最后眉头一皱，告诉了妻子一条锦囊妙计。

妻子住进北京第四医院的那一天，我准备了一小瓶紫药水，又准备了一支棉签，把它们包在一个小塑料袋中，塞进妻子的衣服兜里，要她在那个最关键的时刻，无论如何都要挣扎着在孩子的屁股上打个记号，切记，切记。妻子她没有笑，望着我庄严地点了一下头说，记住了。

最关键的时刻来到了，妻子被一辆白色四轮手推车运进产房，守门的护士不让我进，让我和另外三个望眼欲穿的男人分为两排，面对面地靠着走廊的墙壁等待结果，我们都是未来的人父，互相用眼光安慰、鼓励、祝贺着对面的人。每当那扇白色的磨砂玻璃门页吱呀一声推开，一位护士探出头来叫着一个人的名字，通知他是男孩儿还是女孩儿的时候，我们便一齐向他表示恭喜。

三个男人都陆续地接到了通知，他们都是女孩儿，但是他们都没有走，他们还要等着我的消息。最后一个轮到我了，门缝里露出的护士叫出我的名字之后，用响亮的北京话向我公布说：男孩儿！三个男人从三个位置扑了过来，紧紧地握着我的手说，恭喜你啊！我一时愣在了走廊上，我怀疑护士是搞错了，因为老岳母家四合院的那位老太太掐过妻子的手指头后分明告诉她说是个女孩儿，后来妻子去照B超也说是个女孩儿，并且还像刘晓庆一样是个锛儿头，怎么这下又变成一个男孩儿了呢？

我怀疑跟我紧紧握手的三个男人中，有一个人的儿子被护士安在了我的名下，而我的女儿却换给了他，如果事情真是这样，多少年后，我们不就成了电视中那两个痛哭流涕的老男人吗？

不过我信任我的妻子，信任她会牢牢记住我的教导，关键时刻挣扎着坐起来，在婴儿的屁股上打上一个紫色的记号。从产房的另一个出口，妻子被那辆白色的四轮车推了出来，我扑过去，我看见了她苍白的脸，还有脸上苍白的微笑，她像一具苍白的雕像一动也不动地躺在四轮车上，等待着我跟她说话。我拉起她的手来，第一句话是问，打了吗？

这是全世界只有我们两人才懂的语言，当然是指用紫药水在孩子的屁股上打记号。我看见她的头轻轻地动了一下，不是往下面动，而是往旁边动，脸上苍白的微笑变成了没有完成任务的愧疚，似觉得有些对不起我。我看见她的嘴唇在说，她的衣服一进产房就被换掉了，那瓶紫药水和那支棉签不知道被护士弄到了哪里，而且真的到了那个时刻，她也什么都忘记了。

我在心里暗暗叫苦。我知道有人看到这篇文章，会说我杞人忧天，庸人自扰，是一个荒唐可笑的人，把我和我的妻子以及紫药水的故事当作一个笑话讲给人听。但是我会严肃地告诉他，只要是看过电视里那两对养错孩子的夫妻的人，如果他的妻子也要生孩子了，她进的是一家三天以后才能抱走自己孩子的医院，医院里的医生和护士跟电视里的那些所谓的白衣天使连长相和表情都差不多时，他也会心怀如此的忧虑。

在我们这个国家，杞人是应该忧天的，庸人也是应该自扰的，因为自己不扰别人就会来扰乱他的生活，把他妻子亲自生下来的孩子都能搞错，他不在心里暗暗叫苦，难道还要在心里暗暗叫好，说声三口油惹二马吃吗？

在我的妻子和我的儿子分别被隔离在北京第四医院的产房和婴儿室的日子里，我满怀激情，奋笔疾书，独自在家写下了一篇《儿子诞生记》，发表在国内的一家杂志上。多少年后，当我重读这篇文章，竟一眼看出当时的作者是多么的骄傲自满，得意忘形。不过应该原谅这个沉不住气的文人，因为他毕竟被初为人父的巨大喜悦冲昏了头脑。我记得那家杂志是《四川文学》，编发这篇文章的是诗人叶延滨的夫人女作家杨泥，她在文中看到我的母亲在大观园里为我焚香求子一段，深有同感，忍不住在信中告诉我说，她的儿子也是在峨眉山求来的。

3. 儿子诞生记

儿子你好。

今日你赤条条降临人间的最初一瞬，我惊惶地认定你将追随着我。

没有谁具有这种神力，唯有你才能将属于自己的黎明远远地超前，为了选择一个无双的时辰：十一月一日下午一点一刻。五个元，长大后能像拿破仑说的那样做元帅吗？

武断而权威的 B 超本已宣告了你的诞生日是在六天之后，是你觉得天下第七远没有第一来得辉煌，方才英勇地将它一举反叛。

这一刻，日照中天，金光四射。北京的石景山深秋好景，香山霜叶含香。而在另一方世界里，我好奇的儿子你过早地睁着一双睁不开的眼睛，洞悉了你的母亲孕期的苦难，于是你毅然早一些结束人之初的罪过，探索着走出那条秘密的、漫长的、黑暗的隧道。

我的儿子，你生命的第一次优秀的冲刺，是临摹了你父亲的急躁、鲁莽、果敢和坚决。我没有批评你。请记下你的身世，父亲是楚地游子，母亲是燕京闺娘。南方的山水灵秀化为清风韵雨，北国的日月精华凝出冰莹雪洁。似乎是为了你，世界还原为苍茫浩瀚，混沌迷蒙，黑夜里的播云布雨突破了经纬，孕出一枚赤色的小太阳。

在你诞生的首都第四医院里，这一天有四条生命访问了人间。两个早一刻的不属于这个时辰，一个晚一刻的也不属于这个时辰。他们合谋着将这无双的一刻推荐给你，公认唯你才配享有这千载奇遇。

你是一个小男子汉，我的儿子。银冠高束的白衣天使倒提起你赤裸的双足，在足心狠拍五掌，你一声不吭。这无言的行为吓傻了你的母亲。其实你是用沉默抗议人间倒行逆施的野蛮。你少年老成。

当公布你为三千一百克时，你却沸声大哭，一发而不可收。你委屈、伤心、愤怒，仿佛于生前就预知自己的分量，远不能用人间的克来计算。

据说你的第一句啼哭像一声嘹亮的军号，划破产房那白色的禁闭，像你磊落雄辩的父亲，慷慨疾呼的父亲。蘸着母亲灼人的热血，在宝宝册的扉页上踩下一对脚印，极小却极红，一枚精致的生命图章，掌心雕刻着神秘的卦相。

连你有学问的父亲面对天书也居然一字不识。是的，天机不可泄露。

你的啼哭唤醒了为你昏晕过去的母亲。蓦然间她奇迹般坐起在浸透鲜血的产床上，用复苏的、贪婪的、从那片冥冥世界强拽回来的眼光，歇斯底里地看你一眼，然后微笑着仰面倒下，双颊漾满月色的宁静，苍白的圣洁，泪光闪烁如夜空下激情的星。她痛苦而幸福地体味了血与力的耗尽，一次生命的历险，一次死亡的实习。

在这短暂的一昂首间，她看见了一杆雄性的旗帜，挺举得坦荡而骄傲，向人间展示着阳刚的尊严。

恍然中我觉得我的骨骼在酥裂，肉体在消融，灵魂在游荡，看见冥冥之中有一束淡蓝色的生命之光在向万方延伸、扩散、弥漫和溶化，通往缥缈之境，无极之境。

你外祖母的一个邻居老太婆用巫术掐测了你母亲右手的中指，箴言上写的是一位公主。入夜之时，她便分别来到我们的梦中，醒来后我为她取名梦妮。

我欢迎梦中见到的美丽的小公主。但我更想疯狂地拥抱我那擎苍牵黄纵马游猎踏歌而归的英俊王子。

你的祖母双掌合十，屈膝于大观园妙玉修行的蒲团上，那一刻香烟缭绕，万籁俱寂，我在她虔诚的额纹的深深谷底，读懂了关于你的祈祷文字。

在一座遥远而美丽的大山里，你的姑姑寄来一封信，说是假若生下的不是梦妮呢，那么你年仅四岁的聪明的小表姐就为你赠名梦男。我辜负了你那千里之外的小表姐，因为梦中并非如此，生命本身应是一种真实。你终于完成了我几近完美的设计，你为我塑造了一个父亲的形象。我感谢你，儿子。

由于巫婆的预言和梦中的梦妮，你一度没有称号。一阵雀跃过去，全家开始了轰轰烈烈的命名。你的祖父抱出《易经》和《庄子》，你的祖母则搬出更重的大辞典，他们一个择字为“喆”，旨在形吉而意智，一个取名为“擘”，以示首指且善划。

后来还是我将你通通俗俗地叫成了梦非。

我承认我梦中的梦妮已是梦示的谬误；我还告诉你梦中的一切浮云迷雾，水月镜花，全都是美妙的虚无，不可信任它，追逐它，企及它，长大后不可让魂灵被它的妖艳诱入一座森林的迷宫。你的父亲如此告诫你时正庄严地反省，他年轻的时候委实太天真单纯罗曼蒂克，总一片痴情将自己扮演成梦中的主人公，去跟踪那一朵天边的白云，又总被黑暗中狞笑的铁床碰醒，长成了一枚梅雨后许久也不能成熟的青梅。

至今我天庭的右侧有一小片终生凸起，且成为奇妙的遗传因子。那一天，那位大夫透过 B 超的电子荧屏发现了尚在腹中的你，对着你惊惧不安的母亲一声欢呼：锛儿头！

大约在春天一个举国同庆的节日里，你的豪爽、义气、没有酒量却偏要喝酒的、正做新郎的父亲，在一位朋友家中被灌得酩酊大醉，你的新娘子母亲也喝了酒，我们都不知道那时候这个世界上已经有了你，虽然那个你还在腹中。书上说这样不好，请原谅我们并且不要相信它，你不是善于反叛吗？我的儿子，长大后用你的努力去撰写另一本书吧，它应该是一部生命的杰作。

我的儿子，这是你的父亲给你的生日献辞，你若是听懂了，就请用一声诚实的啼哭轻轻地告诉我：啊……

4. 吸奶器悲喜剧

从北京第四医院把儿子接回家后，不久我又犯了第四个错误，仅次于他出生前一个月的菠萝事件。由于母子二人三天不能见面，一方面儿子在婴儿室里没有奶吃，另一方面母亲在产房里没人吃奶，老岳母急得直骂医院，世上哪有这样的规矩，哪有不许儿子吃奶的道理，这样会把奶憋回去！等你们那些小护士将来生孩子时，你们也来憋一憋吧！果不其然，憋了三天的妻子出院以后，奶没有了，买了一个吸奶器，使劲地吸也吸不出来。儿子从小就喝牛奶。1989 年北京的冬天，还不十分繁荣的市场上还没有鲜奶供应，儿子喝的是奶粉，完达山金星牌的。

喝牛奶容易上火，大人上火是嘴里生溃疡，小孩上火是屁股拉不出屎。一看儿子拉不出屎来，全家人倒是没有赖茅厕，只是骂北京第四医院，父母主张快去看医生，但那时我们所居的丰台区郑王坟只通两路公共汽车，一路是 324，一路是 351，一个多小时才来一趟。要去医院还得再转其他车辆，门前的路上又很少有出租车，抱着拉不出屎的儿子等车挤车，并非上策。

看着儿子挣得脸红脖子粗的样子，像是在参加大专辩论赛，急得我瞪着眼睛想主意，忽然一眼看到了床上的吸奶器，心想你这个名不副实的破玩意儿，你吸不出他娘的奶，我就让你吸她儿子的屎吧！我对小保姆说了一声看我的，伸手拿过吸奶器，插进儿子已挣得紫红的肛门一阵猛吸，儿子他也不哭，依然是跟人辩论似的脸红脖子粗着，任我怎么折腾。全家人像观察一场科学试验，退到一边看我表演，一小截粉红的东西被我吸了出来。定睛一看却不是屎，小保姆吓得一声大叫，你把他的肠子吸出来了！

我吓呆了，丢下吸奶器退居二线，站在那里脸色发白，两眼无光，脑子里什么妙计也没有了。我的母亲闻声扑了过去，嘴里责骂着我，两手就把孙子的肠子往肛门里按，儿子还是不哭，还在跟人辩论。后来不知是谁用了一种什么传统的办法，终于让儿子把堵在肛门里的屎拉了出来。一场危险过去了，但是从此儿子拉屎时只要一用力，那截粉红的东西都要出来，我和妻子带他去了一次复兴门的儿童医院，挂了个专家门诊的号，请一位女专家给我儿子治治。

女专家拿放大镜照过儿子的肛门，一边往手上戴着透明的胶皮手套，一边追问这种现象是什么时候开始的，第一次有什么反应，我站在那里不好意思回答，妻子指着我把真实原因都对女专家讲了，女专家噗的一声笑了出来，随即又对我一板脸，把胶皮手套摘下来说，回去每天多吃香蕉，多吃蜂蜜，不许再胡来了！我小心地问女专家，不吃药？女专家说，想吃就开一点，不吃也行，保持一段时间不脱肛，长大一些就好了！我喜之不尽，道声谢谢，抱起儿子就走。

以后我们就一直给儿子吃香蕉，吃蜂蜜，密切关注他拉屎的动态，一旦知道他要干那事了，全家人就紧密地团结在他的周围，弯着腰，伸着脖子，提心吊胆地守望他那个一张一弛的肛门。然而从此以后，我在家里很长一段时间失去了威信，每次商量事情，无论大小，只要我的意见与人不同，小保姆就会乘机揭我的伤疤，诡笑着小声地说一句“吸奶器”。一听到这三个字，我就立刻住口，任凭他们怎么决定，就像家里没有我这个人。

吸奶器的故事开始只是我们全家知道，后来不知怎么传到邻居，传到妻子上班的班车上，传到妻子的单位，传到我的单位，成了大规模杀伤我的武器。有一次我的单位一个年轻漂亮还没结婚的女翻译看见我，先是情不自禁地笑了一下，接着用手掩着一张红红的小嘴儿问我，听说你们家里有一只吸奶器？我心想连你也来欺负我了，让我也欺负一下你吧，就也笑着回答她说，有啊，你想借着用用？年轻漂亮还没结婚的女翻译羞得跺了下脚，叮儿叮儿地落荒而逃了。

不过万幸，正像对我板脸的女专家说的那样，儿子长大一些之后，那截粉红色的东西再也没有出来过了。

5. 生日礼物

儿子一岁生日的时候，他已经拥有了一个宽一米高半米的玩具柜，里面放满了亲朋好友送来的各样玩具，多功能熊猫啦，十六音手枪啦，会驾车的摩托骑士啦，等等好多。但儿子并不是很喜欢的，倒是对我为他自制的小碗，有着持久的热情。那是一个喝光了椰汁的椰子壳，我用钢锯将它锯开，四分之三的部分作了碗身，余下的便是碗座，又用方便胶将它们背对背地粘好，形似一朵格林童话中的大蘑菇仰面朝着天。

儿子满周岁的那一天，我把这个椰壳碗送给了他，作为与众不同的礼物。本来我还想好了一首打油诗，想用小刀刻上去的，诗曰：

儿子今天一岁了，
不知送个什么好。
给你做个椰壳碗，
打了吃不成饭了。

意思是让他从小就不要具备铁饭碗的意识，长大要凭本事去挣饭吃。但椰壳生硬顽固，极难刻上，只好作罢。

这只小碗在一群现代玩具中，实在是丑陋不堪。不料儿子却独钟此碗，有时竟无缘无故地玩上半个时辰，对此我很得意，莫非一岁的儿子他看懂了？

椰壳碗玩了一年，只把碗口打破了一道流线型的裂口，碗仍是个仰面朝天的蘑菇。

今天是儿子两岁的生日，我想这回无论如何得表示一点实惠的东西。一岁时的礼物是象征吃的，两岁时就来件穿的吧，室内暖气管里正在酝酿着试水，冬天的棉衣自然是个最好的选题。清晨上班前，我便揣上几张票子，计划在下班时交给中途必经的商场。

不料没有买成。这天中午，一位青年诗人手里端着一叠电脑打印的宣传单，为他死去的诗友奔走呼号，募捐出版诗友的诗集。死者也是一位青年诗人，名叫戈麦，一个月前曾是我的同事，每日都坐在我的背后默默地读写文章，可惜直到死后，我才看到他发表在《诗刊》上的调子极是悲凉的诗。这些天里我正后悔，后悔过去在一起的时候，忘了与他多说一些对生命和爱情的见解，装作闲聊似的启蒙他，影响他，或许能够使他错过年轻的生命中的最是晦暗的某个情结。如今一切可以作补的，恐怕只剩下帮助一个已死的作者出版未死的诗集了，于是我将给儿子买衣服的钱全部交给了这位青年诗人，作为第一位捐助者。

后来得知，这位为诗友募捐的青年诗人名叫西渡。

儿子的生日礼物没有了。晚饭以前我回到家里，儿子的庆祝宴席已经摆好：小蛋糕，小蜡烛，桂花酒，巧克力，照相机……就等着父亲的祝酒词。我放下空空的提包，抱起儿子，用坚硬的胡子扎他娇嫩的小脸蛋儿，我的心里这样说着：儿子，我们两个的时间还长着呢，明年的生日，我会给你买一辆全北京最好的小童车，让你骑上它满屋子飞跑，把我撞倒了也不怪你，我倒就倒了，只要你没倒。

6. 书中没有胖儿子

儿子两岁的生日宴上，妻子对我的朋友介绍我，此人心中三件宝，朋友问她哪三件，妻子说，儿子书本和电脑。朋友大笑，纷纷说总结得好。

三件宝中，儿子理所当然地占着首位。古人云，书中自有黄金屋，书中自有千钟粟，书中自有颜如玉，书中自有车马簇，却从来都不敢说书中自有胖儿子。书中既然没有，那么看书用电脑又何曾弄得出来？

那年的秋天，我应邀去山水甲天下的桂林参加一个小说笔会，巧遇武汉的作家绍六，我们只字不谈文学，我大谈我的儿子，他大谈他的孙子。他说他来此地之前，他的儿媳刚为他生下一对双胞胎的孙子，喜得他这个当爷爷的几乎在产院里替代了他儿子的工作。孙子出院之日，有一位百万富翁拦住他，要求用一万元现金从双胞胎中买去一个，并留下活话，意思是如果嫌少价格还可以再议，看形势喊到一万五对方也买。

绍六先生不屑一顾，昂首而出医院，不仅不挣儿子儿媳的血汗钱，反将自己熬夜所得的辛苦稿费贴给儿子，初步定下合同，每个孙子每月六十元，相当于一笔固定奖金。我们两人在桂林街头谈了一路儿子和孙子，十分投机，跟在后头的一干作家男女竟以为我们在交流什么关于小说创作的心得体会。

每日晚饭后总有一段时间，妻子安排我和儿子的活动，类似于电视中的少儿节目，我抱着分别一天的儿子，揪脸蛋，拔鼻子，借以掩护在厨房里刷碗洗盘的妻子。等她诸事忙罢，便用一只饮罢果珍的玻璃瓶，沏一杯家乡朋友寄来的绿茶，浓浓的，烫烫的，喝到第二杯的时候，假意抓住儿子，直往他那长年暴露在外面的凉屁股上烙，儿子便吓得笑咯咯地乱步逃走，逃进其母怀中。我于是才有可能去打开电脑，续写长篇小说的扫尾部分。

久而久之，儿子似乎理解了我的工作。有时见我吃饱了饭，摸着肚子，愣着眼睛，许久还没有去写的意思，就大声点我的名："莽！"

妻子笑得掩口，我不计较，问："叫我干什么？"

儿子指着电脑，更大声地喊："写！"

他是要我珍惜时间，不必儿女情长，其实我并非偷懒，只是还没有构思好。

但他也常常跑来捣乱，并且常常出其不意，等我从眼皮底下发现有一双魔掌伸向我的键盘，弹钢琴般一阵猛按时，一切防御都来不及了。屏幕上我苦心敲出的精彩段落，立刻变得乱七八糟。我气得直要揍他个小东西，我的儿子他面无惧色，笑呵呵地仰脸向我要求："非非写！"

"你有多少文化？你写什么写？"

我的巴掌即将落在他的屁股上，他却答出一句惊人之语："爱情小说！"

他答得胸有成竹，四个字有两个咬不准音，不知道在幕后操纵他的是他老娘还是幼儿园的阿姨。

我的巴掌软了，缩回来了，大笑不止。老子写了十几年还不会写爱情小说，爱情和爱情小说都需要耐心，我的性子却急，与他娘的相识相合以至研究着生他，都像一站一站转乘北京的公共汽车。

我索性关了电脑，和儿子探讨文学的目的："你为什么要写爱情小说？"

儿子又答出一句惊人之语："买啤酒！"

这一回连我都笑得险乎儿滚倒在地。笑罢我想，这可不行，得让他从小就端正思想，长大了别像他说的那样。

7. 记录童年

儿子不满三岁的时候，曾经惹过一次大祸。那一天我写小说写得累了，出门去溜达几步，走得仓皇忘了存盘，简直没有想到，他就乘机溜进了我的书房。当我溜达一圈儿回来，在门外听得我的书房里叭叭直响，飞奔进去一看，一个家伙正趴在我的电脑桌上，全身心地在键盘上面敲着，那样子有点像卓别林在弹钢琴，而屏幕上，我走前写的文字已经没有了，上面全是奇怪的图符。我嘴里叫声完了，立刻将他赶走，设法去找自己的文字，但是哪里还找得到，当时扬起巴掌恨不得要打烂他的屁股。

那时候我对电脑还不十分精通，不懂得如何把丢失的文字找回来，也一通乱按，真的再也找不着了。儿子吓得跑到他的妈妈面前，小声对她说，爸爸哭了。他的妈妈好奇地过来一看，见我真的趴在桌上一动不动，几乎晕了过去。

这件事后来我在一本书的后记中作了诉苦，说有好几万字被我的糊涂儿子删了，补写时伤了很大的脑筋。其意思是要广大读者第一同情我的艰难，第二原谅我的粗疏，小说里如果有个人物突然失踪，那就是我的儿子干的。

但我到底也没舍得打他，是觉得他那三岁的嫩屁股经不起我一巴掌，只是从此对他有了警惕，再要出去溜达的时候，就把电脑里的文件存好。当然这样的故事以后再也没有发生过了，因为他亲眼看见“爸爸哭了”。倒是从这件事上，我发觉儿子爱上了我电脑桌上的那个大玩具，总想叭叭地敲键，想看屏幕上出现的变化。其母似乎是读过教育心理学的，便趁我休息的时候，教他用拼音的方法打字，打他的名字，我们的名字，以及一些他所喜欢的东西的名字，教他怎样开机，怎样存盘和退出。于是儿子的识字活动，基本上和打字同时进行，在上学之前，他不仅认识了很多字，而且已学会了独立操作一台电脑。

儿子已到了学龄，其母极力怂恿我买台新的电脑，把换下的一台，也就是儿子最初好奇并且曾经惹祸的那一台，作为纪念送给儿子，让他在里面学写日记。儿子背上书包上学的当天，晚饭以后，他在属于他的电脑里写下了第一篇日记：“1996 年 9 月 1 日，星期日，晴。今天是我开学的第一天，早晨先升国旗，然后开学典礼，老师讲了话，高年级的同学唱了歌，读了诗，后来我们的班主任王老师带我们回到教室。”

幼稚得很，但是并不可笑，因为毕竟是一个六岁多的孩子在电脑里写下的他人生中的第一段文字。听说有六岁的孩子会写长篇小说，那是神童，我的儿子不行。我的儿子能说出一个好的句子，我就很高兴了。

从此以后，儿子的日记一天也没中断，记载着他每天的学习和生活，写满了一个学年，在进入二年级的前夕，他的妈妈把他的三百六十五篇日记打印出来，拿来命我通读一遍。我读了三篇就笑起来了，为了表示高度的重视，读完后我还写了一个幽默的序言，题目叫作《阅读儿子》。又帮他在电脑里设计了一张彩色封画，封底又印上“印数1册，定价2元”，然后装订成一本书，建议他作为一份别致的礼物，寄给老家的爷爷和奶奶。因为奶奶正好要过六十八岁的生日了，这东西也许比寿桃更能让老人家长寿。

老家的爷爷奶奶离退休后，曾经两次来京居住，前后带过四年孙子，回去以后无事可做，天天都在想念着这么一个重要人物，当突然收到这本书，高兴得立刻就打来一个电话。他们抢着去看里面的事，一边看还一边谈心得体会，好像三十年前中国人民学习红宝书。三天以后，爷爷用日记的形式给孙子写来一封信，夸他哪一天写得有意思，又指出还有哪一天怎么没有尾巴，等着要看他的第二本著作。儿子一看来劲儿了，当天晚上就打开电脑写道：“爷爷用日记的办法给我写信，是教我以后怎样写日记呢。”

此后他记事的水平居然有所提高，不仅会记录要事，偶尔还会来一点儿心理描写。

有一次他全班短跑得了第一，他在日记里分析自己成功的奥秘说：“老爸说我三岁的时候，邻居家的一条小狗追我，我在前面跑，它在后面追，它最后也没把我追上，今天我短跑得了冠军，就是那次练出来的。”

趁着儿子目前还没有什么隐私权，我有时放下手里的小说不写了，而悄悄潜到他的背后，看他屏幕上的私人作品。看儿子的日记，比读所有的世界名著都要过瘾，因为里面往往会出现我的形象，那形象威严而又慈祥，是一个逗人喜欢的统治者。我知道儿子长大以后，我就这样做不成了，那时候他的日记将与其母加密的存折一样，不会让我知道了。

在儿子的日记里，我学会了很多儿童的词汇，非常有趣，非常漂亮。我觉得说不定哪天我又会写童话了，儿童的世界是多么好呵。

8. 阅读儿子

这是儿子的第一本书，他从六岁零十个月，写到七岁零十个月，整整地写了一年。去年八月我换了一台新的电脑，把用过六年的旧电脑淘汰给他，从此他就乐悠悠地在上面写了起来，开始时每天只有一句话，后来逐渐发展为一段、两段、三段。

因为只有很少的一点文化，不可能分析汉字的字根，也不可能想出笔画，儿子便只好使用拼音，因此他写出来的字往往是他不认识的。比方他要记下当天去吃肯德基的情况，电脑屏幕的下端显示出一系列的同音字，供他充分地选择，这时就听他在他的那间小书房里喊，肯德基的肯是哪个肯呀？墙外就有一人回答，上面一个停止的“止”，下面一个月亮的“月”。又喊，“止”字是什么样的？又答，“上”字的旁边有一小竖。小书房里就不喊了，就叭叭叭地又敲起来。其实肯德基是音译的名字，翻译当时如果用了“啃的鸡”这三个字，也未尝不可以。

现在我翻看儿子的这本日记，发现里面对吃的记载似乎多了一些，如：“我 9 点去看我姥爷了，我中午吃的是炸鸡块和烙饼。”一天的日记就这一句话，除了吃再没有其他的节目。又如：“我妈带我去‘康康快餐’吃了一顿，我吃了三个（只）小鸡腿，一份阳光套餐，还有‘菠萝圣代’。我觉得小鸡腿特香，‘菠萝圣代’最棒。我以后还想吃‘康康快餐’，那只有好好学习，考试都得 100 分喽。”

这时候他的日记写到第四个月了，已经可以写出一大段话了，他所说的考试大约是指一年级一学期的期末考试。在这一天的日记里，他耐心地描写了一个好吃的故事，实在比上一次写得精彩，不仅有吃的品种，而且还有吃的心情，以及对吃的评价，吃的理想，这足以说明了“民以食为天”的道理，是从“人之初”就开始存在的。

中国的教育学家如果看到这段文字，很可能要把作者的妈妈批评几句，内容无非是两方面的：A. 这个孩子怎么这样好吃呢？B. 这位家长怎么能用吃来鼓励孩子得 100 分呢？对于以上批评我是这么想的，我想教育学家说得很对，但是由于说得对而荣获奖金的教育学家，其奖金是否也曾拿去买只鸡回来杀了吃，如果是，那么情形其实和我的儿子得了100分可吃特香的小鸡腿，原则上是差不多的。

另外，那么多好吃的东西不给三好学生，不给门门功课考100分的孩子吃，难道专门留给三不好的学生，留给门门功课都不及格的孩子吃吗？于是我并不打算把儿子的妈妈叫来开会研究，一切照样还是她说了算。当然如果在我儿子的那个“吃”字前面再加上一个字，变成“我偷吃了三个（只）小鸡腿”，我势必就要打他的小屁股了。

通过粗略的计算，日记中毕竟还是以上学、弹琴、打球、游戏居多，也有一些对电影电视的观感，如看了《刘胡兰》，看了《离开雷锋的日子》之后，多少总有几句，虽然远没有上一个时代的红孩儿那样的豪言壮语。他还喜欢体育频道的节目，举世瞩目的世界拳王争霸赛（泰森去年输了不服气要求再来的一次）那天他写道：“在电视里看到泰森和霍利菲尔德争夺拳王，泰森把霍利菲尔德的耳朵咬流血了。”

没有一个字的褒贬，然而若是在我们成人的文坛上，必会有人赞其为春秋笔法，微言大义，仅用一个“咬”字，便将拳击英雄的卑鄙嘴脸刻画了下来。可惜他并不懂得这一套，只是会搞新写实主义，看见咬人就写咬人，看见流血就写流血，至于据报上所说泰森的那一口把霍利菲尔德的耳朵咬了一块下来又吐在地上，那是在现场观摩的体育记者看见的，我的儿子没有看见他就不写。

他还偶尔能写出一两个可爱的句子："刚刚下完雨，我看到了红红的天空真美呀，每个窗户都能看见，最漂亮的是我的小屋外面。我真想把晚霞存进电脑的磁盘，制成一张贺年卡，把它寄给爷爷和奶奶。"

若是模仿某些望子成龙的家长，请人把后一句使劲润饰一下，是可以冒充一首儿童诗寄出去发表的，甚至还可以招来小报记者的采访。然而我决不会这么做，我不希望儿子往那条所谓神童诗人的窄路上走，我希望他在家勤快一点，帮我扫扫地擦擦桌子，做个从小爱劳动的好孩子。

日记中有的地方令我感动，不是用了什么形容词，而是一颗童年的心，敏感而又善良。

1997 年 8 月 10 日，我的儿子这样写道："中午我们这里下起了冰雹，风也很大，我妈关不住门，让我帮忙，我的手被门挤伤了。我老爸还在杭州，不知道杭州下没有下冰雹，我真怕冰雹砸着我老爸。"

其实那天杭州没有下冰雹，只间断着下了几小阵中雨，在我举着雨伞游赏西湖的时候。当晚我就上了返京的 31 次列车，次日夜 11 点回家，他已按着昨天被门挤伤的手睡熟了，梦中不知看见冰雹砸我没有。

如此说来，儿子的“菠萝圣代”并没有白吃，他还懂得关心人，虽然这人是他的老爸。但是一个连自己老爸都不关心都不爱的孩子，我们应该对他爱祖国爱人民的口号表示极大的怀疑。说到此处我还有一个希望，我希望我的儿子以后还是糊涂一点好，在家好好玩儿，想我干什么呢？

其母生他的时候，我已有了三十六岁零三十天，在我们中国，十八岁就做父亲，儿子十八岁又做父亲，三十六岁正好是做爷爷的年纪，可是我三十六岁多了，我的儿子才诞生在北京的第四医院，于是我身边有一位业余从事人种学研究的先生，论证我几乎到了强弩之末，委婉地向我推荐哪里有缴费的弱智学校。我表面上强作镇静，心里却吓得要死，因为事后回忆起来，我还有一个比三十六岁还要可怕的问题潜伏在他的身体里，那就是在他妈妈怀他的那个季节，正是我们新婚回家过年，我们在朋友家里顿顿喝酒，天天大醉，关于儿子的生育实在是一点计划也没有，如果儿子的血液里面含有多少毫克的酒精，我们都应该向他作深刻的检讨。

我因此而心虚，不敢对儿子有大的指望。儿子要离开幼儿园，进入学校之前，幼儿园的老园长要家长每人给孩子在纪念册上写一句寄语，很多人都写的希望孩子将来当个科学家、艺术家、经济学家，只是没人敢说当政治家，而我写的是：“从小做个诚实的孩子，长大做个正直的人。”我认为对于一个人来说，诚实和正直是最重要的。这句话将永远留在儿子自己收藏的纪念册里，他只要想看就能看到。

正是怀了这么大的恐惧，我像对待一个试验品，才确定通过儿子的日记，观察他每天生长的痕迹。所幸他终于未被业余的人种学家言中，而上了并非弱智的小学，并且是三好学生，并且是学习委员，并且一次又一次把奖状拿回家里给我看，面带 100 分的骄傲理直气壮地走进京城的“麦当劳”。

儿子是个老实的儿子，日记写得直来直去，不像专业作家一样讲究语言艺术，他几乎天天都是以“今天”打头，今天吃了什么，今天玩了什么，今天弹了什么，这样未免显得“小”生常谈。不过今天就今天吧，日记日记，日记不写今天的事，难道写明天的事吗？

9. 吃草的小山羊

儿子上学之后，最初是由他的爷爷接送，从事一路上的安全保卫工作，楼里的邻居称他为保镖。爷爷离京，又将这项业务移交给堂弟的女儿。小侄女忠心耿耿，严守职责，半点差错都没出过，形势好得简直令我们夫妻大放其心。儿子放学回家，吃罢小侄女做好的晚餐，我写文章，其母看书，儿子去做他的作业，或者去玩他的玩具，三人各司其职。

我很得意，自认为这是天下第一的聪明管理，老爸当得是何等的逍遥，遂向友人宣称，儿子的小学归他姐姐，中学归他妈妈，大学归我，言下乃有一种目前杀鸡焉用宰牛刀之意，私心却想，长大以后他还需要谁来管他呢？友人闻之一笑，问我今天在哪里喝的酒。

事态果然有变。一年级大约上到四分之一，儿子的班主任王裕老师邀请我们于某月某日参加家长会，儿子力主他的妈妈作代表，而他的妈妈却推荐了我。所谓的家长会，其实是一次家长列席的公开课，老师讲授，学生演读，家长旁听。那一节语文课的课文叫作《吃山顶上的草》，歌颂的是一只为了生命，决心要吃到长在山顶上的草的勇敢坚强的小山羊。轮到我的儿子起来朗诵，他的声音倒是嘹亮，但是直得像喊一句口号，大概是为饥饿的小山羊着想，有些急于求成。课堂结束之时，王裕老师将此班学生分为五个等级，对家长一一进行介绍。我大吃了一惊，因为我的儿子竟被划在四等里，他居然是一只倒数第二的“小山羊”！

在此之前，我一直乐观地认为他的天分不错，他完全应该是一个优秀的学生。原来我是蒙在鼓里，现在才被山顶上的一块石头突然击中，我坐在教室后面一个角落，脸上强作镇静，右手却在裤兜里练习着甩他一个耳光的动作。四等生的儿子没有吃到“山顶上的草”，我觉得未尝没有“老山羊”的一份责任，即日回家，我与妻子决定直接插手儿子的课外学习。逍遥的日子过不成了，夜晚我常常暂停了电脑，耳听隔壁房里其母为他读题的声音，有时竟也忍不住过去插上一嘴。

我家过去住在丰台区时，曾有一个热心的邻居，夫妻做着红火的生意，目前至少已有了百万家财。两年前北京开展禁养宠物运动，这位邻居急得给我打来一个电话，托我写篇文章在报纸上呼吁一下，阐述狗的保家卫国作用，借以救下他家一条名叫“贝贝”的狗。他不知道我正好写了一篇拥护禁犬的文章，已经发表在报刊上了。我敷衍了他，他却并没生怨，事实上他是不怎么看书看报的，我们的关系友好依然。一次他与我的妻子在旧居见着，相互聊起孩子，邻居喜形于色，说是他的儿子已经成了他生意上的小帮手，我的妻子直为他儿子的学业担忧，不料邻居成竹在胸，以手罩口，贴着我的妻子的耳朵，说出两个铿锵有力的字：“出钱!”

妻子原以为他有何妙策，不妨讨教过来，效而仿之，一听这个吓得逃回家里，当夜转告于我，我想到目前蔚然成风的贵族学校，以及当代教育的多样化，却一笑说，这的确也算一招。然而承认了邻居和社会，我却并不打算如此优待儿子，原因之一是我不像邻居那样会做生意，工薪甚低，稿酬亦薄，没有那么多的钱可出；原因之二是即便出钱买了课堂，他坐在里面倘若仍是想钱，倒还不如站在外面想得广阔。

相比语文，儿子的数学略差一些，妻子常笑是我的遗传，因为我出门买菜，学着别人的样子讨价还价，曾将两元三斤的西红柿还成三元两斤，由此不仅经济吃亏，名誉也受到一定的影响。儿子也偶犯这类的错误，譬如在他的一册《数学马芯兰实验教材单元练习》的思维训练一栏，有道题是小虎（小马虎的意思）做加法时，把加数个位上的 7 写成了 1，又把十位上的 8 写成了 3，之和为 265，请问正确答案应是多少？如此问法令我想到正大综艺。

这是一道趣味数学，儿子的思维一时训练不过来，其母唆使他来考我。我开始自然不屑，继而真来算时，发现也算不出来得数，不知是个什么定律，原来我的数学水平已堕落到了小学二年级以下。这道题最终还是读过理科的妻子教给我们父子二人解答的，从此我再不敢对我儿子的作业有所轻视。

想起我上小学时，我的父亲曾向我提起他的小学数学，有一道著名的趣味题现已脍炙人口，成为经典，问的是树上有两只麻雀，一枪打死一只，树上还剩几只？父亲说他们一班同学竟然都答还剩一只。现在我又用这道题来考验我的儿子，不过我把它改造了一下，变成有两只麻雀，一枪打死一只，还剩几只？儿子果然中计，立刻以传统的正确答案响亮答道：一只都没有了！我问为什么呢？他说一枪打死一只，剩下的一只还不飞走吗？我说错了，我并没有说“树上”两字，这就证明麻雀是在天上飞的。儿子一下明白，便重新回答，那就还剩一只。

我还把父亲当年考我的另一道著名的数学题，即一斤棉花和一斤铁哪一样重，将“一斤”两字以极其隐蔽的语气念出来，让我的儿子重犯我的错误，然后得意地哈哈大笑。我们父子之间高兴的时候，经常会来上这样一段插曲，儿子尝到了胜利的喜悦，或者不甘失败，就缠着我编了一题再编一题。

除了趣味数学，我们还猜一些自编的谜语，儿子和他回到老家的爷爷通信，猜谜是其中的一个重要内容，一个打过来，一个猜过去，一个又打过去，一个再猜过来。儿子对此有着无穷的兴趣，有次给爷爷写信，写到信封上湖北省的“省”字，忽然想到这字也是一个谜语，又抽出信来，在下面补一句说：爷爷，独眼龙——打一字。我对儿子说，你编的这个谜语不对，“省”字的谜面应该是“盲人”，只有双目失明才少目，而独眼龙还有一只。

后来我才意识到这样编谜不对，这样是对残疾人的不尊重，我告诉了儿子，儿子再也没有编过这样的谜语了。

我觉得某些游戏的意义，未必就小于背诵唐诗三百首。小报上经常披露某个神童的消息，说是只有三岁或者两岁零六个月，却能背诵多少唐诗，读者甚是骇然，对照一首也背不完整的自己，真有些不想活了。有次我坐公共汽车，居然碰着一位，被他的妈妈抱在怀里，正为车上的叔叔阿姨咿呀背着：“他人骑大马，我独跨驴子。回顾担柴汉，心下较些子。”背完一首又背一首，越背越听不清背的是些什么。车上笑成一片，我却同情心起，窃想这怀中累得直翻白眼的小宝宝，他懂得什么是“较些子”呢？与其苦背唐诗，倒还不如念个“大月亮，小月亮”的儿歌来得实际，后者还能认识天上那个圆圆的东西，了解一点自然景物。

我从不为儿子下达背诵唐诗的指标，我认为唐诗可以存入电脑，人脑的仓库则应该尽量地腾出来，更多地用于思维。

10. 荣任优秀家长

儿子五岁喜欢上了乐器，先是觉得吹黑管好玩儿，其母就给他买了黑管，请了老师。吹了几日，看他挣得满脸通红，怕儿子吹破了肺部和膀胱，让他改弹电子琴，请了一位名叫高中光的家庭女教师。弹了两年，他又觉得吹萨克斯很威风，于是又给他买萨克斯，另请了一个男老师做家教。他的单排键电子琴在今年寒假的时候就将参加六级的考试，可是今秋观摩了一场日本女演奏家松木玲子小姐的双排键电子琴演奏晚会，当晚他又爱上了热烈摇滚的双排键。

他还爱打乒乓球，曾受过世界冠军庄则栋的亲身指导，最好水平是我们互有输赢。以后又迷足球，连着踢破了好几只，一次在一楼电梯口练习射门，一脚将头顶的灯管踢碎了，为了平息看门老头儿的愤怒，我命他飞也似地去买根新的灯管请人安上。

回到家里，儿子又拉着我要求下棋，除了围棋、象棋、军棋、五子棋，还有国际象棋他都会下，其中象棋的水平，从我让他半边车马炮开始，到让一车一马，到让一马一炮，到让一马或一炮，两人互有输赢。有一天我的朋友、广西作家李海鸣到家里来了，儿子一听这位叔叔会下盲棋，曾和号称东方电脑的柳大华下成平手，又缠着他要求深造。他的妈妈怕他将来艺多不养家，要他集中精力只攻英语，我说别管他，他喜欢什么就干什么，谁知道他将来是个干什么的。

儿子恨不得天天都有我的朋友登门造访，但逢人来，他便将这一天视为过年，门铃一响就端出棋盒准备宣战。来人若是情愿与我聊天，他更狂喜不禁，因为趁我停下写作，他正好用我多媒体的电脑去过一回游戏瘾。儿子也有一台电脑，是我去年淘汰下的，只可供他用双拼双音去写日记，想玩游戏却是不行。

我从不反对儿子的娱乐，假日里常常全家一道去儿童城、科技馆和各大公园游玩，有时看京剧，听音乐会。甚至放下大人严肃的事业，和他一道组装赛车，以及小表姐去青岛参加夏令营带回来赠送给他的中山舰模型。儿子崇拜知识和才华，家中每来作家朋友，得知我的大书柜中某本厚厚的书原是此人写的，立刻两眼放亮，吃饭时连续和他碰杯，而往往把同席当官的作了忽视。那位会下盲棋的广西作家，回去后打来一个电话，我不在家儿子接了，留言条上竟把人家的名字写成是李下棋。

家长会过去了一年，儿子离“山顶上的草”近了一步，由一只四等的“小山羊”晋升为本班学习委员、本年级数学组长，还是班会的主持人、三好学生，少先队员的荣誉更是得了一大把，他成了王裕老师的骄傲，王老师爱屋及乌，见了我都更尊敬了。一个普通人家的普通孩子，一切乃是学而知之，我的儿子属于此类。我曾听某些人论起教育，声称自己既没怎么关心，孩子也不怎么努力，却一个一个都成了七步成诗的曹子建，意思是倘若父母关心和孩子努力，恐怕三个曹植加一个莎士比亚也不是对手。明白人听了这话心中有数，不与抬杠，怕的是有人不明白，真的就二百五似的不闻不问，由此贻误了自己并非天才的儿女。

还有一个最重要的秘密，说出来做父母的不要悲观，孩子心中的偶像往往不是父母，甚至也不是总统和皇帝，而是老师。唯有老师说话是最对的，学问是最大的，当世人的语言行为与老师的要求不相符合时，无论他们是谁，孩子们就有理由不买他们的账。

我当知识青年的时候曾经做过两年老师，我已经享受过了这种巨大的幸福，时至今日甜蜜犹存。现在我又由老师变成了家长，我想家长如果再借重一点老师的威名，譬如当儿子无理取闹时，对他说一声你这样做老师会表扬你吗？

这年夏天，快放暑假的时候，有一天儿子放学回家，从书包里掏呀掏，掏出一样红红的东西递给我，说是校长发给我的，全校只我一个人有。我接过一看，是一个优秀家长证书，落款是北京市石景山区教育局。

11. 儿子与猪

儿子有一天在高级人民法院后面的草坪边看见了一头猪，回家后非常兴奋，告诉我说他看见猪了，直到这时我才想起来，此前儿子从小吃肉，却连猪都没有见过。小时候他去过不下十次动物园，一岁学会走路就是在动物园里，在那里他看见了狮子老虎，斑马大象，甚至连野猪都看见过了，就是没有看见家猪。国家似乎没有把猪当成动物，而只当成生产肉类的移动式小作坊，虽然它也会叫，也会流血，也是一条生命，但它活在世上的唯一价值是为人类提供美妙的可嚼物。

我希望首次看见猪的八岁的儿子，能够把猪的成长和人的吃肉，把猪类的悲哀和人类的优越结合起来，进行一些联想，提出一些问题，让我和他的老师以及《十万个为什么》都答不出来。于是我决定这年春节带儿子回老家，让他看看民风古朴的老家人是怎样喂猪，怎样杀猪，怎样把猪砍成块，切成片，跟葱姜辣椒一道炒成香喷喷的熟肉，拿筷子夹到他的碗里，喊他吃啊吃啊。

不过这年回老家后，要做的事情实在太多，这项工作没有圆满地完成，最终只让儿子跟猪照了一张合影相，印出来后在照片的背面标了几个字：儿子与猪。接着又让他跟牛照了一张合影相，标上儿子与牛。

在老家要看的东西很多，我带儿子参观了我十七岁当知青时修过的一座水库。沿着山边，有一条被水库的水淹去一半的陡峭的土路，当年我用板车拉着黄土无数次从这里走过，那年头农业要学大寨，而水利又是农业的命脉，所以要用大寨一样的精神来修命脉一样的水库，披星戴月，挑灯夜战。一天晚上我拉车经过这条陡峭的土路，左上方是悬崖，右下方是峭壁，土路像山顶抖落下来的一根草绳，从山的腰部呈很大的斜面一线穿过，为了完成一天几十车黄土的指标，车夫们下山时就拉飞车，于是经常有人在腾云驾雾之中命丧黄泉。

这天晚上我满脑子想着收工回家，下山时一脚踩虚，土车往右一倾，我知道坏了，丧命的差事就要轮到我了，但我毕竟是一位机灵的青年，说时迟，那时快，我的头从两根车把之间快速低下，我闭上了眼睛，感到身后的车子好像是没有了，很久过去，直到山下传来哗啦一声碎响，我才发现自己仍然活着。

二十八年过去，我还记得当晚马失前蹄的地方，我带儿子找到了那里，我对儿子说，那晚要不是你老爸机智非凡，这辈子就没有你的份儿啦！儿子吓得一咧嘴，缩着个小脖子，直到走下水库也没有说出一句话来，不知道他心里在想些什么。

而在另一座水库的土坝上，我带儿子参观了他的爷爷当年挨斗的地方。那是 1968 年的冬天，伟大的无产阶级“文化大革命”的熊熊烈火燃烧到了我的老家，我的已经成为农民的右派父亲脖子上挂着一面黑牌被红卫兵押上土坝，黑牌上把他的右派身份又升了级，半通不通地写着“隐藏了二十年的美蒋特务青年从军”。十五岁的我和十二岁的弟弟好像王朝马汉一样自愿站在他的左右，陪他受刑，最后却被红卫兵的头目轰了下来。

我对儿子说，如果你爷爷不是右派和特务，你老爸的妻子完全可能是一个英姿飒爽的女红卫兵，这辈子同样也没有你的份儿啦！

据县志载，我的老家为古庸国，为殷商时代一方诸侯，曾追随周武王起兵伐纣，春秋时为楚国所灭，与秦、巴三国瓜分。归于楚国的部分名为上庸，战国时期又为秦、楚两国相争，时彼时此，朝秦暮楚。三国时又为魏、蜀两国争夺，东吴讨还荆州，关羽退守襄阳，遣廖化星夜奔赴上庸向守将关封、孟达求救，关、孟不予发兵，云长父子方才败走麦城，被吴擒杀。凡此典故甚多，我就带儿子去看楚国的长城，长城内外的古国遗风。

当然儿子看得最多的还是山，大山小山，高山矮山，青山黄山，秃山柴山，一座一座单独的山连成一片一片整体的山，像是联合国似的，把山里的世界都管了起来。水在山下，城在山中，路在山上，回家的公路在大山的屁股上，腰上，脖子上，一圈儿一圈儿地旋转着，儿子这才知道老家的公路跟北京的不一样。他坐在汽车里看着害怕，害怕汽车从山上掉下去，从屁股和腰和脖子上掉到脚下，车毁人亡，而且他的小脑袋都被汽车转晕了，小脸发白，一路上在车里吐了个乱七八糟。

12. 初见大海

我觉得光让儿子看山，这是不公平的，还应该让他看一看海才对，仁者乐山，智者乐水，同时山能使人心存壮志，海能使人胸怀博大，自己的老家没有海，那就到别人的老家去看海吧。

春节过罢回到北京，第二年的暑假，我们一家乘坐火车来到了秦皇岛，找了一家海滨旅馆匆匆住下，当天下午就去海边。儿子过去只是从课本里读到过海，从电视里看到过海，从歌曲里听到过海，什么蓝色呀，浩瀚呀，波涛呀，战舰呀，却一次也没见过真正的海。

未曾出发以前，儿子听说要去看海，头天晚上激动得一夜没眠，早早收拾好了一应行头，双肩包里装着游泳裤、游泳帽，脖子上挂着一只游泳圈，兜里还揣着一个准备装贝壳的塑料袋。他的妈妈把他的游泳圈从脖子上摘下来，说又不是去一站路外的石景山水上乐园，是去几百公里以外的秦皇岛，游泳圈带在火车上不方便，到了海边再租一个就是，再说这个塑料圈子在水上乐园里用用可以，到了大海里，一个海浪打过来它就破了。

第一次看到一望无际的蓝色的大海，儿子的眼睛睁得像一对贝壳，他脱了鞋子，光着脚丫子一跳一跳地奔跑在滚烫的沙滩上，跑进帐篷，换上游泳衣，又租来一只泰坦尼克号上那样的黑色橡胶圈，套在身上就跳进海里。

白色的海浪一层一层地向海边打来，儿子的身上沾上了丝草，脸上的神情有些紧张，大概觉得这里的情况不能跟北京的水上乐园同日而语，便努力地向我靠拢。我临时教给了他一个办法，海浪来时身子往上一跳，海浪过后再往下一落。儿子依计而行，但他掌握不好海浪的节奏，海浪还没打来他就往上一跳，海浪还没过去他就往下一落，正好一头淹进浪里，足足地喝了一口苦咸的海水，难受得他一脸哭相，爬上岸来呸呸直往沙滩上吐。

儿子原以为像是课本里写的那样，能在海滩上捡很多大而美丽的贝壳，但是贝壳虽多，却是又小又平凡，就这样他还视若珍宝，捡了一些装进塑料袋里，倒是在从海边回宾馆的路上，儿子掏钱向小摊的主人买了几枚大而美丽的，高高兴兴地带回家来，至今还在鱼缸里面放着。

这次夏日旅游，我带儿子还看了山海关、老龙头、孟姜女庙、秦始皇送徐福下海求仙处，乘飞艇于海面击水，在海轮上的大喇叭里听着调侃日本人个子矮的由来，把儿子乐得哈哈大笑。

回来时顺便又看了野生动物园、北戴河和南戴河的美丽风光。儿子唯一的遗憾是那天早晨天不亮就起来，跑到海边，却没有看到壮丽的海上日出。

那天早晨天有点儿阴，灰色的云层把太阳给挡住了，只看到云层的边缘被金光染亮，金云渐升渐高，渐离海面，儿子失望地放下了手中的照相机。不过妻子的摄像机里却留下了许多海的景色，回家后我也乘兴写了一篇文章，名叫《海滨风景解说》。

那个夏天从秦皇岛回来，儿子的皮肤都晒黑了，好像泥鳅。但他久久地沉浸在看海的兴奋中，给老家的爷爷奶奶又是写信，又是打电话，丝毫不提吃海鲜龙虾的事，说的全是海，海，海。

13. 一日之饥在于午

我家的一日三餐很有规律，早餐是喝牛奶，吃面包，一人一枚鸡蛋，两片火腿。1998 年秋我去长沙，湘人聂鑫森自株州赶来相见，赠我一台九阳牌豆浆机，说是此物甚好，每日晨起打出新鲜豆浆，饮之妙处无穷。聂君乃中医世家，养生有术，我视此言为金科玉律，自长沙返京之后，立刻改变早餐食谱，以豆浆替以牛奶，黎明即起，开机制作，隆隆之声如同装修房屋，妻子唯恐打扰邻居，将厨房门关闭得铁桶一般。喝豆浆的生活固然幸福，但如一首歌中所唱，幸福生活要靠劳动来创造，关于制作豆浆的劳动，妻子就为一家三口做出分工，头天晚上儿子泡豆，次日清晨她来打浆，豆浆喝罢由我清洗机器。

全世界的人都会知道这个分工是不公平的，所谓泡豆，无非是把酌量的黄豆舀进一只器皿，注入清水，使之膨胀；所谓打浆，也无非是把膨胀的黄豆放进豆浆机，注入开水，插上电源，使之转动；只有清洗才是一桩货真价实的系统工程，豆浆机里的所有零件，缸壁，网子，转刀，进豆口，加热管，当洗的都得洗干净，不当洗的水都不能沾，比方说电动机，一旦进去了水，豆浆机立刻不能打豆浆了。

儿子知道我干的是大头，喝豆浆时总是让我喝得最多，似乎是体现多劳多得的原则，以为这样做就公平合理了。晚饭过后一人一只水果，也是我的最大，临睡之前一人一杯酸奶，大小就只能是一样了，但是儿子却主动把属于我的一杯插好吸管，让我万事俱备，只欠东风，拿起来就往嘴巴里吸。

晚餐是我备好了一应的原材料，淘米洗菜，刀工侍候，等着妻子下班回家动火。一顿至少也是四菜一汤，菜多半是青鲜蔬菜，掺以微量肉丝，汤要么是鸡蛋西红柿汤，要么是菠菜粉丝汤，要么是白菜豆腐汤，要么冬瓜海米汤。

儿子希望我顿顿都在家里吃饭，永远都不去酒店喝酒才好，他知道我血脂高，见我的东北好友阿成从网上发信过来，主张多吃上佳的黑木耳，从此就要其母在鸡蛋西红柿汤中增添木耳一项，并时常监督在她的身边，让她多放，若是少了，亲自再加一把，恨不得一顿就能把我的血脂降下去。

只是中餐少了一人，妻子上班，在单位吃不要钱的工作餐，剩下我跟儿子在家。儿子的学校离家不远，上午几节功课上罢，他便回家跟我一道吃饭，要么是我用煤气灶或电饭煲做，要么是儿子用微波炉做，一般是头天晚上故意多做的剩饭剩菜，或是一并加热，或是各热一份，处理起来得心应手，父子二人坐在茶几前面，打开电视第十频道，一边吃一边看着学术讲座。

有的时候头天剩菜不多，第二天我的文章又写得顺畅，忘了中午吃饭的事，猛地听得一声门响，得知儿子放学回来了，吓得火速关了电脑，一边去走廊里取出一枚土豆，刮皮切片，漂水去粉，用青椒相炒，淋以山西陈醋，一边叫儿子在微波炉热饭，少时饭香菜美，父子二人就吃将起来。

儿子知道我忙，从不嫌我做的菜品种单调，只有一个炒土豆片，味道又差，既没放葱也没放姜，而且往往只顾放醋，却忘了放盐，自然不比其母做的正宗。但他懂得一个原则，只要保证他能按时上学，对老爸的要求不可太高，没盐的土豆片也就将就着吃下去吧，于是就龇咧着嘴，瞪圆了眼，大口大口地往下吞着，像狼一样。

后来我终于发明了一道菜，很受儿子的赞赏。我给这道菜取了个名字叫“红与黑”，因为它的原材料就两样，木耳和胡萝卜。

儿子到处宣传他老爸会做“红与黑”，并且故意把它跟司汤达的《红与黑》齐名，说着说着，他的话就变成了他老爸会做司汤达。

14. 老干妈和疙瘩汤

有一次，我带一位朋友去萧军的女儿萧耘家，商谈出版《萧军五十年文集》的事，萧耘和她的丈夫王建中请我们吃北京的炸酱面，问有一样东西不知道我敢不敢吃，说着从橱柜拿出一只玻璃瓶子，我以为里面装的是鸦片大麻海洛因，一看却是名叫“老干妈”的辣椒酱，我便笑着给他们吃了个示范。不料一下子就吃出瘾来，回家以后久久难忘，心想着往后再去超市，就也买上一瓶，以防中午万一连醋熘土豆片也来不及做，此物也可聊作替代。

超市果有此物，先后买了几次，有时是贵州陶华碧牌，有时是湖南刘湘球牌，有时是四川什么人牌，碰上谁就买谁，提回家来对儿子大力宣传，比“老干妈”的推销员还推销员，活活是“老干妈”的一个托儿。我说它是天下第一美味，要儿子千万别不识货，觉得世上只有“肯德基”好，边说边以身作则，吃出大批的汗珠和响声。儿子始而生畏，继而尝试，最后竟如我一般大吃起来。

开始我是生怕儿子不吃，看着儿子真的吃了，一顿中餐没什么好菜，就那一瓶红乎乎的辣椒酱，我的心里又有点儿酸，觉得对不起我的儿子，人家的儿子此时很有可能在吃他老娘做的鸡鸭和鱼虾，我的儿子为什么只能吃他老爸买的“老干妈”呢？他又不是学习比不上人家，他又不是犯了错误！然而我的儿子却吃得津津有味，汗都辣了出来，嘴里一边大声地吸溜着，一边还嘱咐我说，刘湘球的比陶碧华的好吃，以后就买刘湘球的！

我记住了儿子的嘱咐，以后就买刘湘球的，可是没过多久，刘湘球的辣椒酱在北京所有的超市突然绝迹，我问售货员这是为何，售货员说最近你没有看报纸么？湖南的刘湘球侵了贵州的陶华碧的权，“老干妈”是贵州的陶华碧首创的，湖南的刘湘球被告上了法庭，她的“老干妈”都被禁止销售了。我的心里生出一丝惋惜，不是为那个会做辣椒酱给我们吃的名叫刘湘球的陌生女人，而是为我的儿子。此后在失去刘湘球牌“老干妈”的日子里，我和儿子又改吃鱼子豆豉和酸菜腐乳，儿子的舌头已先入为主，怎么也认为比不上刘湘球的“老干妈”。

忽然有一日，我去门前的一家超市购物，无意间又发现了刘湘球牌的“老干妈”，跟陶华碧牌的“老干妈”并列在一起，我暗暗忍着心头的喜悦，左手拿起一瓶刘湘球牌的“老干妈”，右手指着一瓶陶华碧牌的“老干妈”，问售货员，不是听说这个侵了那个的权，那个把这个告上法庭，这个被禁止销售了吗？售货员说，嗨，赔了二十万，摆平了呗，管它呢，想吃就买，来一瓶？我说，来一瓶。第二天的中午，我的儿子又吃起了他思念已久的刘湘球牌的“老干妈”。

但是我会做一道名吃，让我儿子佩服得不得了。我想起在毛主席领导时期，老家人会做一种极为简单的饭，把面粉舀入一只小盆，水瓢里装上半瓢清水，一手持瓢成一斜度，使瓢中水一点一滴进入面粉，一手用竹筷快速搅动，面粉渐渐成颗粒状，成梭条状，成小鱼状，同时在锅里添水，大火烧沸。然后将颗粒梭条小鱼状的面团丢入水中，或配上土豆块、红薯块，或配上白菜叶、菠菜叶，放进少许油盐，煮熟了连干带稀舀进碗里，竟是那个时代难得的美餐，其名叫作“面子儿”。一天中午，怀旧心起，我决定给儿子做了一顿“面子儿”吃，绝没想到，儿子就着“老干妈”，一口气吃了半锅。

当晚妻子下班回家，儿子对她大肆炫耀，说是中午的“面子儿”如何好吃，其母惊奇不已，且不服气，按照儿子的描述模仿着做了一次，为了打败我而加放了足够的香油，也只跟我打了一个平手。

北京人把这道美食叫疙瘩汤。从此一到节假日，儿子就要求我给他做一顿疙瘩汤吃。曾经一度，由于这手被儿子鼓吹出去的绝技，我在邻居和妻子的同事中，享有颇大的名气。

15. 非典时期的父子

儿子考取了名声颇响的十一学校，并且是试验班，开学一连数日，吃罢晚饭就与我下棋。其母心中惑然，问他为何没有作业？儿子回答，学校号召读中外名著，不做作业。这话引起了她的怀疑，我则尽我的理解替他解释，名字叫试验班，如做作业岂不又成了传统班？好比有新思想的农民种地，别人都用锄头去种萝卜，他自然会以新式农具培养异类。

儿子向我投来同盟的微笑，心中却暗笑我是个老糊涂。

于是我与儿子从此成为棋友，每晚至少下两个小时，五局三胜。逢双休日，又与儿子去邻楼一处存车处改装的球室打球，日子过得甚是美满。一个学期匆匆过去，今春三月，某日忽接一个电话，是个女声，声称是儿子的班主任，要我近日务必抽空去一趟学校，听口气似乎不是好事。

次日一早我便去了，年轻的、女性的、戴着一副眼镜的刘芳丽老师拿出一张排行榜来请我参观，告诉我说我的儿子在全班五十名同学之中，排名顺数第二十七，倒数第二十四，典型的中不溜，各科成绩分别为，英语不错，数学尚可，语文最差。

最令老师想不通的就是，一个作家的儿子怎么居然不会造句？我吃了一惊，怨学校只教读书，而不布置作业，老师听了一急，眼镜险些要掉下来，说怎么会没有作业，是不是……？我蓦然醒悟，原来上了儿子一个大当。

功课孰好孰劣的原因很快分析了出来，英语和数学是有其母关照，语文却从来无人问津。老师的问题我嘴上不能回答，心里则明白得很，即如果按作家的创作方法去指导学生的作文，语文老师能够判他及格才怪，因此为儿子的考试前程，还是不管的好。但是老师既然找到了我，不管又实在对不起老师，那么怎么办呢？当晚我就想了一个办法，责令儿子取来他的语文课本，为防他又隐瞒作业，无论布置与没布置，让他把每篇课文后面的楷体字的提示，一条不少地都做一遍，如同发起一场地毯式的战争，做完送我检查签字。

我与儿子订下合同，任何时候我不得以正在写作为由破坏这个程序，任何时候他也不得以不打扰我的写作为名省去这个程序，其母做证，违者给老师写一份不少于一千字的检查。我们都在心里算了一笔小账，写这一千字的工作量是远远大于做作业和看作业的，之所以这样规定，就是要对自己有个约束。

此后不久，考验我们的日子就到来了，由于非典，全北京市的中小学生都被关在家中，接受空中课堂的教授，学习改从电视以及网上进行。儿子的班主任用心良苦，将本班学生分为几组，各派一名组长传递信息，定时汇报，每日从事地下工作一般单线联系，家中电话基本上已被他们垄断。班主任唯恐男生粗心，随后又派一名女生，协助上传下达，形成双保险之势。

这真是一位好老师，我为她的精诚所动，于是在家全力配合，不使儿子丢失一题，让背就背，让写就写，不懂就问，不仅网上可以答疑，也可当面与我探讨。为了激发儿子的兴趣，我像一个蹩脚的话剧演员，站在屋中大声朗读徐志摩欢迎泰戈尔的如诗的演讲，又气喘吁吁地坐下，笑谈梁实秋如何用美妙的语言描写他的国文老师。儿子终于来劲儿了，笑出一脸的灿烂，我发现他已经开始陶醉，已经开始感到语言文学那无穷的魅力。

有一天我打开电视，看见一位年轻的记者在演播室里发表宏论，说是父子之间，母女之间，应该是一种朋友的关系。我就想着，然后笑了，这种说法是时髦的，很能博得孩子们的欢呼与拥护，甚至有的父母刚刚打罢儿子的屁股，面对摄像机的镜头也学会这么说上一通。然而它不大容易得到更多的诚实人的苟同，至少对于严肃的、有责任的、具有高等文化的父母和贪玩的、未成年的、低等以下文化的子女而言，这个理论又是不准确，不完备，不健全的，充满着辩论的气息和误导的可能。

父母与子女之间当然可以是朋友，实际上双方本来就是朋友，但绝不会仅仅是一对朋友就能了事，双方的关系除了朋友，实际上尚有其他诸种。子女幼时，父母应是监护人，是投资者，是保镖，是厨子，是清洁工；稍长，又应是参谋，是教练，是辅导员，是被咨询者，是心理医生，是学校老师的助教，是观察与管理人员。而其次才是朋友，完成学习任务之后，上肯德基，进电影院，逛游乐场，吃喝玩乐，勾肩搭背，这种关系我想谁都不会反对，反对你们干什么呢？

听说有一种天才的人物，从小不听父母和老师的教导，不学无术，后来却做了高官大贾，专家博士，让那些发愤学习的孩子羞愧得要死。可惜我的儿子无此奇才，他只是一个平凡人家的平凡孩子，平凡孩子必须遵守平凡规则，用功读书学习，还要做作业，不然就会连平凡都够不上，就会成为最笨的孩子。为了他的将来能有正经本事立足于世，我希望他好好读书，有空的时候，我将给他讲讲三十多年以前，中国反潮流小将黄帅的故事。

非典之后，重新开学，秋去冬来，儿子十四岁的生日也就到了。不久他们的老师让他带回一份通知，说是有的学生居然开始早恋，要每位家长给孩子写一封信，结合自己的同龄时代，告诉他青春期应该怎样度过。

16. 电脑情结

1997 年，我嫌我的绿色宏碁电脑速度太慢，又买了第三台电脑，这次的更高级了，花了二万一千多元，买的是世界第一品牌美国康柏，原装笔记本。原计划是买日本东芝，正要下手时听说东芝笔记本丢了数据，中日两方打起官司，日方败诉，东芝的身价在电脑市场一落千丈。我买康柏的本意是我亲自来用，把我的那台速度慢的宏基淘汰给儿子，儿子把他的那台破电脑扔了。但是儿子一听说康柏是世界第一，死活不肯给我，当晚就抱进自己的小屋，抢先在里面写起了日记，不用说写的肯定也是白天买电脑的事。

这么贵重的电脑给我一个年仅八岁的儿子，我实在有点儿不大情愿，觉得是大材小用，却一看见儿子那副爱不释手的样子，又不想扫他的兴，就只好打算把新电脑让给他，心里像阿Q一样想着，反正我只在电脑里面写字，形同一台打字机，再怎么多的功能对我来说都是枉然，儿子抢了老子的电脑，只当是儿子打老子。

然而我向他提出一个条件，往后我所有的电子邮件，都由他来收发，包括寄给各个杂志社、出版社、电子网站的各种稿子，每天上一次网，及时汇报各地朋友来信，需要回复的由我口述，他来打字发送。儿子笑嘻嘻地一口答应，他认为是小菜一碟。他从一岁时就开始玩我的电脑，三岁时趁我离开电脑的一会儿工夫，胡作非为地删去了我好几万字的小说，见我回来痛苦地趴在桌上，他还对其母说爸爸哭了。如今他应该好好地赔偿我，报答我了。

儿子当年操作电脑是其母所教，而今操作电脑的水平已经远远地高于其母，正所谓青出于蓝而胜于蓝。我的电脑里一旦出现小的故障，我就及时地把他叫来，他在我的键盘上这里按按，那里按按，多数时候都能够给我排除。有天清早我起来准备续写一篇小说，那是人家约的稿子，最近几天要寄过去的，打开电脑却怎么也不能进入桌面系统，关了再开，开了再关，情况仍跟第一次一样。我后悔没有早点起来，趁着儿子还没上学，请他在我的键盘上按一按，现在只好让自己休息半天，等儿子中午放学回家吃饭的时候再帮我了。

一个上午我不能干活儿，坐在沙发上抱着一本书看，看也看不进去，眼睛不时向墙上的挂钟张望，耳朵却盼着门上的锁孔响。儿子到底回来了，我慌忙起身去开电脑，装作自言自语的样子说，今天又不是黑色星期五，电脑怎么打不开呢？儿子悄然走到我的背后，看了一阵告诉我说，老爸你怎么不按一下 F1 呀？我照他说的按了一下 F1，电脑很快就进入了桌面系统。

我心里想着，电脑老了，人也老了，我们这一对老搭档都老了，比不上他们那一对新搭档了，难怪他要抢走那台新买的康柏。但我仍然感激和佩服我的儿子，同时还隐隐地担心儿子将来长大了，离开我了，而我将来更老了，更糊涂了，如果电脑再出故障怎么办呢？过去儿子小时他不懂事，我的电脑很少出故障的，儿子一成电脑行家，我的麻烦怎么就这样多了？

迄今六年，儿子信守当初的诺言，一直忠心耿耿地做着我的电脑秘书。做到后来，他可以无须我的口述，而以我的口气给我的朋友回信。不过他有的时候也出问题，非典时期就闹了很大一个笑话，加拿大的海伦女士写信过来，慰问我们全家平安，儿子就自告奋勇地替我回信说，海伦阿姨，我们全家安然无恙，如此云云，后面落款却是我的名字：野莽。嗖的一下，把电子邮件发到大洋彼岸去了。

那位女士生于七十年代，比我小十多岁，我的儿子却要我叫她阿姨，手脚还十分地快，不等我看一眼就结束了全部工作，弄得我哭笑不得，还得追加一封信去进行幽默的解释。

17. 迷途知返

进入初中，儿子在电脑里给自己设了三个邮箱，分别都加了密，不再像小时候写日记那样，君子坦荡荡地让我们看了，每当我们走进他的小房，他就神色紧张，啪啪啪地快速翻页。其实这段时间我忙得很，其母也忙得很，他就是让我们看他的东西，我们也没有工夫去看，两个大人各在各的电脑里干活儿，看一个小孩子的电脑干什么呢？

不料初二上学期快结束时，学校通知开家长会，其母代表着我开会回来，脸色发青，声音发颤，逼着儿子打开他的电脑，交出网上所有的通信。原来该校学生很多已经开始早恋，儿子的班主任刘芳丽老师说我的儿子也有此迹象，号召各位家长，密切注意自己青春期孩子的电话、电脑、纸条、贺卡，一有蛛丝马迹，立刻采取行动。

儿子死也不肯交出邮箱密码，母子二人相持不下，一个话音似哭，一个气喘如牛。我看这样不会有个结果，最后我出面对儿子说，邮箱里的通信我们一封不看，如果有这方面的内容，由你自己全部删除，今晚双方都冷静下来想一想，睡个好觉，明天的这个时候向我们做出如实的汇报，我们都信任你，希望你尊重和珍惜父母对儿子的信任。这天晚上妻子睡在床上通宵未眠，泪流不止，骂了儿子又骂牛羊猪鸡，接着再骂如今的世道，说什么东西都是激素催出来的，老年人吃了犯罪，小孩子吃了早熟，开班车的司机都这么说。

小房里的儿子也想了一夜，第二天晚上对我们全都说了，班上有个活泼漂亮的女孩儿，名字叫菲，正好比他多个草头，开学以来两人就好。非典之后恢复上课，老师在班上表扬了我，说我是位写书的作家，如何引导儿子读书，这个女孩儿喜欢读课外书籍，一听这个，下课就要儿子把我写的书带给她看。这样一来二去，两人有了感情，就在网上通起信来。女孩儿送他一张心形的贺卡，说他有女生缘，要与他毋相忘，还送他一只有着半个月亮图案的钥匙链，跟另外的半个拼起来正好是一颗心，而那半个月亮就被那个女孩儿保存着。除此之外，女孩儿还有一个非常要好的女同学，负责把她写的纸条传给我的儿子，又把我的儿子写的纸条传给她，如同《西厢记》里为莺莺和张生传话的红娘。

儿子有女生缘，这我知道，从幼儿园到上学，班上的小女孩儿都喜欢他。小学四年级时，同班一个名字叫欣的女孩儿，还是一个少先队的小头目，掌管着学校玩具室的钥匙，有一次她把我的儿子叫进学校玩具室里，拿出一个悠悠球给他。那一年是悠悠球年，这种在空中一伸一缩的神奇玩意儿风靡了整个北京，学生中差不多人手一个，妻子怕他贪玩影响学习，别人都买就是不让他买，那个喜欢他的女孩儿可能出于恻隐之心，就把公家的悠悠球私自送了一个给他。我的儿子是个糊涂蛋，又有点儿小家子气，抵抗不住这个在空中一伸一缩的玩意儿的诱惑，就高兴地把它接受下来。过了几天，少先队大队辅导员发现悠悠球少了一个，追问管钥匙的女孩儿，女孩儿吓得一下就坦白了。

这所小学的校长是我的朋友，叫李建华，他让我儿子回家以后，自己把这情况告诉我。我把儿子叫到我的面前，问他这事怎么办？他说把悠悠球还给那个女孩儿就是，我说你都玩旧了怎么还？得把它买下来！我问悠悠球多少钱一个？儿子说是二十多块，我掏出两百块钱，想了想又加五十，递给儿子，要他明天上学交到大队辅导员的手里。儿子以为我给错了，瞪着两只眼睛不接，我说你舍不得是吗？告诉你，贪了别人便宜就得十倍偿还，你不是说二十多吗，就算二十五吧，你得还二百五！以后再这样小家子气你就是个二百五！

儿子老老实实把两百五十块钱交给了大队辅导员。以后除了贺年卡，他再也没有要过别人的东西。每次学校组织出外参观、游玩、军训，他都超量地准备好吃的喝的用的，拿照相机给同学们拍照，回家按人头洗印出来，到校分发到各人手里。学校要办阅览室，他回家把他的藏书一摞一摞地抱了去。他已经记住了我的话，不要小家子气。

可是现在，他又要人家的钥匙链了，而且又是女生，上面还有半个可以拼成心形的月亮。我望着十四岁的儿子目瞪口呆，像篮球裁判那样做着停止的动作，我说立刻打住，立刻拔出来，立刻回到过去正常的同学关系，父母和老师都看着你们，学生时期只许学习，不许恋爱，何况你们今年只有十四岁，今晚你必须向我们表一个态！儿子低着头，亮晶晶的眼泪流了下来。我知道他很痛苦，觉得这样做对不起那个女孩儿，但是他必须这样做。他流着泪向我们表态说，爸爸妈妈，我错了，我试着把自己拔出来。他的母亲狠着一条心说，什么试着拔？不拔不行！我看儿子实在可怜，替他想办法说，这样吧，你先试着拔一拔，实在不行就请你们的刘老师帮助你。

儿子还是没有勇气告诉他们的老师，那段日子心情沉重，人都显得有些老了。我决定暗中助他一臂之力，瞒着他给他们的刘芳丽老师打了一个电话，请她分别找我的儿子和那个女孩儿谈谈，肯定他们的友谊，限制他们的恋爱，指出他们的方向，帮助他们渡过目前感情上的难关。刘老师依计而行，几天后她给我打来电话，说我的儿子还是很坚强的，看样子已经快要拔出来了。

次日儿子放学回来，传达刘老师布置的作业，要每位家长给自己青春期的孩子写一封信，谈谈对他们这一时期的要求。这天晚上我跟妻子研究到了深夜，快天亮时我打开电脑，给儿子写了这样一封信：

梦非我儿：

二十天前是你十四岁的生日，那天晚上我忙着做事，只吃了你的生日蛋糕，却忘了送你生日礼物，现在让我补给你吧。它是你目前最需要的，是几句话。

十四岁，中学生，金色少年，是什么呢？

是一棵小树，它的任务是茁壮地成长。因此不能节外生枝，要聚足全身所有的力气向上长着，直到长成一棵巍然的大树，才有权利看见树林外那一片美丽的风景……

是一条小河，它的使命是不息地奔流。因此不能贪恋两岸的鲜花和香草，要自顾无暇地向前流去，直到流入一片辽阔的大海，才有权利引来追帆逐浪的海鸥，尽情欢乐……

是一只雏鹰，它的梦想是做未来的航天家。因此不能追逐美丽的蜻蜓和斑斓的蝴蝶，要努力地磨炼翅膀，直到长成一只强健的雄鹰，才有权利与蓝天为伴，拥抱身边的彩霞和白云……

这不过都是比喻。实际的你是一个有着无限前景的少年，前方有无数的鲜花和光荣在等着你。你要做的事只是读书、学习、进步，而没有权利分散精力，一心二用。同学间无论男女，只有纯洁的友谊、健康的竞争、真诚的援助，这样才能给自己的未来留下美好的回忆。

至于我的青春，那是一段苦难的记忆。你的爷爷被打成了右派，你的爸爸是狗崽子，我不能读书，也没有书读，梦里也没有看见过你们这样理想的校园。

因此我羡慕你，望你珍惜。

你的老爸

儿子回家笑眯眯地告诉我说，他们的刘芳丽老师让他在全班朗读了这封信，并且把它在网上发表了。我从儿子的表情上可以看出，他很高兴，他觉得他的老师这样瞧得起我，以后他也要对我刮目相看了。

18. 儿子成人记

你的妈妈从学校带回指示，要父母为十八岁的孩子写一封信，作为孩子成人仪式面交的礼物。使命自然落在了我的肩上，这可是我乐意要做的事。我想起十八年前你诞生的那天夜晚，趁着高兴，我曾自觉地写过一篇《儿子诞生记》，发表在国内一家刊物上，一时间很多人都知道世界上有了一个名叫梦非的生命。

六岁时你上小学，妈妈把你在电脑里写了一年的日记打印出来，一册为你留着，一册寄给南方老家的爷爷和奶奶，让他们看到你成长的故事，那本总印数只有两册的书，也是我作的序言，后来收在一本正式出版的《中国作家教子报告》里。岁月过去得如此之快，十八岁的儿子已长成一米八的男子汉，现在我又要为你写文章了，那我就再写一篇《儿子成人记》吧，权作是写给你的信。不过这个“记”字并非记录你的成长，而是要你记住，从今天起你长大成人了。

我想得到你的谅解，原本我已说好在你年满十八岁的那一天，我从老家赶回北京举办你的生日庆典，但是老家我的一位大姐，就是曾到咱家来过的你梅洁阿姨，她出版了一本非常重要的书，邀请我参加她的研讨会，那一天刚好在你的生日过后。我决定留下来，为此我还取消了我返京途中的武汉和郑州之约，这两座城市也有我的朋友眼巴巴地等我相聚。我留下来的理由是，那本书就像你是我的儿子一样，它也是你梅洁阿姨的儿子，我应该以极大的热情庆贺与祝福它的诞生。就这样当我回到北京的时候，进家我就看见了已经过去三天的大蛋糕，摆放在迎门的桌子一角，里面还剩了三分之一，我知道那是你们留给我的。你们母子二人没有怨我，我也知道。

这封信接下来该怎样写呢？我想起了这样一件事，你一定也想得起来，那同样是你的一次仪式，是在你离别幼儿园的典礼上，园长阿姨请每位家长在孩子的宝宝册上写下一段励志的话。我看见了很多的豪言壮语，气冲云天，可是我写下的两句话让老园长大为不满，那两句话是这样写的："从小做个诚实的孩子，长大做个正直的人。"老园长看我一眼，批评我说你这个大作家，你就懒得再写几句吗？我笑了说，一个人能做到这一点已经很不容易，其他的以后想好了我再写吧。

现在你长大了，那我就来再写几句。我得说正直的分量太重，含义也太广，它包括人性的善良、人品的高尚、人格的独立、人对是非的判断、良知的坚守和真理的追求。一个不诚实的孩子和一个不正直的人，即便他天生有才，雄心勃勃，他又会用他的天才和雄心做什么呢？上个月我在网上看到，武汉有一个名叫李俊的青年被宣判了，电脑和网络为人类做了那么多的好事，它推动了时代的进步，促进了社会的发展，可是那个天才的青年，为了金钱他去发明熊猫烧香的病毒，让国内千万台正在工作的电脑顷刻瘫痪。更严重的是还有更多的人，他们愿意为病毒烧香，争相用年薪百万的厚待预购这位四年后才能出狱的毒王，以资鼓励品行恶劣的同类。

我又想起了十多年前老园长那不满的眼光，她当然是对的，除了自己的诚实和正直，一个强大的人还得有足以战胜虚假和邪恶的力量，这就是知识。当时我之所以没有这样写，那是因为你太幼小，我太低调，不想让人发现我对你的更高期望，唯恐你做不到，唯恐别人笑我，就像一群人嘲笑另外一群。在此之前我已认识很多可怜的父母，他们最终的空炮无一不是最初的大话，所以我不敢说，我只敢暗中偷窥，审势而言。我知道要做到德才兼备是多么的非同凡响，我说的是真正的德和真正的才，而不是空的和假的，真正的才德应该变成世人信服的行为和成就。其实这沉甸甸的正直二字，它的身上不仅要灌满勇气，并且还要注足知识和能力，一个无知而又低能的人，要想拒绝伪善的欺骗和谎言的蛊惑，那只能是一种妄想。

因此你要学会珍惜时间，永无止境地读书，读一切阐述真理的美好的书，当然也读社会和人生，那是上天发给你的最好的课外读本，有声，有色，有形，立体，能动，尤其是你还能置身其中，互相作用。好书可以让你虚幻的心灵通晓事理，迷茫的眼睛发现光明，混乱的脚步找到航向。而社会人生则是检测每一部书的伟大仪器，像验钞机验出图谋不轨的伪钞，让品质优良的真币发出闪闪的光芒。

同时一定要有博大的理想和抱负，怀一颗报答的心，把创造的成果千万倍地奉献给创造了你的生命的世界，奉献给你的亲人、朋友、邻居以及跟他们一起生活在这个世界上的全人类。这是一颗大爱的心，它的本质是善良、悲悯、同情和救助，它想得更多的是地球、人类，自己生命的个体只在其中。

知道你从小就喜欢化学，喜欢物理，最不喜欢的功课却是语文。我的朋友曾经调侃过我，你的语文老师也曾抱怨我说，作家的儿子实在不该是这样的。我有过一阵子苦恼，但是以后便想通了，人各有志，我的父亲你的祖父，他本是一个从政的人，儿子从文，孙子从理，这是一样的顺理成章。不过我想告诉你，作家可以不懂物理和化学，物理学家和化学家却不可以不懂文学，撰写行业科学的论文和专著，文学知识是必需的基础。

我读过诺贝尔物理学奖获得者杨振宁和李政道的文章，读过数学家华罗庚、地质学家李四光、建筑学家梁思成的文章，他们的知识随笔写得精当简约，文采焕然，再请看中国导弹之父钱学森的文章标题：《不到园林，怎知春色几许?》，从这园林里的几许春色便可想见他的知识结构和文学功力。而今我仿此语进言儿子，不过文关，怎能比翼双飞？我希望你能爱上所有学科中最有趣味的语文，不可或缺的语文，无孔不入的语文，它对你未来从事的一切都能助上一臂之力。

我还忍不住要说我羡慕你，比起我的青少年时代你在天上。恰好正在人生的春天，你有幸遇上了好的学风、好的学校、好的老师。多彩世界，乱花迷眼，可是因为有尽责并且睿智的导游，在通往知识的人间正道上你竟一步也没有走偏。趁着春光正好，路漫修远，你要继续求索，还要预备承受求索路上的曲折和艰辛。读一些伟大人物的传记和名言，在失利后，在挫败中，在虚张声势的暴风雨夜骤然到来的时候，你会微笑着点亮一支心烛，照亮自己的乐观、自信和坚强。

最后我想跟你说说情感的事，你别紧张，其实我已经知道了你做得不错，是你告诉你的妈妈，你的妈妈再告诉我的。多年来我们家一直是个三角，我觉得这个美丽的几何图形反而比直线有趣得多，因为它不管怎么着也连成了一体。我还能够理解你不直接跟我说这些事并非是不信任，而是害羞，两个大男人坐在一起总是有些难以启齿，年轻时我跟我的父亲你的爷爷也是这样。我高兴你对自己唯一正确的设计，心无旁骛地完成学业，然后蓦然回首，你就发现有一道美丽的风景在等候着你。

夜已深沉，明天是你们的集体成人礼，我们都好好地睡上一觉，天亮就出发吧。

19. 致梦非

你们母子的意思是让我参加你们的 QQ，以后有话三人一起说，我很乐意。不过我发现你们对话速度很快，闲聊时倒没什么，一旦说到重要的事情由于双方观点不同，讨论起来常常出现一些不准确的表达，情绪一下就变了，有时事情还没说完就道

"晚安"。我不适应这种方式，害怕信口开河会说错话影响你的一生，因此想慢一点说，说得完整一点，理性一点，准确一点（当然 QQ 我还会参加），像我上次对你说过的金双江先生给他在海外的儿子写信一样。

上次我对你说过的金双江先生，我在博客里转载了他的三封信，并且加了一个编者按，题目叫《天下父母心是可怜还是可慰要看儿子》，主要是给你看的，不知道你看了没有？我注意到你回答你妈妈的话是"××看了""我们看了""我们早就看了"，我想听到的是"我认真地看了"。如果你觉得他说得对，以后你可以多上他的博客，这是一个值得我尊敬和学习的好父亲，我们已经是好友了。

一会儿我和你妈妈出去一趟，聂鑫森伯伯的儿子你的聂耶哥哥来北京读鲁迅文学院（和上次孙方友伯伯的女儿青瑜姐姐一样，他们都是优秀的青年作家了），"十一"他来家看望我们，我们初定了两处地方，一处是"野生大鱼头"，一处是"人民公社大食堂"，先去考察一下再定下包间。走前我给你说几个事，你闲下来时可以看看、想想。你妈妈说我从来不管你，我的确是没管过你，但我在观你，观察的观，你顺利的时候我在心里为你喝彩，而每当你不顺利的时候我立刻就出现了，记得上次你和海清去买车的事吗？

我要说的首先是学业。你一直为你的博士论文发愁，你妈妈为你的发愁而发愁，唯有我不发愁，因为我知道发愁是没有用的。集中精力做好试验，空余时间读书学习，除了看别人的优秀论文，也看科学家的学术文章，范围再大一点，还要看专业以外的哲学、文学名著，只有这样才能解决问题。我认为一篇好的论文需要具备一定的专业水平，同时也要达到一定的文字水平，专业如何是靠文字来表达的。在国内时我总是让你多读书，读书不仅能增长知识，提高文化，读传记还可以树立理想，增强意志，读小说还可以启发想象，产生灵感，读诗歌还可以振奋精神，激发豪情，这些对你从事任何学科都是有作用的。从你读小学、中学、大学，我仍然这么要求你。

很多科学家都很会写文章，国内国外的科学家的文章我读过不少，有的写得比散文家还好。我读杨振宁先生的文章就很佩服，唐风宋韵，文采飞扬，字词的优美是一些号称文学写作者的人所不能及的。我们写文章说“两个极端”，科学家杨振宁却说“同一条线的两个极端”。我立刻明白我们过去的说法一直是错误的，比方说一件多边形的器具，它有两条以上的线，因此就有两个以上的极端，代表相反方向的两个极端只能是在一条线上，而不是在其他线上。

你仔细想想，是不是这样？这就是科学家的文章，表述得如此审慎、严谨、精确，很值得我们从事文学的人学习。在人类文化的分类史上，文学从属于科学，叫人文科学、社会科学。地铁建国门站一出口有座大高楼，外面挂了个大牌子，叫中国社会科学院，进到里面楼上楼下还有一些小牌子，有一个中国文学研究所，还有一个外国文学研究所。这说明什么？说明科学和文学住在一栋楼里，不可分割。

不要认为论文只是专业的，不是文学的，因而拒绝任何文章必须具备的基本功的训练。中国古人写文章讲“信、达、雅”，这个提法现在仍不过时，这三条标准对你们写科学论文也适合，很适合，甚至更适合。你可以这么理解，“信、达、雅”就是要把论文写得“论点可靠、表述准确、文字漂亮”，达到三条标准的论文，就是导师愿意修改、编辑愿意阅读、刊物愿意发表的好论文。编辑也好，导师也好，首先他们都是读者，读者在读到好的文章时是兴奋的，或者是愉快的，至少是不厌烦、不反感的，有些小问题随手就帮你处理了，反之就会皱眉头。我看一些文学作者的作品也是一样，基础太差的看着是一种身心的摧残，简直影响健康，要命，所以我经常帮助陌生的青年发表作品，而害怕给有些老朋友“提提意见”。可惜我看不到你的中文，如能看到或许我这个外行能从文字上帮你分析一下。

我认为你的精力还没有集中，一直都没有集中，你没有把更多的时间用在读书和学习上。仅我知道，你为朋友和同学的聚会和游玩，花费了大量的精力和时间。学会主动地、有主题地、相对集中地组织学友、室友、球友、朋友聚会是一个优秀青年的能力，为了不得罪特别个性化的、本来可以加入一群而决不与人共处的朋友，今天一个，明天两个，时间都花在连自己也心疼的应酬上，这是一种没有能力的表现。如果是我，除了女朋友，我可以花钱做东，在一个基本上可以取得共识的时间里，把彼此不相识的朋友们请到一起，让大家因为我而相识而成为朋友。其实女朋友也可以一起相聚，不把男朋友的朋友当朋友的女朋友，应该培养她，而不应该迁就她。

20. 再致梦非

为你妈妈和你姨去美国，买家具，配设施，布置房间，你花的精力和时间也太多了。你的正确的做法应该是，有了房，有了床，有了厨房用品，开车从机场接到她们，然后就让她们替你布置，陪她们几天之后，你该干吗就干吗。她们是怀着让你像小时候一样什么都不做的愿望去帮助你的，让你享受一个月的美好儿童时光，同时自己也幸福地重温一段昔日亲情，亲眼看到你学习和工作的样子。结果她们发现你把事情给弄反了，她们也反而于心不安。我看许多科学家的传记，往往在重大喜事发生的头天晚上，他们还在伏案做着自己的事。我希望你是这样的孝子，贤甥。生物学博士的炸酱面做得没有老北京的厨子地道，她们不会犯嘀咕，除非你专业也不行，中国老百姓话叫“文不文，武不武，开豆腐坊不会打豆腐”。

其次是圣诞节回不回家。我的意见是，导师要你留下，学业要你留下，你必须留下，天大的事也不要回来，其实你回来也解决不了天大的事。但是，如果半个月的时间像风一样吹过之后，你回头一想什么正事也没有做，那时你会后悔，还不如回来完成你一生必须完成的心愿呢！我是支持你留下的，还希望你每一天都有新的收获，每一天都不虚度（这和你踢球、甚至竞选足球队的队长并不矛盾）。爷爷还健康，会看到孙子的博士帽，那一年他正好九十岁；奶奶为你洗干净的白球鞋藏在柜子里，大姑帮你保管着，你任何时候回来都能穿着它去奶奶的坟上磕头。不过我想更深刻地知道你的心理，这样做有助于我们父子之间的心灵沟通，也能让你学会时时反问自己。

恋爱的事我提前向我的儿子表态，也让你吃一个定心丸。我不会考虑你的女朋友本人价值以外的任何因素：国籍、种族、门第、家境，等等所有。你的老爸是一个清高、骄傲的人（合在一起被国人贬为高傲），在我心中高官的女儿和平民的女儿谁更高贵，谁更可爱，谁更有资格被我的儿子领进我的家门，这要看她的品德、性格、文化、修养、做派、生活能力，当然也包括看得过去的相貌。如果她生在贪官污吏庸商俗贾之家并以此为资本，纵有亿万家私，通天本领，我还怕她败坏了我家的门风，弄杂了我家的血脉，把我家世代清白的基因给转了。所以，只要是她本人值得你爱的人，你可以放心地去爱。

但有两点我会在意。第一，她必须实际地支持你的学习和工作，我不说事业，怕人见笑。能是同志、同事，共同追求理想最好。也可以不是，但至少不能为了她的而牺牲你的，除非她有更加崇高伟大的工作，需要你站在她的背后。全世界任何人都可以完成自己的婚姻，健全的人，不健全的人，痴愚的人和呆傻的人，为了人类都有的婚姻而放弃人类应有的理想，不值得。

身负父母家人的嘱托远渡重洋出国求学，却被一个不明事理的人扯回老家养猪，更不值得。我不蔑视养猪的儿子，我这样说是因为养猪并非你的专攻，如果当初你读的是畜牧业，又在发明一种既环保又高效的新型饲料代替农家传统的潲水，决心当一个有益于人民的养猪导师，投身于实践的养猪大王，那又是另外一码事了。拿了美国人六年的全额奖学金，折合成人民币也有一百多万元，你却不学以致用，这样做，不光是对不起自己，对不起我们，也对不起他们吧？

第二，你必须要有男子汉的尊严。当你发现她不爱你、不第一爱你、不唯一爱你、不再爱你、不再第一爱你、不再唯一爱你、不怕和不再怕失去你的时候，你应该有能力提前、及时、早有准备而并不痛苦地与她礼貌握别，然后回到试验室里继续工作并且不会把化学试剂弄洒在地上。不然，你的恋爱会把你一生的幸福毁掉，生活的，工作的。说一生可能长了些，至少是“一个相当长的历史阶段”。

另外一定要交好朋友，交有理想、有志气、品质好、人诚实、专业上比你强的朋友，这样有益于你的进步。和无理想、没志气、说谎话、会奉承、样样都不如你的“朋友”在一起，有时你可能会觉得舒服、满足、优越，但这些有用吗？在一群矮子和跛子当中高举一面领袖的旗子却随着他们的步子前进，倒还不如老老实实地跟在前者的后面。

记着对你有过帮助的人，爸爸的朋友穆叔叔，萧爷爷的女儿洋洋姑姑，还有你妈妈的同学邓林阿姨，过年过节要问候他们。中国的节，西方的节，记着发条短信，在美国他们就是离你最近的长辈和亲人，回国前要和他们打声招呼。

你给我买的剃须刀太好用了，不到一分钟就解决问题，比你那个漂亮的“飞科”要节省一个小时，下次回来多买几个，我要送给我的朋友们。

我说的都是一些能够想到的具体之事，理论上你还是要看金双江先生写给儿子的信，多看，反复看，看懂，有些话要记住，最好会背，遇到挫折的时候它会像救命稻草一样把你救出苦海。我可以负责地给你打一个包票，只要你真的做到了他所说的那些，你将攻无不克，战无不胜。博士论文算个什么，工作算个什么，钱算个什么，女朋友算个什么，整个未来的美好全都是你的！

21. 平民购货区

在我童年的照片中，有一张是我穿着姐姐的花衣服站在保姆的身边。后来我想，即便父亲不被打成没有了工资的右派，母亲会不会让我穿着姐姐的花衣服上学，去接受同学的嘲笑和老师的误认呢？可能也会，因为生来节俭的母亲是这样的：第一，随着身体的成长，姐姐的衣服小是小了，但还没破，而它又符合我的身体，这下正好，旧衣服不扔，能省下做一套新衣服的钱；第二，没人规定只有女孩儿才穿花衣服，谁说男儿不如女……？另一个同样会让我穿着姐姐的花衣服上学的根据是，在父亲复职又有了工资，我们也都参加工作有了工资之后，母亲依然用她的工资买来表面起球的次白布，再买来藏蓝色的染料，自己加工成蓝布请裁缝为她缝制外衣，布料便宜做工自然也不会贵，做裁缝的都懂得这个道理。

在我穿着姐姐的花衣服上学的日子里，不要以当时流行的阶级斗争理论认为，受到男生反对的女生就一定会拥护，事实上女生是更加地反对我，特别在课间上厕所的时候对我充满了警惕。眼睛近视的老师偶尔还起着推波助澜的作用，有一次，一位副课老师点名让我回答他的问题说，请坐在第三排第二桌的那位女同学发言。随后只听一颗炸弹爆响，全班同学笑倒了一片。

过了半个世纪，我看见那么多的外国男人穿花衣服，还有那么多的中国男人也跟着穿花衣服，还跟着在头上扎一个马尾刷的时候，我的心里油然生出自己曾经是一位革命先锋的骄傲。但在当时，苦难的第一学期终于结束，我宁愿冒着挨揍的危险与母亲进行斗争，坚决不再穿姐姐的花衣服了。不过，姐姐读过的课本我却仍然要继承下去，从一年级到四年级，我没有买过一册新书，作业本也由母亲记过数字的账本装订而成，比全班同学的作业本要大一号，用手都能摸出是学习委员的，我把全班最好的作业写在这个最差的本子的反面，使这特殊的大开本一举成为光荣的标志。直到四年级的下学期，我转学到几百里外右派父亲劳动改造的祖籍之地，才开始与同学平等享用崭新的课本和作业本。当时我还得意地想，母亲是否仍不死心，还试图派邮递员把她的记账本和姐姐的旧课本给我寄来，让我把坚持四年的优良作风坚持到底呢？

我的儿子出生的那一年，正是我的父亲复职的第十年，我们家里的钱一下子多起来，并且越来越多，然而母亲的节俭已种进我的心里，我又通过基因传到儿子的身上。儿子不能像我一样有个姐姐，因此不能像我一样可以享有穿剩的花衣服和读罢的旧课本，从上幼儿园到出国读博，他的身上除了穿过几件受赠于长辈亲属的相对高级一点的服装，其余基本上是他的妈妈到北京的平民购货区，名叫“官园”和“天意”的批零市场去淘来的廉价之宝。

在那两个百姓出没的阵地上，汗衫三十元，衬衣五十元，棉服一百元，牛仔裤五十到一百元，短裤二十元，袜子十元四双，踢球的儿子唯有鞋子是个大头，但一次买两双能省钱不少，遇上断码的还能捡一个漏儿。于是，日落西山的时候他的妈妈打靶归营，掐指一算只花几百元钱，一米八二的傻儿子一年四季上下一身都齐活儿了。

何况这些钱里，有一部分是儿子的压岁钱，亲戚的鼓励费，校三好学生的奖学金，市三好学生的奖学金。他的妈妈想，花呗，反正羊毛出在羊身上，这只天性老实的小羊儿只会吃草，不会上夜总会，几乎把所有的自有资金都积攒起来，最后仍打不出妈妈的手掌心，又变成妈妈为儿子购物的钱。

22. 与子同袍

儿子不断地长高，衣服不断地变小，不能穿了怎么办呢？好办得很，他的父亲因为年龄的关系是不能再长高的，白捡便宜的时机这就到了，我将这些淘汰品根据季节的变化，陆续地、分期分批地穿在身上。心怀和母亲当年一样的暗喜，自觉得不仅能省去买衣服的钱，还能省去买衣服的时间和精力，真是太划算了！只不过忙着穿儿子的衣服，把自己本来的衣服给耽误了，这又怎么办呢？也好办得很，我的父亲在我的母亲辞世翌年被我接来北京，我让他一身轻装，换洗换季的衣服全都扔在老家，到了这里只管拿我的衣服穿。而他扔在老家的衣服也不会造成浪费，当我回乡为母亲扫墓，过年或看望亲友的时候也故意地不带衣服换洗，趁这机会把父亲的衣服穿在身上。就这么的，我穿儿子的衣服，父亲穿我的衣服，一家三代肌肤相亲，随着季节的炎凉变换，体会着、想象着、享受着与不变的亲人共有的温暖和适意。此外还有一条大的妙处，身着异装，临镜自赏，我会发现我比我年轻了三十六岁，父亲也会发现他比他年轻了二十五岁。

自从发现这条妙处，人心不足的父亲还想一步到位，扔下我的衣服而直接穿孙子的，孙子的衣服固然不比我贵，却实在是比我新潮，这样他就能一下子年轻六十一岁，回到即将成为右派的血气方刚之年。孙子考博得逞，赴美之际，他从孙子不能带走的一堆衣服里挑来拣去，最后选拔了一件红背心，一件蓝格黑块的衬衫，似乎用前者代表幸福和吉祥，后者预示青出于蓝而胜于蓝，然后穿上它们到机场为孙子隆重送行。在登机口，祖孙二人依依惜别，抱成一团。

儿子离家前也曾偷穿过我的衣服，得知此事我简直感到欢欣鼓舞。某年夏天我去贵州采风，夜宿以太阳为贵的贵阳，晚间居然感觉到冷，长沙好友诗评家李元洛先生威逼着我买了一件粉底有黑红两色格子的长袖衫加在身上，回京后此衣成了我秋装的主打。有一天我想穿它忽然不见，晚饭过后，儿子参加他女同学的生日 party 回来，我发现这件格衫竟然穿在他的身上！另一天，我在儿子的衣柜里又找出了一件我早年的蓝色有隐形条纹的短袖衫，一件淡粉色硬领的长袖衬衣，适合打领带的。我再一次地感到自豪，原来我还是一个时尚的老帅哥啊——起码在儿子的心中是这样的。

在儿子考上大学的那一年，他回乡去看望爷爷奶奶，脚上穿的是一双在足球场上将要踢破的白球鞋，他的大姑，曾经送给我花衣服穿的我的姐姐，用一双新买的白球鞋换下了它。俗话说旧的不去新的不来，我的儿子却是新的来了，旧的还舍不得去，他认为那双将破的白球鞋的生命极限还没有到，他还能穿着去射门，姑姑买的新球鞋未必有它好进球呢！他就为是否把它带回北京而优柔寡断着，欲舍不能着，矛盾痛苦着。他的奶奶，曾经用记了数字的旧账本为我充当作业本的我的母亲，却早已有了全世界最好的创意，她用一把刷子把它刷洗得干干净净，晾干了穿上鞋带，收藏在老家的鞋柜里，等孙子下次回来接着再穿。

母亲没有等到她所期盼的下次，就在儿子出国考试的那个冬天，我的母亲意外离去，仓促得连我也没见上最后一面。儿子对爷爷立下誓言，等他读完博士从美国回来，他要穿上奶奶洗干净的那双白球鞋，到奶奶的坟前去告诉奶奶，他会好好穿鞋，好好走路，走人世间堂堂正正的路！

我在“文化大革命”中读完初中，年方十五，回到右派父亲劳动改造的祖籍之地，挖地，种田，修水库，父子二人自己养活着自己，还用共同劳动的工分盖了三间瓦房。我的儿子生逢其时，比我命好，一直读到博士还不下地干活儿，但他似乎崇尚我在逆境中的自强，成年后绝不接受家庭对他的资助。他在美国，和五个跨专业的中国留学生拼租了一套别墅，五个同室都是自费生，唯他一人享有大学的全额奖学金。这笔钱够他在学费、房费、饭费之外还略有盈余，他就计划着买一辆二手车，平日里开着上学、购物、郊游，等到我们去看他时，他还能开到机场去迎接我们。

他的妈妈一听说儿子买车，心想帮助儿子的时刻终于来临了，发信让他告诉他在美国的账号，要给他汇一笔钱去。儿子不给，说他的奖学金快攒够了，他的妈妈向他哀求，就算我们借给你的好不好？等我们去了再还我们好不好？用这钱给我们订往返机票好不好？儿子依然不给，坚决不给，他说："死了这条心吧，我才不上这个当呢，给了我你们就不会再要了！"然后他一不做二不休，下个月就提前把车买到了手，向他一个名叫海清的球友借了两千美元，说好用下两个月的奖学金归还。

儿子效法我对我的父亲，让我去的时候除了随身穿的，其余一件衣服也不要带，虽然他已比我高出半头，但是一般来说人高是在两条腿上，上身却是差不多的。至于裤子，往上卷一圈儿不就行了吗？

《诗经·秦风》有一篇描写秦军战士的《无衣》："岂曰无衣，与子同袍。"诗中描写的战争的年代已经远去，无衣的年代也已结束，但是，在和平的、丰衣足食的年代里，倘若袍是好的，还能够穿，又是至爱亲人之间，与子同袍的故事也是可以讲给孩子们听的吧。

23. 中国作家教子报告

大约在十五年前，我主编了一本名叫《中国作家教子报告》的书，书中都是我的朋友和孩子的故事，其中有我自己一篇，名叫《与郎共舞》，儿郎的郎，而非豺狼的狼。有一天我接到中央电视台"实话实说"栏目打来的电话，他们通过新世界出版社要到我的宅电，说想和我商谈一件事情。我答应在家等着他们，次日两位编导来到我家，此时崔永元已经离开了这个栏目，接替者是从上海调来的女主持人和晶。编导说他们看到这本书了，想请我带几个作家到电视台去做客，给现场观众和电视机前的朋友讲讲作家如何教子。

我想了一下没有同意，原因有二，一是我们的教子方法都不规范，有的甚至是错误的，担心会害了把我们真当回事的人，罪莫大焉。比方说梁晓声，儿子发高烧了他不知道，还在津津有味地给约稿编辑讲小说；又比方说毕淑敏，她倒是知道儿子病了，但她给儿子画了一张地图，让他拿着地图自己去乘车、找医院、排队挂号、到科室就诊、买药回家遵照医嘱用温开水吞服。我怕现场观众和电视机前的朋友听了作家的话，将来闹出人命，并且由此引起官司。虽说有周大新带儿子买鱼放生，这事略与慈善有关，接下来何立伟大谈上小学的儿子被女生追捧，就又有了被视为早恋的风险。

另一个不去的原因是上电视还得化妆，录制现场的灯光很热，我曾经被我的导演朋友老邱邀去谈过一次关于吸烟的话题，以后再也不想去了。

后来我想，那次我如果去了“实话实说”，我将会怎样既不误人，又说实话。我想我可能不会像教育专家一样讲什么理念之类，我会讲几件实事，讲我儿子每当困难的时候我是怎么帮他渡过难关的。

刚才谈到吸烟，我的儿子从小讨厌吸烟的人，但我又是一位从大山来到首都的移民，经常有故乡的旧友来我家里吞云吐雾，儿子就模仿文明场所的做法在茶几上放个牌子，那时候他还没有上学，他把从幼儿园学来的“请勿吸烟”四字歪歪扭扭地写在牌子上。这么一来吸烟的朋友多数就被他给劝住，可是有一天家里来了我一个最好的朋友，同时也是烟瘾最大的朋友，仗着和我最好，偏偏不吃他那一套，进门坐在“请勿吸烟”的牌子前掏出烟来，这叫“忍能对面为盗贼”，还问我要不要也来一支？我的儿子痛苦地看着我的朋友，我的朋友则挑衅地看着我的儿子，就在我的朋友即将点火之际，我的儿子把求助的目光转向了我。

我知道更多的中国家长会采取一种两面三刀的聪明，对朋友挤个眼色，让儿子回到自己房里，或者出去玩一会儿，等到烟消云散之后再出来，或再回来。我没有这样做，我认为此事关系重大，甚至会影响到儿子人生观念的最初形成，我笑着对儿子说，梦非，你把叔叔带到阳台上去吸吧，把窗户打开，把门关上。

一个四岁的儿子替一个四十岁的父亲建立起了一个对方没有能力和勇气建立起来的社会公共秩序，父亲没有理由进行破坏。同时，由于是真正最好的朋友，也并没有因此被我失去，直至今日。

儿子自然也犯错误。清早他踢着足球去上学堂，在电梯口“咣”的一脚，球撞在墙上又弹到房顶，比球先落下地来的是一堆破碎的日光灯管。他用一双惊恐的眼睛问我怎么办，我掏钱给他，让他先扫地，再去买根灯管回来，再去请物业的师傅安回原处。儿子快要哭了，说是做完这一系列的事情他会迟到，我说迟到是你犯的第二个错，你得按顺序，先把第一个错改了。

但我终究心软，时间太早，物业和商店都没上班，犯了错误的儿子会为此至少迟到两节课。最后我答应替他把这件事做了，条件是他要永远记住这个早上。

24. 悠悠球和博士帽

那一年北京风靡一种名叫悠悠球的玩具，玩法像民间传统的抖空竹，小孩玩，大人也玩，儿子所在的北京师范附小几乎人手一枚，唯独他的妈妈不给他买。他的妈妈当时是否把他当作一个异乎人类的天才进行培养，蓄意把他和普通孩子区别开来亦未可知，殊不知玩具也是一切伟大人物的儿时所爱。因为学生都玩悠悠球，有的班级老师就把它和文具一起代销，儿子的班级是由一个老师信任的女生担任着管理员。女生辜负了老师的信任，出于对本班学习委员的同情和爱慕，她偷着拿了一个悠悠球送给我的儿子，作为他的生日礼物，儿子不明真相地收了下来。不料放寒假前老师盘点，发现悠悠球少了一个，女生吓得坦白从宽，说她送给了全班最好的学生。

如果那次我去了“实话实说”电视栏目，我拿不准面对现场观众和电视机前的朋友如何实说这件事情的结尾。我肯定没有按照教育专家的高级教育，我肯定像一个暴怒的父亲，忘了我当时手里拿着一样什么工具，大声命令他脱下裤子，自己说打多少下。儿子犹豫了很久，问十下行不行？我说十下太少，应该一百，他又讨价还价，减到二十，最后我按他说的数目打了。儿子的小屁股又白又嫩，我每打一下他都要飞快地进行揉摸，然后松开让我再打。他不逃跑，也不哭喊和反抗，第一，他知道自己错了，错了就应该受到惩罚。第二，二十下是我们双方谈好了的，再疼也要遵守。

我假设对于这类事件的处理，有些涉案学生的家长可能会有以下三种方案，一种是把这个惹祸的悠悠球退回去，补够代销的亏空；一种是把它买下来，这笔账就做平了；一种是视此球为女生赠送儿子的生日礼物，被赠送者与本案无关。但我不能作如此想，我当年是全石景山区的优秀家长之一，也是全师范附小唯一的优秀家长，我的做法是拿出二百五十元钱交给儿子，让他明天交给老师。儿子以为我是个老土，告诉我一个悠悠球价值二十五元，不是二百五十元。我说我知道，我就是要让你付出十倍的代价，以后永远记住这个数字。

从儿子的表情上看他的心都疼了。我的心也疼了，二十世纪的九十年代初，二百五十元是我大半个月的工资，也相当于一篇短篇小说的稿费，还得是万字以上的，那时候的稿费标准是千字三十。但我还要感谢老师对我的理解，她收下了这笔钱。

在那个家家争出神童的年代，我始终没让儿子背过一首唐诗，我知道那不是最重要的。我还知道，我的儿子将来若是从事科学，他会像家庭禁烟一样认真和严谨；若是自主创业，欠人的日光灯管他一定得偿还。

很小我就希望儿子有独立的精神，不依赖于家庭。因此他从中学时代开始挣钱，当然未必是假期去麦当劳做服务生，他可以挣政府的奖金。北京市三好学生优厚的奖金够他交一年的学费，再加学校三好、年级三好、班上三好以及那种俗称压岁钱的长辈奖励，他都存着去上大学。不料上大学后挣得更多，除了一如既往的市三好生，他担任本校足球队的队长带队踢球，比赛赢了也会有奖。到了美国，他继续担任马里兰大学中国留学生足球队的队长，每次率队出征，中国驻美大使馆都有补助，得了名次奖得更多。

儿子大四是全校唯一的交换生，公费留学不用花家里钱。他在纽约考研，一次就考上直博，他的六年的全额奖学金包揽了期间学习和生活的所有费用，多余的钱他还买了一辆旧汽车。听说买车时还差三千美元，他的妈妈坚决要支持他一下，他却更加坚决地不给他的妈妈账号，宁可借同学的下月就还。还完又有了新的节余，就留给我们购买赴美的机票。

这个傻儿子，他把日光灯管的事，悠悠球的事，都记死在了心里，连我们的钱都不要了，给他的都要还。

他欠下奶奶的已不能还了，必须要用另一种形式。奶奶去世的那个冬天，突然得连我也没能见上一面，当时他正忙于出国考试，他不知道该怎么办。我说，如果你回去能见到奶奶，晚一年再考也得跟我回去，但是你现在回去也见不到了，你就等到学成归来，穿上奶奶给你洗干净的白球鞋，到她的坟前磕三个头吧。

三年后他回国这样做了，那一年他尚未学成。

为了纪念奶奶，当然也未尝没有省钱的考虑，他把奶奶在京时全家出去游园背的一只保温水壶带到美国，这只墨绿色的水壶与他同龄。我们去美国重又用上了它，水壶的活动提手断了一根细轴，我用一根回心针伸进去将它修好。我们父子心有灵犀，明白它的意义所在，我甚至相信，这个小气鬼回国的时候还会把它再带回来，那时他们两个都已经二十九岁了。

又过三年，在奶奶逝去的第八个清明节里，我看见了他发在朋友圈的图文，这一天他的博士答辩通过，万里之外，在地球的那一边，他还能记着这个特殊的节日，他在九张图片的上方写道："献给我的奶奶、姥姥和姥爷。"这是他再也见不到了的三个亲人。

我的儿子说他舍不得买博士帽，目前国内真真假假的博士很多，为此他还要花一千多美金。他又想起悠悠球的事了。

图书在版编目（CIP）数据

我和我的孩子. 谢谢你来到人间 / 野莽主编.
—北京：中国工人出版社，2020.8
ISBN 978-7-5008-7464-5

Ⅰ. ①我… Ⅱ. ①野… Ⅲ. ①散文集－中国－当代
Ⅳ. ①I267

中国版本图书馆CIP数据核字（2020）第149524号

我和我的孩子. 谢谢你来到人间

出　版　人　王娇萍
责 任 编 辑　宋　杨　严　春
责 任 印 制　黄　丽
出 版 发 行　中国工人出版社
地　　　址　北京市东城区鼓楼外大街45号　邮编：100120
网　　　址　http://www.wp-china.com
电　　　话　（010）62005043（总编室）
　　　　　　（010）62005039（印制管理中心）
　　　　　　（010）62379038（社科文艺分社）
发 行 热 线　（010）62005996　82029051
经　　　销　各地书店
印　　　刷　三河市国英印务有限公司
开　　　本　880毫米×1230毫米　1/32
印　　　张　10.875
字　　　数　221千字
版　　　次　2020年10月第1版　2024年11月第3次印刷
定　　　价　58.00元